Christoph Bartscherer

Heinrich Heine und die Frauen

„Und immer irrte ich nach Liebe“

HERDER

FREIBURG · BASEL · WIEN

Gedruckt auf umweltfreundlichem, chlorfrei gebleichtem Papier

Originalausgabe

www.herder.de
Satz: Barbara Herrmann, Freiburg
Druck und Bindung: fgb · freiburger graphische betriebe 2006
www.fgb.de
Umschlaggestaltung und Konzeption:
R·M·E München / Roland Eschlbeck, Liana Tuchel
Umschlagmotiv: © Ernst Benedikt Kietz,
Heinrich Heine und seine Frau Mathilde.
Öl auf Leinwand, 1851, Heinrich Heine Institut Düsseldorf

ISBN 13: 978-3-451-05681-9
ISBN 10: 3-451-05681-X

Für Bonny,
meine schöne Frau …

Inhalt

„Du warst die Blume, du geliebtes Kind“
Heinrich Heines große Passion

Das Gerücht vom lüsternen Panerotiker, die Legende vom nimmersatten Frauenheld – schon zu seinen Lebzeiten hatte sich um Heinrich Heines Amouren ein Mythos gebildet, der dem eines Don Juan oder eines Casanova nahe kam. Vom Verführen unschuldiger Jungfrauen bis zum Auskosten der raffiniertesten Sinnenfreuden in den Armen einer professionellen Liebesdienerin gab es fast nichts, was man dem Hedonisten Heine nicht zugetraut hätte. Zu diesem Gerücht hatten zum einen Heines Feinde beigetragen, die ihn des liederlichsten Lebenswandels bezichtigten und der sexuellen Ausschweifung beschuldigten. So warf sich zum Beispiel der Führer der deutschen Republikaner in Paris Ludwig Börne zum bigotten Sittenrichter über Heine auf, als er ihn vor seiner Intimfreundin Jeanette Wohl als hemmungslosen Hurenbock verleumdete: „Er hat eine Art von Lüderlichkeit“, so schreibt er am 13. Oktober 1831 in einem posthum veröffentlichten Brief an sie, „die mir nie, weder in Büchern noch im Leben, vorgekommen ist und die ich mir psychologisch gar nicht erklären kann. Gemeine Sinnlichkeit trifft man häufig; aber doch selten wird ein junger Mensch von seinen gemeinen Ausschweifungen als von etwas Schönem öffentlich sprechen. Romantische Liebe ist immer verschämt und verschwiegen. Heine aber läuft den gemeinsten Straßendirnen bei Tag und bei Nacht nach und spricht in einem fort von dieser häßlichen Gemeinheit, in welcher er ein ästhetisches Vergnügen findet.“

An dieser Legende hatte Heine aber auch selbst tatkräftig mitgewirkt. Mit selbstgefälliger Frivolität hatte er sich den Lesern und Leserinnen seiner Werke immer wieder als ein mit allen Wassern der Verführungskunst gewaschener Homme à Femmes präsentiert, der sich auf sämtlichen Tanzböden der Liebe getummelt und zahlreiche Frauenherzen gebrochen hat. Die Zahl der durch sein Werk verbürgten – realen oder fiktiven – erotischen Bekanntschaften ist Legion. Es ist in der Tat ein müßiges Unterfangen, all die Frauengestalten aufzählen zu wollen, die Heinrich Heine in den 58 Jahren seines Dichterlebens kennen gelernt und besungen hat. Angefangen von der jugendlichen Josepha (dem „roten Sefchen“), der ersten Frau, von der er einen Kuss empfing, bis zu der dreißigjährigen Elise Krinitz (der „Mouche“), der letzten, die seine sterbenden Lippen geküsst hat, bevölkern sie in unzähligen Wandlungsformen seine Werke und Briefe: als marmorgleiche Göttinnen und Feen, als engelhafte Liebchen und Marienbilder, als unschuldige Jungfrauen und Naturkinder, als hochnäsige Salonièren und Anstandsdamen, als durchtriebene Verführerinnen und Buhlerinnen, als leichtlebige Kokotten und Straßenmädchen. Die meisten von ihnen will Heine angebetet und umworben, eine Reihe von ihnen auch geküsst und verführt haben – ganz wie es der Attitüde des abgebrühten Verführers und Lüstlings entspricht. In seinen *Geständnissen* prahlt er sogar damit, dass er in der Hochphase seiner sexuellen Potenz ganze Heerscharen von Frauen mit der reinigenden Kraft seiner Lenden beglückt habe: „Ich war die Ursittlichkeit, ich war unsündbar, ich war die inkarnierte Reinheit; die anrüchigsten Magdalenen wurden purifiziert durch die läuternde und sühnende Macht meiner Liebesflammen, und fleckenlos wie Lilien und errötend wie keusche Rosen, mit einer ganz neuen Jungfräulichkeit, gingen sie hervor aus den Umarmungen des Gottes. Diese Restaurationen beschädigter Magdtümer, ich gestehe es, erschöpften zuweilen meine Kräfte. Aber ich gab ohne zu feilschen, und unerschöpflich war der Born meiner Barmherzigkeit.“

Diese selbstironische Porträtierung als Liebesheiland ist nicht Heines eigene Erfindung. Mit fast lächerlicher Genauigkeit imitiert sie laut Dolf Sternberger die libertinären Selbstvergöttlichungsphantasien von Prosper Enfantin, dem all-liebenden Vater und „Papst“ der frühsozialistischen Lehre des Saint-Simonismus. Diese wunderliche, einem pseudoreligiösen Sensualismus huldigende und bereits nach wenigen Jahren verbotene Strömung hatte es sich zur Aufgabe gemacht, der christlichen Verdammung des Fleisches Einhalt zu gebieten und die als eine Manifestation der Sünde verworfene Materie zu rehabilitieren. Sie kämpfte für die Heiligung des Körpers und die Rechtfertigung der Sinne, um die – durch den christlichen Spiritualismus verschuldete – Trennung von Leib und Seele wieder rückgängig zu machen. Die Folge dieser Doktrin war eine freizügige Morallehre, die sich für die Vergöttlichung der Sinnenfreude und die Wiedereinsetzung des Fleischlichen in seine angestammten Rechte einsetzte. Während so die christliche Ehe in den Augen der meisten Saint-Simonisten in den Rang einer unnatürlichen, die körperliche Selbstentfaltung behindernden Fessel herabsank, avancierte die Fleischeslust zur erhabenen Tugend, die den Partnerwechsel als eine der Ehe gleichwertige Form von Liebe legitimierte. Die saint-simonistische Umwertung des christlichen Moralbegriffs ging sogar so weit, dass die Wortführer dieser Lehre die sexuellen Exzesse des Wollüstlings Don Juan verteidigten und als mutige Revolte gegen die Leibfeindlichkeit der mit sämtlichen Höllenstrafen drohenden Kirche begriffen. Émile Barrault, einer der Mitbegründer der Bewegung, sprach gewiss eine in den Köpfen seiner Anhänger vorherrschende Meinung aus, wenn er in einem in der Zeitung *Le Globe* erschienenen Essay Don Juan als einen Heiligen willkommen hieß: „Salut, fils brillant de la molle et bruyante Espagne … unermüdlicher Pilger der Freude und des Vergnügens, breite die wollüstigen Traditionen aus, die in deinem Busen leben, und die das Feuer in deinen schwarzen glühenden Augen verrät; täusche die Wachsamkeit des Gatten, vereitle die Aufsicht des Vaters, mach dem Liebhaber die Geliebte und noch dem Himmel die geweihte Jungfrau streitig …“

Heine stand dieser sensualistischen „Glaubensrichtung“, die Aldous Huxley ironisch als „Katholizismus minus Christentum“ bezeichnete, näher, als er es in seinen Schriften selbst zugab. Bereits um die Jahreswende 1830/1831, als ihm die erste Veröffentlichung dieser Schule, die *Exposition de la doctrine saint-simo-*

nienne von Bazard, in Hamburg in die Hände fiel, war er von dieser Weltanschauung so begeistert, dass er sie sogleich zu seinem „neuen Evangelium“ erkor. Für seine Übersiedlung nach Paris hat diese Lehre eine entscheidende Rolle gespielt. Denn an Varnhagen van Ense schrieb er am 1. April 1831: „Ich packe meine Koffer und reise nach Paris, um frische Luft zu schöpfen, ganz den heiligen Gefühlen meiner neuen Religion mich hinzugeben und vielleicht als Priester derselben die letzten Weihen zu empfangen.“ In seinen beiden Prosaschriften *Zur Geschichte der Religion und Philosophie in Deutschland* und *Die Romantische Schule*, die er in der französischen Sammelausgabe (*De l'Allemagne*) dem Guru der Schule, Prosper Enfantin, widmete, machte er mit dieser vagen Idee dann ernst. Dort hat er sich in manchen Partien so glaubhaft in einen Apostel der neuen Heilslehre verwandelt, dass ihm von einem seiner saint-simonistischen Freunde schon bald die Ehrbezeichnung „erster Kirchenvater in Deutschland“ verliehen wurde. Vor allem aber in seinem Gedichtkranz *Verschiedene* aus den *Neuen Gedichten* hat er das saint-simonistische Dogma von der Heiligung des Fleisches und der sexuellen Selbstbefreiung des Menschen durch eine außereheliche, promiskuitive Sexualpraxis literarisch verarbeitet und zu einem „neuen Testament“ erhoben. Doch das Buch ist an keiner Stelle obszön oder gar pervers. Es schildert die Begegnungen und Liebschaften des lyrischen Ich mit verschiedenen, einander rasch ablösenden Partnerinnen in überaus dezenten Farben, ja gibt nur sehr versteckte Hinweise auf eventuell erfolgende sexuelle Handlungen. An der anstößigsten und frivolsten Stelle des ganzen Buches, einer Strophe aus dem Zyklus *Diana*, heißt es: „Diese schönen Gliedermassen / Kolossaler Weiblichkeit / Sind jetzt, ohne Widerstreit, / Meinen Wünschen überlassen.“ Das sind die „schamlosesten“ Verse des ganzen Buchs; Anstößigeres enthält es nicht. Umso unverständlicher ist es, dass das Buch bei seinem Erscheinen in Deutschland einen hysterischen Aufschrei der Entrüstung auslöste.

Auf einem anderen Blatt freilich steht, dass Heine sich tatsächlich über das christliche Monogamiegebot hinwegsetzte. Er hat nachweisbar reichlich sexuelle Erfahrungen gesammelt – sei es bei seinen Besuchen von Prostituierten und Loretten, sei es in den ersten Jahren seiner Beziehung mit Mathilde, seiner späteren Frau, sei es bei seinen gelegentlichen Seitensprüngen während der Ehe. Karl Marx behauptete zwar, dass sein Freund Heine „nie Glück bei Damen gehabt" habe. Und der Dichter Christian Dietrich Grabbe, der Heine eine Studentenfehde nachtrug, verstieg sich gar zu dem harschen Verdikt: „Heine ist ein magerer, kleiner, häßlicher Jude, der *nie* Weiber genossen hat, sich deshalb alles einbildet. Sein Schmerz, so unnatürlich er ist, mag wirklich seyn. Poesien sind seine Gedichte aber nicht. Abwichserei." Aber Heine war nicht bloß ein erfindungsreicher Verbalerotiker, der nicht wusste, wovon er schrieb. Seine vielfachen Andeutungen auf flüchtige Liebschaften und Stelldicheins scheinen ebenso verbürgt zu sein wie seine Ausflüge ins damalige Rotlichtmilieu. Die von ihm bewusst betriebene Selbsterhebung zum nimmersatten Liebesgott ist also, wie Jan-Christoph Hauschild und Michael Werner glaubhaft nachgewiesen haben, mehr als das Produkt eines ausgedörrten Literatenhirns. Besonders während seiner Aufenthalte in Großstädten wie Hamburg, London oder Paris hat er die Nähe zu professionellen Liebesdienerinnen gesucht. Schon während seiner Ausbildung zum Kaufmann in Hamburg hatte er fleißig Bekanntschaft mit den Huren auf der anrüchigen Drehbahn und vor dem Dammtor geschlossen, ein Erfahrungsschatz, den er dann als Student in Berlin durch den Besuch von einschlägigen Lusthäusern und Edelbordellen noch weiter ausbaute. Seine Erlebnisse mit den Dirnen Londons sind sogar brieflich dokumentiert. Am 17. Mai 1827 schrieb er an Friedrich Merckel: „Das hiesige Clima und die 60.000 [Prostituierten] haben mich fürchterlich angegriffen." Drei Wochen später berichtete er dann Moses Moser mit ähnlicher Tendenz: „Wenn ich lebendig aus England herauskomme, so sind die Weiber nicht schuld daran; sie thun das ihrige […]. Ich will meine Freundinnen, die Chinesinnen, die hier sind, besuchen." In Paris hat er gar bei einem seiner Streifzüge durch das Milieu der Prostituierten und Grisetten seine Lebensgefährtin Mathilde kennen gelernt. Diese Begegnungen mit den Marketenderinnnen der käuflichen Liebe boten ihm einerseits Entspannung und Ablenkung von dem „infernalischen Brüten“, in das er durch seine literarischen Studien immer wieder geriet. Andererseits entschädigten sie ihn für die kränkenden Zurückweisungen, mit denen die geistreichen Damen der Intellektuellenszene und die kapriziösen Töchter aus besserem Hause à la Amalie Heine auf seine Avancen reagierten.

Trotz dieser regen Kontakte zu den „Professionellen“ gehörte Heine noch lange nicht zu jener primitiven Spezies sexbesessener Sensualisten, die ausschließlich auf der Triebebene ihre Erfüllung fanden. Kaum vorstellbar, dass der „Freier“ Heine diese Frauen wie eine Ware benutzt habe. Heine war ein Leben lang ein nach Zuneigung Dürstender, der in seinen Stelldicheins und erotischen Abenteuern dem nachjagte, wonach er sich zutiefst sehnte: nach Zärtlichkeit und Liebe. Deshalb verehrte er in jeder Straßendirne die Frau, schrieb er dem Beischlaf eine quasi-metaphysische Funktion zu, und deshalb legte er selbst bei Treffen mit Prostituierten eine Aufmerksamkeit an den Tag, die mehr als angelernte Höflichkeit war. Wie er überhaupt jeder Partnerin – und sei die Begegnung mit ihr noch so flüchtig – Achtung entgegenbrachte und für ihre Gefühle offen blieb. „Und in der Tat, ich wurde größer und küßte schöne Frauen … Aber sie sahen mich manchmal an mit so bleichem Schmerze, und ich erschrak in den Armen der Freude …“, heißt es bezeichnend in den *Elementargeistern*. Hier also unterschied sich Heine deutlich von der eigennützigen Moral der Saint-Simonisten. Denn deren Bekenntnis zur freien Liebe und Promiskuität führte entgegen ihren großtuerischen Verlautbarungen nicht zur Emanzipation der Frau, sondern vornehmlich zur Selbstbefreiung männlicher Sexualität. Am Leid der Frauen änderte ihre Doktrin nichts – weswegen es auch innerhalb der Bewegung zu heftigem Widerstand gegen die fadenscheinige Heuchelei von Enfantins Morallehre kam: Bazard warf Enfantin vor, dass er durch dieses Emanzipationsverständnis der Ausbeutung der Frau Vorschub leiste und das Privileg des Mannes wiederherstelle, ja sprach in diesem Zusammenhang sogar von Sklaverei in Form von Polygamie, wohingegen Sadi Carnot Enfantins Theorie schlichtweg für eine „Legalisierung des Ehebruchs“ hielt.

Den Erotiker Heine scheinen derlei Vorwürfe jedoch kaum zu tangieren. Obgleich das sensualistische Element am Saint-Simonismus dasjenige war, was ihn an dieser Lehre anzog, und ihm eine willkommene Legitimation dafür bot, die Befreiung seines Fleisches freizügig zu praktizieren, schloss das nicht aus, dass er sich gleichzeitig uneigennützig für die rechtliche und politische Gleichberechtigung der Frau einsetzte. Dem Germanisten Koon-Ho Lee ist deshalb ausdrücklich zuzustimmen, wenn er in einer kürzlich erschienen Studie Heines „Ambivalenz in der Frauenfrage“ hervorhebt: „Heines Rechtfertigung der freien Liebe, Promiskuität und Emanzipation der Sexualität einerseits und seine ernsthafte Überlegung über die Emanzipation der Frau andererseits schließen sich nicht aus, sondern ergänzen einander.“ Denn neben der politischen Integration des dritten Standes, der Gleichstellung der Juden und der Befreiung des Fleisches aus den Fesseln des christlichen Moralbegriffs sind es vor allem die Frauen, die einen „wichtigen Bestandteil von Heines Emanzipationsprogramm“ bilden.

In seiner *Lutezia*, der zum Buch gebündelten Sammlung seiner Paris-Artikel für die Augsburger *Allgemeine Zeitung*, hat er denn auch in zwei gesonderten Beiträgen explizit für die rechtliche und politische Emanzipation der Frau Partei ergriffen. So etwa im 20. Artikel vom 1. Oktober 1840, in dem er im Rahmen des aufsehenerregenden Lafarge-Prozesses nicht nur die Angeklagte, eine des Mordes an ihrem Mann überführte Giftmörderin, in Schutz nahm, indem er ihre Tat als Notwehr einer von ihrem Gatten misshandelten und vom französischen Scheidungsrecht im Stich gelassenen Frau darstellte. Er hielt bei dieser Gelegenheit auch sogleich ein Plädoyer für die Gleichstellung der Frauen. Deren rechtliche Situation müsse endlich verbessert werden, wenn sie nicht weiterhin als die Parias der Gesellschaft behandelt werden sollten: „Ihr armen Frauen, Ihr seyd wahrhaftig übel dran. Die Juden in ihren Gebeten danken täglich dem lieben Gott, daß er sie nicht als Frauenzimmer zur Welt kommen ließ. Naives Gebet von Menschen, die eben durch Geburt nicht glücklich sind, aber ein weibliches Geschöpf zu seyn für das schrecklichste Unglück halten! Sie haben Recht, selbst in Frankreich, wo das weibliche Elend mit so vielen Rosen bedeckt wird."

In seinem 5. *Lutezia*-Artikel wiederum nimmt er die konkrete Situation der Pariser Schauspielerinnen zum Anlass, um die Diskriminierung der Frauen in der französischen Gesellschaft an den Pranger zu stellen. Mit der Sympathie eines Mannes, der für das strukturell bedingte Leiden der Frauen einen Blick hat, erkennt er, wie die Verwerfung des Schauspielerstandes durch die Kirche dazu geführt hat, dass den Schauspielerinnen inzwischen der Ruf der Verruchtheit anhaftet, welcher sie in die Nähe der Prostitution rückt. Denn „da die Menschen immer schlecht werden, wenn man sie schlecht behandelt", sind die Schauspielerinnen zu jenen „Amphibien von Kunst und Laster" verkommen, welche die Bühne als einen Laufsteg für das Feilbieten ihres Körpers benutzen: „Alle schönen Schauspielerinnen haben hier einen bestimmten Preis, und die, welche um keinen bestimmten Preis zu haben, sind gewiß die theuersten. Die meisten jungen Schauspielerinnen werden von Verschwendern oder reichen Parvenus unterhalten. Die eigentlichen unterhaltenen Frauen, die so genannten *femmes entretenues*, empfinden dagegen die gewaltigste Sucht, sich auf dem Theater zu zeigen, eine Sucht, worin Eitelkeit und Calkül sich vereinigen, da sie dort am besten ihre Körperlichkeit zur Schau stellen, sich den vornehmen Lüstlingen bemerkbar machen und zugleich auch vom größeren Publikum bewundern lassen können. Diese Personen, die man besonders auf den kleinen Theatern spielen sieht, erhalten gewöhnlich gar keine Gage, im Gegentheil, sie bezahlen noch monathlich den Direktoren eine bestimmte Summe für die Vergünstigung, dass sie auf ihrer Bühne sich produzieren können. Man weiß daher selten hier, wo die Aktrice und wo die Courtisane ihre Rolle wechseln, wo die Comödie aufhört und die liebe Natur wieder anfängt, wo der fünffüßige Jambus in die vierfüßige Unzucht übergeht."

Als Privatmann hat sich Heine jedoch gegen eine „schrankenlose“ Emanzipationsbegeisterung oder, wie wir heute sagen würden: gegen einen aggressiven Feminismus verwahrt. Nachdem er im Herbst 1850 Georg Jungs Buch *Geschichte der Frauen* gelesen hatte, das sich aus einer frauenfreundlichen Perspektive dezidiert mit der historischen Unterdrückung der Frauen befasste und sich für deren allmähliche Selbstbefreiung einsetzte, schrieb er Julius Campe, dass er diese Entwicklung zwar für „bedeutend“ halte, aber dennoch gewisse Vorbehalte gegen den „Weiber-Emanzipations-Enthousiasmus“ habe: Er sei nämlich „zu sehr verheurathet“. In gleicher Weise äußerte er sich auch gegenüber Alfred Stahr, als ihn dieser bei einem Besuch auf Jungs Buch ansprach: „Ich bin nicht für diese schrankenlose Emanzipation [...]. Es geht mir wie Napoleon mit den Schwarzen. ‚Warum wollen Sie die Schwarzen nicht emanzipieren, Sire?‘ fragte man ihn. ‚Je vous le dirai en deux mots: parceque je suis blanc!‘ – Und ich – ich bin verheirathet.“ Heines Reserviertheit gegenüber einer uneingeschränkten Emanzipation der Frau hatte aber noch einen tieferen Grund: seine Schwäche für das weibliche Geschlecht, die „große Nation“. Diese übte in Gestalt einzelner „hübschgeputzter Sonntagspüppchen“ und „schön gedrechselter Logenengel“ eine so magische Anziehung auf ihn aus, dass er ihr auf Gedeih und Verderb verfallen war. Heine war ein hoffnungsloser Venusjünger, der wie Tannhäuser schon als junger Mann in den Venusberg zog, der Göttin der Liebe seine Dienste anbot und trotz aller Ausreißversuche ein Leben lang ihr Gefangener blieb. Gegenüber seiner venerischen Erkrankung, der Syphilis, war seine Schutzheilige freilich machtlos. Erschütternd die Szene, als er sich im Frühjahr 1846 in den Statuensaal des Louvre schleppte, um von ihrem marmornen Ebenbild, der Venus von Milo, Hilfe zu erbitten. Die armlose Göttin konnte das Leid des von den ersten Anzeichen der Rückenmarksschwindsucht gezeichneten Poeten jedoch nicht lindern. „Wie meine Menschheit, so ist auch ihre Gottheit auf die Hälfte reduzirt. Und allen mathematischen und algebraischen Regeln zum Trotze können unsere zwei Hälften kein Ganzes machen", soll er die Hoffnungslosigkeit seines Unterfangens ironisch kommentiert haben. Eine andere Venus freilich blieb ihm erhalten: seine Ehefrau Mathilde, in deren venushafte Erscheinung er sich 1834 verliebt hatte. Sie war die ihm gemäße Version der „Frau von Vulkan, geborene Jupiter", die ihn als sein „Hausvesuv" bis zu seinem Tod in ihren Bann zog.

Kurz und gut, um es auf den Punkt zu bringen: Wer wie Heine an den „Pocken des Herzens" litt und sich bedingungslos dem Kultus der Frauenschönheit verschrieben hatte, war gleichsam dazu vorbestimmt, die vielfältigen Bitternisse und Freuden der Frauenliebe auszukosten und die Größe und Niedertracht des anderen Geschlechts in all seinen Nuancen zu beschreiben. Das hat wie kein zweiter Alfred Meissner ausgedrückt, wenn er Heines Schwäche für das weibliche Geschlecht zusammenfasst: „Heine war der Dichter der Liebe, er besang sie vom Platonismus bis zum Hexensabbath, er hatte das Wort für ihre zartesten Ahnungen, als besitze er das Herz der Elfen, und er kannte ihre lascivesten Ausdrücke, als hätte er an den Festen der Faune theilgenommen [...]. Für Heine war sie [die Liebe] ein Element des Lebens, kein Taumel, kein zweiter Sprung in die Liederlichkeit, sondern eine unermessliche Leidenschaft, die sein ganzes Wesen durchdrang und in einen schön lodernden Brand steckte. Wenn er [...] in seinem Buche über Börne behauptet, die Liebe sei stets die große Passion seines Gemüths gewesen, die er nie im ganzen Leben an das Unwürdige heftete, so ist ihm zu glauben. [...] Aber die Flammen, in denen er so gerne athmete, fraßen an seinem Leben und verzehrten ihn selbst [...]. Er ging in dem unter, in dem er gelebt. Das Pathos seines Lebens war auch sein Tod."

Heines große Passion war seine Liebe zu den Frauen. Daran gibt es nichts zu deuteln. Sie sind es, die seinen geistigen Kosmos bis in seine Dichtungen hinein bestimmen. Die Sonnenauf- und Sonnenuntergänge seines lyrischen Horizonts zeichnen die hochgestimmte oder deprimierte Gemütslage nach, in die sein dichterisches Alter Ego durch das alternierende Verhalten der jeweiligen Geliebten versetzt wird. Solch gegensätzliche lyrische Aussagen wie das jubilierende „Andre beten zu Madonne, / Andre auch zu Paul und Peter; / Ich jedoch, ich will nur beten, / Nur zu dir, du schöne Sonne“ und das nüchtern bilanzierende „Selten habt ihr mich verstanden, / Selten auch verstand ich Euch, / Nur wenn wir im Kot uns fanden, / So verstanden wir uns gleich“ können kurz hintereinander innerhalb desselben Zyklus stehen wie hier in der *Heimkehr*, ohne die Homogenität des dichterischen Selbstverständnisses aufzuheben. Denn zur Natur von Heines großer Passion gehört es, dass er die Höhen und Tiefen der Geschlechterliebe rücksichtslos auslotet und ihre Doppelbödigkeit gnadenlos entlarvt: anmutige Unschuldsengel können sich so mit einem Wimpernschlag in diabolisch-durchtriebene Luder verwandeln wie umgekehrt abgebrühte Verführerinnen in unschuldige Mädchen. Das Entscheidende dabei aber ist: Heine scheint diese Transformationen selbst zu erleben. Seine Wanderungen zwischen den Gipfeln und Abgründen der Liebe sind also mehr als eine auf ihren Effekt abzielende Literatengeste oder ein ausgeklügeltes Erfolgsrezept, das die absatzsteigernde Wirkung des Liebesthemas zum Anschlag bringt. Denn bei all der Ironie und Heiterkeit, mit denen er seine Gespielinnen in seinen Werken behandelt, bei all den närrischen Neckereien und Grillen, die seine lyrischen Tändeleien auszeichnen: Heine ist ein Blutzeuge der Frauenliebe, ein wahrhaft Geknechteter, der wie der römische Dichter Catull an das Kreuz seiner Leidenschaften geschlagen wird. Noch in seinem großen lyrischen Vermächtnis, dem Gedicht *Es träumte mir in einer Sommernacht*, das er seiner letzten Flamme, der Mouche, gewidmet hat, ist es bezeichnenderweise die – seine Liebe zu den Frauen symbolisierende – „Blume der Passion“, die dem sterbenden Dichter das Rätsel seines Daseins erschließt:

> Zu Häupten aber meiner Ruhestätt'
> Stand eine Blume, rätselhaft gestaltet,
> Die Blätter schwefelgelb und violett,
> Doch wilder Liebreiz in der Blume waltet.

Das Volk nennt sie die Blume der Passion
Und sagt, sie sei dem Schädelberg entsprossen,
Als man gekreuzigt hat den Gottessohn,
Und dort sein welterlösend Blut geflossen.

Blutzeugnis, heißt es, gebe diese Blum',
Und alle Marterinstrumente, welche
Dem Henker dienten bei dem Märtyrtum,
Sie trüge sie abkonterfeit im Kelche.

Ja, alle Requisiten der Passion
Sähe man hier, die ganze Folterkammer,
Zum Beispiel: Geißel, Stricke, Dornenkron',
Das Kreuz, den Kelch, die Nägel und den Hammer.

Solch eine Blum' an meinem Grabe stand,
Und über meinen Leichnam niederbeugend,
Wie Frauentrauer, küßt sie mir die Hand,
Küßt Stirne mir und Augen, trostlos schweigend.

Dies also ist die andere, die abgründige Seite des vermeintlichen Lüstlings und Casanovas Heine: In seiner lebenslangen Suche nach Liebe, seinem orientierungslosen Herumirren in einer lieblosen Welt der Ablehnung, erscheint er wie ein auf das Gebiet der Frauenliebe verschlagener Märtyrer und Christus.

Wenden wir uns nun aber jenen Frauen zu, die zur beständigen Feuerprobe dieses passionierten Sängers der Frauenliebe wurden: Frauen, mit denen er intim verkehrte und die bis in den innersten Bereich seiner Gefühlswelt eindrangen, Frauen wie seine Mutter Betty, seine Cousine Amalie, seine Gattin Mathilde oder die Schriftstellerin Elise Krinitz, aber auch Frauen, die ihm zu hilfreichen Freundinnen und Gönnerinnen wurden, Frauen wie Rahel Varnhagen, die Prinzessin Belgiojoso oder George Sand. Sie sollen die Prüfsteine sein, um dem „Rätsel Heine“ auf die Spur zu kommen. Denn wo hört die Legende auf und wo fängt die Wahrheit an? Wer war Heine wirklich – lasziver Verführer oder ans Kreuz der Liebe geschlagener Märtyrer?

„Nur Mutterliebe bleibt sich immer gleich“
Heines Mutter Betty van Geldern

Sie war vielleicht die Frau, die er von allen am längsten geliebt hat. Natürlich nicht am leidenschaftlichsten, nicht am intensivsten, nicht mit jener alles verzehrenden Ungeduld, die sich als dunkler Sinnenbrand über den Körper wirft und ihn mit einem nie zu stillenden sexuellen Verlangen befällt. Dafür war das Verhältnis zu ihr zu abgeklärt, der Altersunterschied zwischen ihnen zu groß, die Natur ihrer Beziehung zu platonisch, als dass noch Raum für das Körperliche geblieben wäre. Aber dort, wo Liebe zum selbstlosen Begleiter des anderen wird, zum stummen Zeugen seiner Niederlagen und Schmerzen, zum inwendigen Gefährten, der für sich nichts, für den Geliebten alles will, dort war der Ort, wo Heine und diese Frau ein Leben lang in Verbindung blieben und über die Grenzen der räumlichen Trennung hinweg miteinander kommunizierten. Die Rede ist von Heines Mutter, Peira (Peierche) oder, wie sie sich später meist selbst nannte, Betty van Geldern (1771–1859) – einer kleinen, energischen, selbstbewussten und durchsetzungsstarken Frau, die sich über all die Widrigkeiten, mit denen sie das Leben an der Seite eines lebensuntüchtigen Mannes konfrontierte, tapfer hinwegsetzte und ihre vier Kinder mit sicherer Hand auf die Bahn des Erfolgs führte. Sie war es, die den abenteuerlichen, an Eskapaden reichen Lebensweg ihres Ältesten, ihres Lieblingssohns Harry, 59 Jahre lang, bis zu seinem Tod im Jahre 1856, mit gleich bleibender Zuneigung und Anteilnahme begleitete: die ihm nachsah, dass er sich ihren bürgerlichen Karriereplänen widersetzte und die Laufbahn des freien Schriftstellers einschlug; die ihm verzieh, dass er sich in der deutschen Öffentlichkeit bald das Renommee eines Skandalautors erwarb, der den guten Ruf der Familie schädigte; die ihm vergab, dass er 1831 Deutschland den Rücken kehrte, um fortan in Frankreich zu leben; die ihn nicht fallen ließ, als er in der Ferne des Pariser Exils zum dahinsiechenden Krüppel verkümmerte, der die Erinnerung an ihren wohlgeratenen Sohn geradezu Lügen strafte. All dies hat sie getragen, heroisch und ohne zu murren, mit bewundernswerter Haltung ihrem Sohn auf seiner irdischen Höllenfahrt folgend, gleich einer Beatrice aus Dantes *Göttlicher Komödie*.

Ihr eigenes Leid hielt sie dabei geheim, es in ihren Briefen an ihn beflissen aussparend, als gelte es, ihn dadurch vor weiterer Not zu bewahren. Selbst dann noch, als sie nach dem Brand der Hamburger Innenstadt im Mai 1842 ihre Wohnung am Dammtor verlor und, vollkommen mittellos geworden, in eine kleine Zweizimmerwohnung ziehen musste, in der sie immer mehr vereinsamte, verschwieg sie ihm das Prekäre ihrer Situation. Sie wollte für ihn die Starke bleiben, die bewunderte „Prachtmutter“ und stets verfügbare Beschützerin, die sich seinen Feinden furchtlos in den Weg stellte und ihm in den Stunden der Not mit Rat und Tat zur Seite stehen konnte. Entsprechend fehlt es in ihren Briefen nicht an Ratschlägen, die ihren ständig in literarische und politische Händel verstrickten Sohn vor weiterer Unbill bewahren sollten. „Lieber Harry ich bitte Dich bekümre Dich nicht, um Faullen angelegenheiten, die vom Rhein sind imer durch ihre Güte, und unzeitige Klugheit verkant worden, darum lieber Harry mische Dich in nichts, und bleibe netrall“, heißt es beschwörend in einem Brief vom Oktober 1853, als die besorgte Mutter wieder einmal neues Unheil für ihr todkrankes Kind heraufziehen sieht. Ja, nachdem sich ihr ebenso empfindlicher wie streitbarer Sohn zum wiederholten Male mit einer seiner Vermieterinnen angelegt hat, weil die Wohnungssituation nicht seinen Wünschen entspricht, bekniet sie ihn förmlich, solchen aufreibenden Scharmützeln künftig aus dem Weg zu gehen: „Es ist mir leid aus dem schreiben zu ersehen, daß Du schon wieder mit eine Frau in zwißtigkeiten bist, weis Du dan nicht und weiß Du aus erfahrung nicht, daß die Nadlen einer Frau eben so stechen wie Dolchspitzen, lerne doch vergeßen, alles ist vergänglich, was die Menschen heute für gut finden, finden sie

Morgen für nicht gut, darum trage nichts nach, und dencke alles ist verenderlich, nur Mutterliebe bleibt sich immer gleich."

Dass sie selbst vom Leben besonders begünstigt gewesen wäre, lässt sich nicht gerade sagen. Immer wieder werden ihr harte Prüfungen auferlegt, immer wieder steht sie – wie nach besagtem Wohnungsbrand – vor dem Nichts und muss von vorne anfangen. Zwar kommt sie aus einer jüdischen Familie, die sich gesellschaftlich zu etablieren vermochte: Nachdem die Vorfahren ihrer Eltern über mehrere Generationen zur privilegierten Kaste der Hoffaktoren, einer Art Hochfinanz an den absoluten Fürstenhöfen, gehört hatten, waren ihr Vater, Gottschalk van Geldern, und ihr Bruder Joseph angesehene Ärzte geworden und hatten für das finanzielle Wohlergehen der Familie gesorgt. Aber diese Phase relativer Prosperität und Geborgenheit währte nur bis zu ihrem 25. Lebensjahr. Dann bricht das Unglück mit voller Wucht über sie herein: 1795 stirbt ihr Vater und ein Jahr später überraschenderweise auch ihr Bruder, der nach jüdischer Tradition die Rolle des Vaters bei seiner jüngeren Schwester hätte übernehmen sollen. Durch diese Ereignisse gerät die junge Frau, die in nervenaufreibenden Nachtwachen ihrem sterbenden Bruder zur Seite gestanden und sein Dahinscheiden hautnah miterlebt hatte, in eine schwere innere Krise, die ihr eigenes Leben bedroht. In einem Brief vom 27. Mai 1796 an ihre Freundin Helena Jakob Israel gibt sie preis, an welch seidenem Faden ihr eigenes Leben damals hing: „Heftige Gemüthsbeunruhigungen verursachen mir auch immer körperliche Leiden, und dies ist die Schuld, daß ich Ihnen noch nicht nach dem Tod meines zweiten Vaters, meines Bruders geschrieben habe, denn die ängstliche Unruhe, und das immerwährende Nachtwachen hatte[n] meine sonst unerschütterliche Gesundheit so zerrüttet, daß wenn mich nicht das strenge und scharfe Verbot der Ärzte, die liebevolle Sorgfalt meiner Geschwister, und die dringende Bitte meiner Freunde, vom Krankenbett entfernt hätte, so wäre ich sicher auch eine Beute des Todes geworden [...]."

Das sind die Worte einer Frau, die alles andere als sentimental war, einer Frau, die sich jede Form von Gefühlsseligkeit verbat und die sich gegen die damals florierende Modeerscheinung der Empfindsamkeit zur Wehr setzte. Nicht von ungefähr hatte Heine in seinem Memoirenfragment deshalb ihre pragmatische Persönlichkeit auf die Formel gebracht: „Ihre Vernunft und ihre Empfindung war die Gesundheit selbst und nicht von ihr erbte ich den Sinn für das Phantastische und Romantik." Ihre Haltung während dieser Tage des Umbruchs schien das zu bestätigen. Noch im Januar 1796, nach dem Tod des Vaters, hatte sie sich gegenüber Hendelche Israel dagegen verwahrt, „eine empfindsame Schwärmerin geheißen zu werden", da dies das Prädikat einer unechten Gefühlskultur sei. „Am wenigsten möchte ich mich nun aber von Ihnen", so schreibt sie der Freundin, „bei diesem Namen rufen hören, denn sicher glaube ich, daß Sie über diesen Punkt gleich mit mir denken werden, denn so leicht ich auch eine kleine Schwärmerei verzeihe, so sehr hasse ich dennoch die modische Empfindsamkeit, deren Existenz ich mehr für Empfindelei als Wirkung eines guten Herzens ansehe."

Solche tapferen, um Haltung bemühten Worte vermögen über ihren wirklichen Zustand nicht hinwegzutäuschen. Den Tod von Vater und Bruder, diesen ersten schweren Kampf ihres Lebens – sie hat ihn bestanden, wenn auch angeschlagen, an Leib und Seele versehrt. Freilich nicht alleine. Denn just in dieser Situation, als ihre bisherige Existenz wie unter einem bösen Fluch zu zerfallen schien, trat ein Mensch in ihr Leben, der das durch den Tod aufgerissene Sinnvakuum zu füllen und ihr das alte Gottvertrauen zurückzugeben vermochte: der aus Norddeutschland stammende Armeelieferant Samson Heine (1764–1828), ein jüdischer Geschäftsmann ohne rechte berufliche Zukunft, den es nach Düsseldorf verschlagen hatte. Ihn lernte Betty damals kennen. Er war es, der sie aus ihrer schweren Krise befreite und wieder Licht und Freude in ihr Leben brachte. Das sollte sie ihm nicht vergessen. Bereits am 1. Februar 1797, nach weniger als einem Jahr, heiratete sie den Mann, der sich menschlich so glänzend bewährt hatte.

Doch der Weg zu diesem Ehebündnis, das immerhin drei Jahrzehnte lang, bis zu Samsons Tod im Jahre 1828, halten sollte, war ein steiniger. Bürokratische und religiöse Widerstände schienen das Glück des jungen Paares zunächst zu gefährden. Für Betty galt es, jetzt erneut einen Kampf auszutragen, der vielleicht weniger existentiell, dafür aber nicht minder aufreibend war: den mit ihrer Gemeinde. Denn diese versuchte die Heirat zunächst nach Kräften zu verhindern. Das hing vor allem mit dem gesellschaftlichen Druck zusammen, unter der die jüdische Gemeinde um 1800 in Düsseldorf stand. Das kleine Häuflein der rund 400 Juden, welche die 16 000 Einwohner umfassende Residenzstadt Düsseldorf um 1796 beherbergte, besaß zwar – im Gegensatz zu ihren Glaubensbrüdern in den meisten anderen deutschen Städten – das Privileg, nicht im Ghetto, sondern mitten unter seinen christlichen Mitbürgern zu leben. Doch hatte diese Vergünstigung auch ihren Preis. Da der jüdische Bevölkerungsanteil möglichst gering gehalten werden sollte, waren die deutschen Behörden streng darauf bedacht, die Zahl der Eheschließungen zu limitieren. Wer unter den Juden heiraten wollte, der musste zuvor die ausdrückliche Erlaubnis der deutschen Behörden einholen. Diese wurde allerdings nur dann erteilt, wenn Vakanzen für die Gründung eines neuen jüdischen Haushalts vorhanden waren. In Samsons Fall jedoch war die Situation noch komplizierter. Da er nämlich nicht aus Düsseldorf stammte, bedurfte er neben der Heiratserlaubnis auch noch einer Zuzugsgenehmigung, welche die jüdische Gemeinde nur äußerst ungern erteilte. Denn dadurch wurden nicht nur die Chancen der ortsansässigen Juden geschmälert, sondern damit war auch das Risiko verbunden, dass der Antragsteller „Schutzjude" wurde, also unter die Fürsorgepflicht der kleinen jüdischen Gemeinde fiel – was bei dem mittellosen, beruflich nicht abgesicherten Samson Heine eine nicht zu unterschätzende Gefahr darstellte.

Doch Betty setzte sich durch. Allen äußeren Widerständen zum Trotz erlangte sie die für die Hochzeit erforderlichen behördlichen Genehmigungen. Sie wollte diesen Mann, den sie liebte, nicht weil er ihr eine rosige finanzielle Zukunft versprach, sondern weil er sich in den Stunden der Not als wahrer Freund erwiesen hatte. Hier herrschte ein Gleichklang des Geistes und eine Seelenverwandtschaft, die ihr die Voraussetzung für eine gute Ehe zu sein schienen. Eine Vernunftehe war dies ebenso wenig wie Liebe auf den ersten Blick. Weder hat Betty Samson zu ihrem Mann erwählt, weil sie als unversorgte Halbwaise mit 25 endlich unter die Haube kommen wollte, noch weil die Leidenschaft sie dazu trieb; ihre durch den Tod von Vater und Bruder geschärfte Urteilskraft riet ihr zu etwas anderem: zu einem Lebensbund, der seine Tragfähigkeit aus einem stillen inneren Einvernehmen und Vertrauen bezog.

Sorgenfrei war Bettys Ehe mit Samson indes nicht. Ungemach drohte von einer anderen Seite. Wie sehr Betty auch die Heiterkeit und Lebenslust ihres Samson als einen Segen für sich und die Kinder ansah, so musste sie doch erkennen, dass die Kehrseite davon sein Mangel an Willenskraft und geschäftlichem Kalkül war. Das bestätigen auch Heines Äußerungen über seinen Vater. Wenn er zum Beispiel über ihn sagt: „Seine Tätigkeit war eigentlich nur eine unaufhörliche Geschäftigkeit", dann bringt er damit zum Ausdruck, dass seinem Vater der wahre Kaufmannsgeist abging. Gerade ihn hätte Samson Heine aber nötig gehabt, um in seinem Beruf erfolgreich zu sein. Denn das Kaufmännische war seine Profession. Seit 1797 betrieb er ein Geschäft für „Ellen- und Modewaren", das sich auf den Verkauf von englischem Baumwollsamt, so genanntem Velveteen, spezialisiert hatte. Auch wenn er seine fünfköpfige Familie damit über Wasser halten und ernähren konnte – zu großem Reichtum brachte er es im Gegensatz zu seinem Bruder, dem Hamburger Multimillionär Salomon Heine, nie. Zu seiner Ehre muss allerdings gesagt werden, dass nicht eigenes Verschulden, sondern die allgemeine politische und wirtschaftliche Entwicklung in Europa zu seinem Ruin führte: Samson Heines – auf Importe aus England angewiesene – Tuchhandlung ging bankrott, weil Napoleon 1806 ein Handelsverbot für Waren aus England verhängte und die Preise für Baumwollprodukte immer weiter sanken. Zieht man dazu noch in Betracht, dass er ab 1814 an einem epileptischen Syndrom litt und ab 1820 völlig arbeitsunfähig war, dann wird verständlich, warum er in seinen beruflichen Bemühungen schließlich scheiterte.

Umso größer war der Druck, der auf Betty lastete. Sie hatte nicht nur für ihren lebensuntüchtigen Mann zu sorgen, sondern auch ihre vier Kinder großzuziehen und in die richtige berufliche Bahn zu lenken. Dies, die Erziehung ihrer Kinder, war die dritte große Herausforderung, die sie in ihrem Leben zu bestehen hatte. Allerdings war dies eine Aufgabe, die ihr wie auf den Leib geschrieben schien. Denn sie fühlte sich zur Pädagogin geboren und das „Erziehungswesen war ihr Steckenpferd“. Will man dem geschönten Porträt Glauben schenken, das Heine von seiner Mutter in den *Memoiren* entwirft, dann war Betty eine aufgeklärte und gebildete Frau, die die Vernunft hochhielt und einem strengen Deismus huldigte. Da sie selbst eine „Schülerin Rousseaus“ war, versuchte sie, dessen moderne Erziehungsmethoden auch auf ihre Kinder anzuwenden. Mit Leidenschaft schmiedete sie Karrierepläne, ein Unterfangen, bei welchem sie allerdings weniger Umsicht als hektische, auf Erfolg getrimmte Betriebsamkeit an den Tag legte. Das bekam zu seinem Leidwesen vor allem Harry zu spüren, der als Ältester das Lieblingsobjekt ihrer pädagogischen Experimentierfreude war: „Meine Mutter [...] hatte große hochfliegende Dinge mit mir im Sinne und alle ihre Erziehungspläne zielten daraufhin. Sie spielte die Hauptrolle in meiner Entwicklungsgeschichte. Sie machte die Programme aller meiner Studien und schon vor meiner Geburt begannen ihre Erziehungsversuche.“

Was damit im Einzelnen gemeint war, beschreibt Heine ausführlich in seinen *Memoiren*. Mit dem Aufstieg Napoleons wurde sie zuerst durch die Pracht des französischen Kaiserreichs geblendet und sie malte sich für ihren Ältesten eine glänzende Laufbahn im Dienst des französischen Kaisers aus. Entgegen ihrem sonst so ausgeprägten Sinn für die Wirklichkeit erträumte sie sich für Harry „die goldensten Epauletten oder die brodirtesten Ehrenchargen am Hofe des Kaisers, dessen Dienst sie mich ganz zu widmen beabsichtigte – deshalb mußte ich jetzt vorzugsweise diejenigen Studien treiben, die einer solchen Laufbahn förderlich, und obgleich im Lyceum schon hinlänglich für mathematische Wissenschaften gesorgt war und ich bei dem liebenswürdigen Professor Brewer vollauf mit Geometrie, Statik, Hydrostatik, Hydraulik und so weiter gefüttert ward und in Logarithmen und Algebra schwamm, so mußte ich doch noch Privatunterricht in dergleichen Disciplinen nehmen, die mich in Stande setzen sollten, ein großer Strategetiker oder nöthigenfalls der Administrator von eroberten Provinzen zu werden." Mit dem Fall des Kaiserreichs und dem Sturz Napoleons zerschlug sich dieser Wunschtraum von selbst.

Doch anstatt dass die Mutter ihn von da an mit ihren Berufsplänen in Frieden gelassen hätte, malte sie sich für ihn nun eine Karriere als Großindustrieller oder Bankier à la Rothschild aus: „[M]eine Mutter behauptete es habe jetzt die Stunde geschlagen, wo ein bedeutender Kopf im merkantilischen Fache das Ungeheuerste erreichen und [sich] zum höchsten Gipfel der Macht emporschwingen könne. Sie beschloß daher jetzt, daß ich eine Geldmacht werden sollte und jetzt mußte ich fremde Sprachen, besonders Englisch, Geographie, Buchhaltung, kurz alle auf den Land- und Seehandel und Gewerbskunde bezügliche Wissenschaften studiren." Nachdem – infolge der großen Handelskrise – auch Harrys Vater Konkurs anmelden musste, war auch die „merkantilische Seifenblase" geplatzt. Dadurch keineswegs entmutigt, hatte Betty sogleich ein neues Berufsziel ersonnen, das zu verfolgen sie dem äußerlich geduldig sich fügenden Sohn auferlegte: „Sie meinte jetzt, ich müsse durchaus Jurisprudenz studiren. Sie hatte nemlich bemerkt, wie längst in England, aber jetzt auch in Frankreich und im konstituzionellen Deutschland, der Juristenstand allmächtig sey und besonders die Advokaten, durch die Gewohnheit des öffentlichen Vortrags, in den Kammern die schwatzenden Hauptrollen spielen und dadurch zu den höchsten Staatsämtern gelangten. Da eben die neue Universität Bonn errichtet worden, wo die juristische Fakultät von den berühmtesten Professoren besetzt war, schickte sie mich unverzüglich nach Bonn, wo ich bald zu den Füßen Mackeldeys und Welkers saß und die Manna ihres Wissens einschlürfte. Von den sieben Jahren, die ich auf deutschen Universitäten zubrachte, vergeudete ich drey schöne blühende Lebensjahre durch das Studium der römischen Casuistik."

Bezeichnenderweise hat Heine dieses Brotstudium Mitte 1825 mit seiner Promotion zum Dr. jur. nur mit mäßigem Erfolg abgeschlossen. Doch da seine Versuche, aus diesem Abschluss Kapital zu schlagen und einen bürgerlichen Beruf zu ergreifen, alle fehlschlugen, hing er schon bald darauf seinen „juristischen Doktorhut an den Nagel". Das war der Zeitpunkt, als Betty die „Oberleitung" über sein Leben aufgab. Er hatte nun ein Alter erreicht, das der „mütterlichen Obhut" nicht mehr bedurfte. Allerdings bedauerte sie es jetzt, dass sie ihren Harry nicht hatte Priester werden lassen. Dazu hatte ein guter Freund der Familie ihr nämlich seinerzeit geraten. Wie Betty ihrem Sohn nachträglich, bei seinem letzten Besuch in Hamburg im Jahre 1844, gestand, hatte Doktor Schallmeyer, der Rektor des Düsseldorfer Lyceums, das Heine als Schüler besuchte, ihr einst den Vorschlag unterbreitet, Harry zum Theologiestudium nach Rom zu schicken. Dort wollte er ihm durch seine guten Kontakte zum katholischen Klerus zu einem „bedeutenden Kirchenamte" verhelfen. Doch Betty lehnte dieses großzügige Angebot ab. Als „strenge Deistin" und Anhängerin Rousseaus hatte sie ihren Sohn für eine weltliche Laufbahn bestimmt. Das schien sie im Nachhinein bitter zu bereuen. Vielleicht nicht ganz zu Unrecht. Denn wie Heine in seinen *Geständnissen* scherzhaft erläutert, hätte er ganz „das Zeug" zum Abate gehabt und wäre vielleicht durch entsprechende Protektion zu den höchsten geistlichen Würden – eventuell sogar bis auf den Stuhl Petri – gelangt, was er – so fügt er großmütig hinzu – nicht ausgeschlagen hätte, da dieser Posten „jedenfalls ein sehr anständiges und auch mit gutem Einkommen versehenes Amt" gewesen wäre.

Bei der Erziehung ihrer anderen drei Kinder zeigt die selbstberufene Pädagogin übrigens mehr Geschick. Ihnen allen ebnete sie den Aufstieg aus der sozial schwachen Position eines mittelständischen jüdischen Elternhauses zu einer einträglichen, zu Wohlstand führenden, allerdings um den Preis der Assimilation erkauften Karriere: Ihre Tochter Charlotte (mit jüdischem Vornamen Sara; ca. 1802–1899) heiratete den angesehenen Hamburger Kaufmann Moritz Embden, ihr Sohn Gustav (mit jüdischem Vornamen Gottschalk; ca. 1803–1886) schaffte den Sprung vom österreichischen Offizier zum Gründer des konservativen Wiener *Fremdenblattes*, als dessen Herausgeber er in den Adelsstand erhoben wurde, und ihr Jüngster, Maximilian (Mayer; ca. 1804–1879), wurde Arzt am Zarenhof und später ebenfalls geadelt. Nur bei Harry versagten ihre erzieherischen Fähigkeiten. Nur ihn hat sie auf eine berufliche Bahn gelenkt, die sich im Nachhinein als Irrweg, als Verkennen seiner Bestimmung zum Dichter entpuppte. Dieses Unverständnis für sein wirkliches Talent hat Heine seiner Mutter nie offen zum Vorwurf gemacht. Gleichwohl gibt es eine gestrichene Lesart in den *Memoiren*, in der sich die Frustration über das strenge, seine literarische Begabung unterdrückende pädagogische Diktat seiner Mutter entladen hat: „Ich folgte gehorsam", so klagt er dort, „ihren ausgesprochenen Wünschen, jedoch gestehe ich, daß sie Schuld war an der Unfruchtbarkeit meiner meisten Versuche und Bestrebungen in bürgerlichen Stellen, da dieselben niemals meinem Naturell entsprachen. Letzteres, weit mehr als die Weltbegebenheiten, bestimmte meine Zukunft." Und so wurde, seiner poetischen Neigung gemäß, Harry schließlich doch ein Dichter, obwohl seine Mutter alles daran gesetzt hatte, ihn von diesem Weg abzubringen. „Sie hatte eine Angst vor Poesie, entriß mir jeden Roman, den sie in meinen Händen fand, erlaubte mir keinen Besuch des Schauspiels, versagte mir alle Theilnahme an Volksspielen, überwachte meinen Umgang, schalt die Mägde, welche in meiner Gegenwart Gespenstergeschichten erzählten, kurz, sie that alles mögliche, um Aberglauben und Poesie von mir fernzuhalten."

Einer der Gründe für diese bildersturmartige Poesiefeindlichkeit war mit Sicherheit der mangelnde Realitätssinn ihres Mannes, dessen ewig heiteres und kindlich-verträumtes Gemüt sich womöglich auf ihren Sohn vererbt hatte. „Eine grenzenlose Lebenslust war ein Hauptzug im Charakter meines Vaters. Er war genußsüchtig, frohsinnig, in seinem Gemüthe war beständig Kirmeß und wenn auch manchmal die Tanzmusik nicht sehr rauschend, so wurden doch immer die Violinen gestimmt. Immer himmelblaue Heiterkeit und Fanfaren des Leichtsinns. Eine Sorglosigkeit, die des vorigen Tages vergaß, und nie an den kommenden Morgen denken wollte." So hat Harry selbst einmal das naive Wesen seines herzensguten, aber letztlich lebensuntauglichen Vaters beschrieben.

Bettys Phobie vor der Poesie hatte aber noch einen weiteren Grund: nämlich ihren als Schriftsteller dilettierenden Bruder Simon van Geldern. Dieser hatte nach dem Tod seiner Eltern auf die Ausübung jedes festen bürgerlichen Berufs verzichtet, sich in das kleine vom Vater geerbte Haus, seine so genannte „Archae Noae", zurückgezogen und sich dort ganz seiner großen Leidenschaft, der Schriftstellerei hingegeben: „Von rastlosem Fleiße überließ er sich hier allen seinen gelehrten Liebhabereyen und Schnurrpfeifereyen, seiner Bibliomanie und besonders seiner Wuth des Schriftstellerns, die er besonders in politischen Tagesblättern und obskuren Zeitschriften ausließ." Bettys Furcht, dass die berserkerhafte literarische Besessenheit dieses närrischen „Sonderlings" auch auf ihren Sohn abfärben könnte, war berechtigt. Denn er hatte, obgleich er ein skurriler Kauz war, seinen Neffen nach dessen eigenen Worten schon bald in seinen Bann gezogen: „Dieser Onkel war es nun, der auf meine geistige Bildung großen Einfluß geübt und dem ich in solcher Beziehung unendlich viel zu verdanken habe. So kümmerlich auch seine literärischen Bestrebungen waren, so regten sie doch in mir vielleicht die Lust zu schriftstellerischen Versuchen. Der Ohm schrieb einen alten steifen Kanzleistil [...], aber sein Eifer, womit er mir die Hülfsmittel des geistigen Forschritts zuwies, war für mich von größtem Nutzen. Er beschenkte schon den Knaben mit den schönsten kostbarsten Werken, er stellte zu meiner Verfügung seine eigene Bibliothek, die an klassischen Büchern und wichtigen Tagesbroschüren so reich war." Gerade das aber bereitete Betty Kummer. Die gescheiterte Existenz dieses extravaganten Aussteigers vor Augen, war es für sie eine furchterregende Vorstellung, dass ihr

Sohn einen ähnlichen Lebensweg einschlagen würde: „Sie hatte nemlich damals die größte Angst, daß ich ein Dichter werden möchte: das wäre das Schlimmste, sagte sie immer, was mir passiren könne. Die Begriffe, die man damals mit dem Namen Dichter verknüpfte, waren nemlich nicht sehr ehrenhaft und ein Poet war ein zerlumpter armer Teufel, der für ein paar Thaler ein Gelegenheitsgedicht verfertigt und am Ende im Hospital stirbt."

Alle pädagogischen Schutzmaßnahmen und Gegenprogramme nutzten freilich nichts. Den gefürchtetsten aller möglichen Berufe, den des Schriftstellers – Heine hat ihn am Ende doch gewählt, gegen den Willen seiner Mutter, seinem eigenen Naturell gehorchend. „Wie du wohl weißt, geneigter Leser", so schreibt er augenzwinkernd in den *Geständnissen* im Anschluss an jene bereits zitierte Passage, in der von der verpassten Chance einer Karriere als katholischer Geistlicher die Rede ist, „ich bin kein Papst geworden, auch kein Kardinal, nicht mal ein römischer Nuntius, und wie in der weltlichen, so auch in der geistlichen Hierarchie habe ich weder Amt noch Würden errungen. Ich habe es, wie die Leute sagen, auf dieser schönen Erde zu nichts gebracht. Es ist aus mir nichts geworden, nichts als ein Dichter." Solche Worte sind natürlich, wie Heine selbst zugibt, Koketterie. In Wirklichkeit wurde er einer der erfolgreichsten Berufsschriftsteller seiner Zeit, der – auch wenn er finanziell meist nicht auf eigenen Beinen stehen konnte und zeitlebens auf die Unterstützung Salomon und Carl Heines angewiesen war – ansehnliche Honorare für seine Arbeiten bezog und sich als Dichter ein hohes Renommee erwarb. Das hat mit Sicherheit auch Betty mit Stolz erfüllt. Insofern konnte sie es einigermaßen gelassen hinnehmen, im Ringen mit ihrem Sohn um dessen berufliche Zukunft unterlegen zu sein.

Harry hat später über die vielen gescheiterten Erziehungspläne, durch welche die Mutter ihn von seinen dichterischen Ambitionen abbringen wollte, großmütig hinweggesehen. Selbst zu der Zeit, als sie ihn gemeinsam mit Onkel Salomon, der die Ausbildung seines Neffen finanziell mittrug, zum Studium der

Jurisprudenz verdammte, brachte er der Mutter noch so viel Zuneigung und Wertschätzung entgegen, dass er ihr folgendes Gedicht widmete:

Ich bin's gewohnt den Kopf recht hoch zu tragen;
Mein Sinn ist auch ein bischen starr und zähe;
Wenn selbst der König mir ins Antlitz sähe,
Ich würde nicht die Augen niederschlagen.

Doch, liebe Mutter, offen will ich's sagen:
Wie mächtig auch mein stolzer Muth sich blähe,
In deiner seelig süßen, trauten Nähe
Ergreift mich oft ein demuthsvolles Zagen.

Ist es dein Geist, der heimlich mich bezwinget,
Dein hoher Geist, der alles kühn durchdringet,
Und blitzend sich zum Himmelslichte schwinget?

Quält mich Erinnerung, daß ich verübet
So manche That, die dir das Herz betrübet,
Das schöne Herz, das mich so sehr geliebet?

Die in diesen Zeilen sich offenbarende Ehrerbietung ist wohl kaum als ein symbolischer Unterwerfungsakt des Sohnes vor dem „hohen Geist" seiner Mutter zu verstehen. Denn so sehr Heine seine Mutter in den *Memoiren* auch zu einer gelehrten Rationalistin aufwertet, die an der Seite ihres früh verstorbenen Bruders Medizin studiert haben soll, beweist auf der anderen Seite doch das fehlerhafte Deutsch ihrer Briefe, dass es mit ihrer Bildung nicht so weit her gewesen sein kann. Nein, der hier vorgetragene Respekt hat eine andere Ursache. Er ist eine Frucht des zweiten Motivs, das das Sonett nennt: der Mutterliebe. „Das schöne Herz, das mich so sehr geliebet" – dieses selbstlose, ihm alle Launen und Fehltritte vergebende, auch noch in den Momenten der tiefsten Verzweiflung bei ihm ausharrende Mutterherz ist es, das den stolzen Sohn, der vorgibt, nicht einmal vor einem König sein Haupt neigen zu wollen, demutsvoll die Knie beugen lässt.

Bettys Mutterliebe vermochte ihn vor vielem zu schützen: vor garstigen Mitschülern, vor übler Nachrede wie überhaupt auf vielerlei Weise vor einer boshaften und kalten Umwelt. Nur eines konnte sie mit Sicherheit nicht: ihn vor jener unheilbaren „Krankheit" bewahren, die er selbst „Pocken des Herzens" nannte und die ihn sein ganzen Leben lang begleiten sollte. Was es mit dieser seltsamen Infektion auf sich hat, nämlich dass es sich dabei um Heines fatale Liebe zum weiblichen Geschlecht handelt, erläutert der Dichter wiederum in seinem Memoirenfragment: „So viel wirst du gemerkt haben, theurer Leser, daß die Inoculazion der Liebe, welche meine Mutter in meiner Kindheit versuchte, keinen günstigen Erfolg hatte. Es stand geschrieben, daß ich von dem großen Uebel, den Pocken des Herzens, stärker als alle anderen Sterblichen heimgesucht werden sollte, und mein Herz trägt die schlecht vernarbten Spuren in so reichlicher Fülle, daß es aussieht wie die Gipsmaske des Mirabeau, oder wie die Facade des Palais Mazarin nach den glorreichen Juliustagen oder wie die Reputazion der größten tragischen Künstlerinn."

Das Gesagte spricht für sich – Heine porträtiert sich hier als ein vom Eros Geschlagener, dessen große Passion für die Frauen untilgbare Spuren in seinem Herzen hinterlassen hat. Dennoch hat man diese Textstelle mehrfach auf eine Weise interpretiert, die Heines Aussage vollkommen entstellt. So wurde unter anderem behauptet, dass es sich bei dieser Passage um einen retuschierten Texteinschub handle, der der Legende vom sexsüchtigen Frauenhelden Heine Vorschub leisten wolle. Andere Interpreten neigten hingegen der Auffassung zu, dass sich hinter der Formulierung „Inoculazion der Liebe" eine subkutane Erotik verberge, die Heine immer zu seiner Mutter verspürt habe. Sie unterstellten Heine ein ödipales Verhältnis zu Betty und sahen darin eine Ursache für die seelischen Verletzungen, die er sich bei seinen zahlreichen Frauengeschichten zuzog. Dass aber – Sigmund Freud hin oder her – die Liebe eines Sohnes zu seiner Mutter wie auch umgekehrt die Liebe einer Mutter zu ihrem Sohn ihren besonderen Reiz zumeist aus ihrer geschlechtlosen, von der Schwerkraft der Sexualität freien Natur bezieht, das wurde bei diesen Deutungsversuchen nicht berücksichtigt. Gerade das suggeriert aber doch jenes Bild vom Impfstoff der inokulierten Mutterliebe, die sich gegen die „Pocken des Herzens“, also die Frauenliebe, als nutzlos erwies.

Ob die Liebe seiner Mutter indes tatsächlich so wirkungslos war, wie Heine hier andeutet, darf bezweifelt werden. Als er Anfang 1821 unter dem Eindruck der Wiederbegegnung mit seiner frisch verlobten Cousine Amalie, seiner großen unglücklichen Liebe, ein weiteres Sonett für Betty schreibt, da ist es gerade die Mutterliebe, die gegen das „fatale Gebreste“ der Frauenliebe Linderung verschafft:

Im tollen Wahn hatt' ich dich einst verlassen,
Ich wollte gehen die ganze Welt zu Ende,
Und wollte sehn ob ich die Liebe fände,
Um liebevoll die Liebe zu umfassen.

Die Liebe suchte ich auf allen Gassen,
Vor jeder Thüre streckt' ich aus die Hände,
Und bettelte um gringe Liebesspende, –
Doch lachend gab man mir nur kaltes Hassen.

Und immer irrte ich nach Liebe, immer
Nach Liebe, doch die Liebe fand ich nimmer,
Und kehrte um nach Hause krank und trübe.

Doch du bist da entgegen mir gekommen,
Und ach! was da in deinem Aug' geschwommen,
Das war die süße, langgesuchte Liebe.

Ist das nicht eine bezaubernde, ins Weltliche gekehrte und auf die Ebene der Frauenliebe gespiegelte Kontrafaktur des Gleichnisses vom verlorenen Sohn? Der sich nach Frauenliebe sehnende Sohn zieht in die Welt, vergeudet dort leichtfertig die ihm vermachte Liebesgabe, um gebrochen und krank nach Hause zurückzukehren, wo die schon sehnsüchtig auf ihn wartende Mutter ihm entgegenläuft und ihm ausgerechnet mit jener

Liebe beschenkt, die er in der Fremde vergeblich gesucht hatte. Ein fast kitschig anmutendes Happyend für einen heillos von der Liebe Heimgesuchten.

Heines bewegter Lebensweg als streitbarer Poet brachte es allerdings mit sich, dass dieses geschönte Wunschbild nie wirklich in Erfüllung ging. Die zunehmende Verschlechterung seines materiellen und beruflichen Status in Deutschland – die Ablehnung seiner Bewerbung als Ratssyndikus in Hamburg, sein beschädigter gesellschaftlicher Ruf nach dem Platen-Skandal, das Verbot seiner „Nachträge zu den Reisebildern" wegen Beleidigung der guten Sitten und „empörender Blasphemie" – zwang ihn im Mai 1831 dazu, seiner Heimat den Rücken zu kehren und nach Frankreich zu emigrieren. Bei aller Anhänglichkeit an die Mutter stellte nun also das Pariser Exil – und zwar die folgenden 25 Jahre bis zu seinem Tod im Jahr 1856 – die neue Lebenswirklichkeit für den endgültig sich für die Rolle des Berufsschriftstellers entscheidenden Harry dar. So wurde von 1831 an die Sehnsucht nach der in Deutschland weilenden Mutter zum Basso ostinato von Heines gezwungenermaßen nach Frankreich verlegter Dichterexistenz. Das bekräftigt auch eine seiner berühmtesten Dichtungen, seine in die *Neuen Gedichte* aufgenommenen *Nachtgedanken*:

Denk ich an Deutschland in der Nacht,
Dann bin ich um den Schlaf gebracht,
Ich kann nicht mehr die Augen schließen,
Und meine heißen Thränen fließen.

Die Jahre kommen und vergehn!
Seit ich die Mutter nicht gesehn,
Zwölf Jahre sind schon hingegangen;
Es wächst mein Sehnen und Verlangen.

Mein Sehnen und Verlangen wächst.
Die alte Frau hat mich behext,
Ich denke immer an die alte,
Die alte Frau, die Gott erhalte!

Die alte Frau hat mich so lieb,
Und in den Briefen, die sie schrieb,
Seh' ich wie ihre Hand gezittert,
Wie tief das Mutterherz erschüttert.

Die Mutter liegt mir stets im Sinn.
Zwölf lange Jahre flossen hin,
Zwölf lange Jahre sind verflossen,
Seit ich sie nicht ans Herz geschlossen.

Deutschland hat ewigen Bestand,
Es ist ein kerngesundes Land,
Mit seinen Eichen, seinen Linden,
Werd' ich es immer wieder finden.

Nach Deutschland lechzt' ich nicht so sehr,
Wenn nicht die Mutter dorten wär';
Das Vaterland wird nie verderben,
Jedoch die alte Frau wird sterben.

Seit ich das Land verlassen hab',
So viele sanken dort in's Grab,
Die ich geliebt – wenn ich sie zähle,
So will verbluten meine Seele.

Und zählen muß ich – Mit der Zahl
Schwillt immer höher meine Qual,
Mir ist als wälzten sich die Leichen
Auf meine Brust – Gottlob! sie weichen!

Gottlob! durch meine Fenster bricht
Französisch heit'res Tageslicht;
Es kommt mein Weib, schön wie der Morgen,
Und lächelt fort die deutschen Sorgen.

Obwohl die Schlussstrophe signalisiert, dass durch Heines Frau, die Französin Mathilde, die Angst vor dem Tod der Mutter gebannt wird und die deutschen „Nachtgedanken" durch „Französisch heit'res Tageslicht" verscheucht werden, lässt die Sorge um die Mutter den Dichter in Wirklichkeit nie los. Die Vorstellung, dass die Mutter jederzeit sterben könnte, schien ihn wie eine fixe Idee zu verfolgen. Als dann die Nachricht von der großen Feuersbrunst, die vom 5. bis zum 8. Mai 1842 in Hamburg gewütet und große Teile der Stadt verwüstet hatte, in Paris eintraf, schienen sich seine schlimmsten Befürchtungen zu bestätigen: Die Mutter war durch das Feuer tatsächlich in Lebensgefahr geraten und hatte ihre Wohnung am Dammtor verloren. Jetzt stand für Heine fest, dass er die alte Frau so bald wie möglich besuchen musste. Allerdings dauerte es noch eineinhalb Jahre, bis er seinen Entschluss in die Tat umsetzen konnte. Als es dann so weit war, im Herbst 1843, ging alles ganz schnell. „Ich habe mich zu dieser Reise schnell entschlossen; solche Dinge muß man nicht lange aufschieben", schrieb er der Mutter erst am Tag seiner Abreise, dem 21. Oktober 1843, um durch dieses rasche Vorgehen eine mögliche Reaktion der deutschen Behörden auf seinen Besuch auszuschließen. Die auf dem Landweg über Brüssel, Aachen, Köln und Bremen führende Reise verlief ohne größere Zwischenfälle, so dass Heine nach acht Tagen in Hamburg eintraf. Jetzt endlich sah er die Mutter wieder, die er merklich verändert vorfand: „Sie ist durch Alter und Sorgen zusammengeschrumpft. Ängstlich wie sie ist, regt die geringste Kleinigkeit sie schmerzlich auf. Ihr größtes Übel ist ihr Stolz. Sie geht nirgends hin, da sie nicht die Mittel hat, bey sich Besuch zu empfangen. Seit dem Brande bewohnt sie zwey kleine Zimmer; es ist ein Jammer."

Insgesamt verlief dieser erste Deutschlandbesuch für Heine so glücklich, dass er noch am Tag seiner Rückkehr nach Paris an seinen Verleger Julius Campe die Zeilen richtete: „Wie ungern ich von Hamburg diesmal abreiste, davon haben Sie keinen Begriff! Eine große Vorliebe für Deutschland grassirt in meinem Herzen, sie ist unheilbar." Zu dieser großen Vorliebe trug, neben dem Wiedersehen mit der Mutter, gewiss auch der Umstand bei, dass Heine von seiner Familie, ja sogar von Onkel Salomon mit offenen Armen empfangen wurde und er darüber hinaus mit Campe einen lukrativen Vertrag über die Vergütung seiner Gesamtausgabe abschließen konnte. Unter solch günstigen Vorzeichen stand dann seine zweite Reise nach Deutschland, die er im Sommer darauf in Begleitung seiner Frau antrat, nicht mehr. Heines Familie ließ Mathilde, die kein Deutsch sprach und vor ihrer Ehe als einfache Schuhverkäuferin gearbeitet hatte, ihre niedrigere soziale Stellung so stark spüren, dass diese gedemütigt schon nach knapp drei Wochen wieder nach Paris zurückkehrte. Neben dieser persönlichen Kränkung bereitete Heine der eigentliche Hauptzweck der Reise, das Erscheinen seiner *Neuen Gedichte*, mehr Unannehmlichkeiten als erwartet. Nach zähen Verhandlungen mit Campe, der eine Abschwächung der radikalen Tendenz des Bandes forderte, war das Buch zwar erfolgreich auf den deutschen Buchmarkt gelangt. Aber sofort nach seinem Erscheinen wurde es offiziell verboten und konfisziert. So blieb Heine als Trost, wenigstens die Mutter wieder gesehen zu haben.

Dass es das letzte Mal in seinem Leben sein sollte, konnte er zu diesem Zeitpunkt noch nicht wissen. Doch je rapider es mit seiner Gesundheit bergab ging – und ab 1846 häuften sich die Symptome eines syphilitischen Leidens, das Heine zwei Jahre später endgültig niederstrecken sollte –, desto geringer wurde die Wahrscheinlichkeit, dass er noch einmal nach Deutschland reisen würde. Das einzige Mittel, weiter mit der Mutter in Kontakt zu bleiben, war somit der Briefverkehr.

Was ist das Charakteristische dieser Korrespondenz? Wodurch zeichnen sie sich aus? Mit Sicherheit bilden die zwischen Mutter und Sohn ausgetauschten Gedanken keine literarisch hochwertigen Kunstbriefe, die in der Absicht geschrieben wurden, ein bestimmtes Dichterbild zu erzeugen. Dazu sind sie sprachlich zu unverstellt, zu wenig um eine artifizielle Selbststilisierung bemüht. Auch sind sie mehr als ein nach den Konventionen des Familienbriefes inszeniertes Rollenspiel, in dem er den Part des getreuen Sohnes und sie denjenigen der weisen Ratgeberin übernimmt. Hierfür sind sie von der Sache her zu konkret, zu direkt auf die wechselseitige Klärung des jeweils angesprochenen

Problems angelegt. Die Grundtendenz der Briefe besteht vielmehr in der Unmittelbarkeit, mit der über die unterschiedlichsten Themen gesprochen wird, Alltäglichkeiten ausgetauscht werden und der Angeschriebene über die jeweilige Lebenssituation des anderen informiert wird. Ihre Hauptfunktion ist darum in der Aufrechterhaltung des Dialogs zu sehen, durch den Mutter und Sohn sich ihrer engen Bindung versichern und am Schicksal des anderen teilhaben. Von daher erklärt sich der Nachdruck, mit welchem beide stets auf eine rasche Antwort bestehen.

Im Zentrum fast aller Briefe Bettys stand die Sorge um Harrys Wohl: Sie sorgte sich um seine Gesundheit, seine Reputation als Autor, seine Wohnverhältnisse, die Beziehung zu seiner Frau. Besonders auf seine Ehe versuchte sie mäßigend einzuwirken. Denn mehrfach ließ Heine in seinen Briefen einen gewissen Unmut über Mathildes „Verbrengerei", d. h. „ihr Fieber, beständig Geld auszugeben", durchblicken. So beschwerte er sich etwa darüber, dass sich seine „Verbrengerin" eine grünseidene Robe angeschafft hatte, die von ihm sogleich auf den Namen „Vitzliputzli-Robe" getauft wurde: „Ich habe ihr nämlich berechnet, daß die Robe soviel kostet, wie das Honorar beträgt für das Gedicht ‚Vitzliputzli', welches im ‚Romanzero' enthalten ist", klagte er. Zudem machte ihm Mathildes „Launenhaftigkeit" zu schaffen. Auch wenn er vorgab, mit seiner Frau „in der schönsten Harmonie, im schönsten kostspieligsten Frieden" zu leben, konnte er sich, je hinfälliger er wurde, gegen ihr rebellisches Naturell kaum mehr durchsetzen, so dass er der Mutter eingestehen musste: „Ich habe leider nichts zu befehlen hier in Frankreich, und wie überall, fehlt auch in meinem Hause die notwendige Autorität." Wie zur Ergänzung fügt er diesem Bonmot dann an anderer Stelle die scherzhafte, auf die Februarrevolution von 1848 anspielende Drohung bei: „Führte sich Mathilde nicht gut auf, so würde ich ihr jetzt die Freiheit geben, wie alle Könige ihren Völkern, sie würde dann sehen, was bei der Freiheit herauskömmt." Die Mutter aber, die instinktiv ahnte, wie sehr ihr Sohn auf die Zuwendung Mathildes angewiesen war, hielt sich bei solchen Anspielungen auf eheliche Auseinandersetzungen sorgsam zurück. Nie ergriff sie eindeutig Partei für Harry, um dadurch nicht noch weiteres Öl in die Flammen der Ehestreitigkeiten zu schütten. Sie ahnte, was es bedeutete, mit einem Mann verheiratet zu sein, der der ständigen Pflege bedurfte. Statt gegen Mathilde deshalb jemals irgendwelche Vorwürfe zu erheben, hatte sie es sich zum Prinzip gemacht, ihre Schwiegertochter beharrlich zu grüßen, zu loben und gelegentlich zu bitten, nicht in ihrer Fürsorge für ihren Sohn nachzulassen.

Einen dramatischen Höhepunkt erreicht die Korrespondenz in jenem Brief von Anfang Dezember 1833, in dem Betty dem Sohn drastisch vor Augen führt, wie sie während des Brandes ihres Hamburger Hauses am 3. November um ein Haar ein Opfer der Flammen geworden wäre. Nachdem sie zunächst aus Schreck über das Unglück vierzehn Tage lang mit schweren Wechselfieberanfällen das Bett hüten musste, ist sie aber inzwischen wieder so weit genesen, dass sie Harry einen ausführlichen Bericht der Ereignisse nachreichen kann: „Ich hatte mich durch erkältung schon 8 Tage unwohl befunden, so daß ich 2 tage zu bette gelegen, den Unglücklichen Sontag ging ich im Zimmer in meine Schlafmüze und Morgen rock […] da komt Hanchen und schreit, unten im hauße wäre ein so starcker rauch und ich sehe wie im ersten stock zum Fenster heraus starcker rauch heraus komt, ich eile also herunter, um zu sehen was daß ist, da kommt mir aber solcher rauch entgegen, daß ich die treppe nicht mehr sehen konnte, glücklicher weise aber daß treppen gelender in händen bekam und so herunter eilte, Hanchen hatte glücklicher weise mich hinten bey dem Morgenrock gefaßt, und schrie immer ich brenne ich ersticke, ich hielte mir den Mund zu und zu meinem glücke wurde in dem selben Augenblick die Haußthüre aufgestoßen, ich sahe straße und eilte heraus […] wäre Hanchen nicht herauf gekommen, so wäre ich verlohren gewesen, dan über dem Dach sich zu retten wäre keine möglichkeit wegen der Bauart der neben Häuser gewesen, und die Treppe stand gleich in Flamme."

Angesichts dieser glücklichen Rettung verbot es sich für die Mutter, groß über den materiellen Schaden zu klagen, der ihr durch den Brand entstanden war. Allerdings war sie nur unzureichend versichert und hatte neben ihrer Wohnung auch viel Bargeld sowie wichtige Hinterlassenschaften Harrys – darunter einige seiner Manuskripte und ein ihr besonders ans Herz gewachsenes Porträt – verloren. Statt jedoch allzu sehr zu jammern, versuchte sie, in ihrem Sohn ein Gefühl von Dankbarkeit dafür zu wecken, dass Gott sie „ohne leibesschaden" vor dem möglichen Feuertod gerettet hatte: „Ich hoffe lieber Harry, du wirst Dich nicht ferner über dieses Unglück grämen, und Gott dancken, daß es noch so abgelaufen ist [...] dencke Dir, wann das Unglück ein paar Stunden später entstanden wäre, so wäre ich weil ich unwohl wahr zu bette gewesen, und dann hätte ich nicht soviel Zeit gehabt nur ein rock überzuwerfen und ich wäre verlohren gewesen, darum tröste Dich, dann so ein tod hättest Du ja nie vergeßen können." Umgekehrt wäre selbstverständlich auch die Mutter traumatisiert gewesen, wenn Harry ein ähnliches Ende ereilt hätte. Und in der Tat entging auch Heine nur knapp dem Flammentod, als neunzehn Jahre später ein Feuer in seiner Pariser Wohnung ausbrach. Dass diese Parallelität auf einen Außenstehenden durchaus kurios wirken konnte, drückt sich in einer Äußerung Charlottes aus, die diese Koinzidenz gegenüber ihrem Bruder treffend mit dem Satz kommentierte: „Merkwürdig, wie Du und Mutter wegen Feuersgefahr heimgesucht wurdet."

Ihr tiefes Gottvertrauen büßte Betty auch über dieser „Heimsuchung" nicht ein. Vielmehr fühlte sie sich jetzt erst recht in der Überzeugung bestärkt, „der liebe Gott wird uns schützen". Denn so sehr ihr Sohn sie auch in seinen *Memoiren* als aufgeklärte Rationalistin darstellt, blieb sie in Wirklichkeit doch stets eine gläubige Frau und eifrige Beterin. Das hat im Grunde auch der Sohn so gesehen und deshalb – trotz all seiner im Geiste begangenen Blasphemien – an sie die Hoffnung auf eine gnädige Aufnahme bei Gott geknüpft: „Du, liebe Mutter, warst immer eine brave gottesfürchtige Frau, von wahrer Frömmigkeit, und auch um Deinetwillen wird der liebe Gott uns immer beistehen."

Dennoch war es gut, dass ihm die Mutter, aber auch die

Schwester als Briefpartnerinnen stets zur Seite standen. Wenn es zum Beispiel zu Unstimmigkeiten mit seinen beiden Brüdern kam, wenn er Ärger mit seinem Verleger hatte, wenn seine Gegner ihn öffentlich diffamierten – immer konnte er mit dem durch nichts zu beirrenden Beistand dieser beiden Frauen rechnen, die er so tief liebte, weil sie die sanfte Seite des weiblichen Geschlechts verkörperten, die er in seinen anderen, den Tücken des Geschlechterkampfes ausgesetzten Beziehungen so schmerzlich vermisste. Da war es ausgemacht, dass Mutter und Tochter dem kranken Dichter Mut zusprachen und seine Werke über die Maßen lobten. Da war es eine Selbstverständlichkeit, dass sie sich gegen Campe stellten und den Verleger zur Strafe mit „das Aas", „der Jesuit" oder der „Rachenfurzer" beschimpften, als dieser Harrys *Lutezia*, also seine zum Buch umgearbeiteten Tagesberichte für die *Allgemeine Zeitung*, nicht herausgeben wollte. Einmal hat Charlotte ihren Bruder sogar vor einem „Polizeispion" gewarnt, der auf ihn angesetzt war und ihn in Paris besuchte.

Es ist im Übrigen nicht wahr, dass Betty über den schlechten Gesundheitszustand ihres Sohnes nicht unterrichtet war. Schon früh wird sie von Harry ausführlich über die zahlreichen Symptome seines Leidens informiert, auch wenn er den Namen Syphilis beflissentlich ausspart. Zu sehr war diese Krankheit ein moralisches Skandalon, als dass die Mutter damit hätte belastet werden dürfen. Doch ansonsten nimmt Heine kein Blatt vor den Mund, wenn es um die Beschreibung seines miserablen körperlichen Zustands geht. Seit 1848, als es zu einem ersten dramatischen Schub seiner luetischen Erkrankung kommt, weiß seine Mutter, dass es ihrem Sohn „hundeschlecht" geht, ja dass er ein „chronisch Kranker" ist, der an furchtbaren Krämpfen und Lähmungserscheinungen leidet und ständig von der Gefahr des Erblindens bedroht ist. Mehrfach wiederholt er gegenüber Schwester und Mutter „sein altes Klagelied mit den alten betrüblichen Variationen", dass es ihm nicht vergönnt sei, rasch zu sterben. „An meiner Krankheit selbst aber", so klagt er etwa im März 1850 vor der Mutter, „ist das allerschlimmste, daß man solange dabei am Leben bleibt, was Dir freilich, liebe Mutter, nicht das schlimmste dünkt, ich aber, der ich soviel physisch leiden muß und alle Hoffnung der Genesung verliere, ich beneide die Menschen, die von akuten Krankheiten rasch fortgerafft werden." Außerdem war Betty durch ihren Sohn Maximilian, der ja Arzt war und seinen Bruder im Sommer 1852 besucht hatte, über die Schwere von Harrys Krankheit aufgeklärt. Allerdings ging Charlotte, die in den meisten Fällen gemeinsam mit der Mutter die Adressatin von Harrys Briefen war, nach und nach dazu über, ihr nur die guten Nachrichten aus Paris vorzulesen und ihr alle unerfreulichen Neuigkeiten zu verheimlichen. Das glaubte sie der alten, zerbrechlichen Frau schuldig zu sein, wie sie ihrem Bruder am 6. November 1853 mitteilte: „Ich schlage keine Briefe von Dir unter, aber wenn etwas Unangenehmes ist, erfährt Mutter nichts, sie wäre schon todt, wenn ich ihr jedes unangenehme erzählen wollte, sie weiß, daß Du leider krank bist. Max hat mir Deinen Zustand geschildert, aber sein heiliges Wort gegeben, daß wenn Du Dich auch noch so unwohl fühlst, Du ein alter Mann dabei wirst."

Diese Diagnose, dass er recht alt werden würde, versuchte Harry, in seinen Briefen an die Mutter zu bestätigen. „Du kannst Dich darauf verlassen, daß ich Dir jede größere Verschlimmerung nicht verschweigen würde", tröstet er die besorgte Mutter, um dann fortzufahren: „In Wahrheit gesagt: ich möchte Dich gern überleben, um Dir den Kummer der Nachricht meines Abscheidens zu ersparen, und das ist vielleicht doch das Hauptinteresse, das ich an dem Leben nehme. Wenn ich Dich einmal nicht mehr habe, so werde ich dem Tode mit weit leichterem Herzen entgegensterben." Anderslautende Zeitungsberichte, die auf den Ernst seiner Lage hinweisen, versucht er zu entkräften, indem er sie als unwahr deklariert. „In englischen Blättern hat man mich wieder totgesagt und mein frühes Hinscheiden sehr bedauert. – In deutschen Blättern bin ich wenigstens dreivierteltot. Ich bin jetzt an dergleichen gewöhnt", meldet sich der Totgesagte bereits 1848 belustigt bei der Mutter zu Wort, um sie gegen den Unsinn solcher Hiobsbotschaften zu wappnen. Und als drei Jahre später erneut das Gerücht von seiner körperlichen Misere in der Presse die Runde macht, beeilt er sich, seine Mutter aufzufordern: „Daß Du dem Geklätsche, liebe Mutter, welches deutsche Blätter über meinen Zustand verbreiten, keinen Glauben schenken darfst, versteht sich von selbst."

Ob sich die Mutter durch solche Dementis täuschen ließ? Wohl eher nicht! So sehr sie dem Sohn auch für sein Bemühen, sie zu schonen, dankbar gewesen sein mag, wird sie intuitiv doch geahnt haben, wie schlecht es um ihn stand. Warum sonst hätte sie Mathilde so über die Maßen hofiert und zum „Prachtexemplar" erhoben, wenn nicht die Sorge um ihren pflegebedürftigen Sohn dahintergestanden hätte.

In seinen letzten Lebensjahren nahm das ohnehin herzliche Verhältnis Heines zu Schwester und Mutter noch einmal an Intensität zu. So bereitete es dem Todkranken fast eine kindliche Freude, dass Charlotte ihn im November 1855, drei Monate vor seinem Tod, in Paris besuchen kam. Sie, die ihm von seinen Geschwistern immer die Liebste war, weil sie ihn in ihrer zerbrechlichen Anmut so stark an die Mutter erinnerte, dass er einmal in jungen Jahren, wie um sie zu hänseln, über sie gesagt hatte: „Du selber bist mir doch lieber als alle Torten auf der Erde, die Zitronentorten mit inbegriffen", sie, seine „kleine süße Kristallpuppe", die sich inzwischen zur stattlichen Matrone entwickelt hatte und mit seiner Gattin Mathilde durchaus konkurrieren konnte, sie kam noch einmal, um sich von ihm zu verabschieden. Betty aber hatte aus Altersgründen daheim bleiben müssen. Das war für Mutter und Sohn in gleicher Weise schmerzlich, aber voraussehbar: Seit dem Ausbruch seiner Krankheit hat Heine insgeheim damit gerechnet, dass er die Mutter nicht mehr sehen würde. Statt aber nun zu verzagen, hat er seine Mutter über diese traurige Gewissheit durch ein Höchstmaß an Aufmerksamkeit und Zuneigung hinwegzutrösten versucht. Mit besonderer Wärme erfindet er Kosenamen für sie, spricht sie liebevoll mit „alte Schachtel", „alte süße Katze" oder mit „liebes altes Mausel" an und macht ihr die Liebeserklärung: „Wenn Dir die Dinge auch manchmal nicht zu Wunsche gehen, so tröste Dich mit dem Gedanken, daß wenige Frauen von ihren Kindern geliebt und verehrt worden sind, wie Du es bist und wie Du es wahrlich zu sein verdienst. Du bist meine liebe, brave, rechtschaffene und treue Mutter. Was sind die anderen in Vergleichung mit Dir. Man sollte den Boden küssen, den Dein Fuß betreten hat." Sogar Mathilde konnte da nicht mithalten und nahm in der inneren Rangordnung des Moribunden nur die zweite Stelle ein. „Wenn Du einmal weggehst, so wird auch meines Bleibens auf dieser Welt nicht lange sein, und die arme Mathilde mag sich um einen anderen Narren umsehn", versichert er Ende 1854 seiner alten Mutter.

Heine muss in der Tat gehofft haben, dass der Kontakt zu seiner Mutter über den Tod hinaus bestehen würde und sie beide im Jenseits sogar vereint sein könnten. In einem seiner letzten Briefe an Betty schreibt er: „Und nun lebe wohl, meine innigst geliebte Mutter, und sei überzeugt, daß ich unaufhörlich, Tag und Nacht, an Dich denke. Noch die vorige Nacht habe ich sehr lebhaft von Dir geträumt und ich sah Dich ganz, wie Du in den frühesten Zeiten ausgesehen, und ich hätte vor Kummer weinen können, als ich an die Gegenwart dachte. Du bist meine gute, liebe Mutter, und da wir beide unser ganzes Leben hindurch immer brav und redlich gehandelt haben, so haben wir nicht zu fürchten, daß wir in einer anderen Welt wieder voneinander getrennt leben müssten."

Bis in den Tod hinein fühlte sich Heine seiner Mutter also verbunden. Und so war es nach dem Bericht seiner Krankenschwester Catherine Bourlois die Hauptsorge des Sterbenden, seiner Mutter nicht mehr schreiben zu können. „Papier – Bleistift ...", das waren seine letzte Worte. Doch der intendierte Abschiedsgruß kam nicht mehr zustande. Der Stift entfiel seiner Hand.

„Das ist der Jugend Frühlingstraum“
Amalie Friedländer

In der Liebe hatte sie ihm seine erste große Niederlage zugefügt – ein Trauma, von dem er sich nie mehr wirklich erholte. Mit jugendlicher Arroganz schlug ihm seine Cousine Amalie Friedländer, geborene Heine (1800–1838), eine Wunde, die nie mehr ganz vernarben sollte, sondern immer wieder in neuen Angstvisionen in ihm aufbrach und weiterblutete. Zwar hatte er sich in seiner frühen Lyrik noch in einem Akt poetischer Sublimierung von ihr zu lösen gehofft, doch: vergebens. Seine in zahlreichen Liedern, Intermezzi und Romanzen geleistete Trauerarbeit schlug nicht an, seine lyrischen Bewältigungsversuche fruchteten nicht. Der Schmerz über die unerwiderte Liebe fand jedes Mal neue Wege, um in seine zarte Seele einzudringen und dort die alten Bilder seiner *Jungen Leiden* in einer Art Wiederholungszwang abzuspielen. Als er bei seinem letzten Deutschlandbesuch im Sommer 1844 in Hamburg zum ersten Mal Elisabeth Friedländer, die Tochter Amalies, sah, da erinnerte ihn das sechsjährige Mädchen so lebhaft an ihre mittlerweile verstorbene Mutter, dass die alten Wunden erneut zu bluten begannen. In dem Kind schien seine Jugendliebe wieder zum Leben erwacht zu sein. So stark wirkte die Erschütterung von einst in ihm nach, dass er in der Kleinen die – wie ihm dünkte – antithetische, aus verführerischer Schönheit und todbringender Dämonie sich zusammensetzende Sirenennatur Amalies verkörpert sah: Eine neue Loreley, anmutig und schlangenhaft zugleich, stand vor ihm. Nur so ist es zu erklären, warum er ihr u. a. folgende warnenden, befremdlich ernsten Reime in ihr Album schrieb:

> „Du kleine Cousinenknospe! Es zieht
> Bey deinem Anblick durch mein Gemüth

Gar seltsame Trauer, in seinen Tiefen
Erwachen die Bilder, die lange schliefen –
Syrenenbilder, sie schlagen auf
Die lachenden Augen, sie schwimmen herauf
Lustplätschernd – Die Schönste der Schaar
Die gleicht dir selber auf ein Haar! –

Das ist der Jugend Frühlingstraum –
Ich seh' dich an und glaub' es kaum!
Das sind die Züge der theuren Syrene
Das sind die Blicke, das sind die Töne –
Sie hat ein süßkrötiges Stimmelein,
Bezaubernd die Herzen groß und klein –
Die Schmeicheläuglein spielen in's Grüne,
Meer wunderlich mahnend an Delphine –
Ein bischen spärlich die Augenbrau'n,
Doch hochgewölbt und anzuschau'n
Wie anmuthstolze Siegesbogen –
Auch Grübchenringe, lieblich gezogen,
Dicht unter dem Aug', in den rosigen Wänglein –
Doch leider weder Mensch noch Englein
Sind ganz vollkommen – Das herrlichste Wesen
Hat seine Fehler, wie wir lesen
In allen Mährchen. Herr Lusignan,
Der einst die schöne Meerfee gewann,
Hat doch an ihr, in manchen Stunden,
Den heimlichen Schlangenschwanz gefunden."

Wohlgemerkt, das trägt der 47-jährige Heine einem kleinen Mädchen, deren Mutter bereits im Grab liegt, ins Poesiealbum ein. Weder Pietät noch Rücksicht auf das Alter der Adressatin vermögen ihn davon abzuhalten, seinem Porträt eine Wendung ins Dämonische zu geben. Zu tief sitzt der Schmerz über die kalte Überheblichkeit, mit der Elisabeths Mutter ihn vor einem Vierteljahrhundert hatte abblitzen lassen, als dass er jetzt ihrer Tochter gegenüber objektiv sein könnte. Durch die äußere Ähnlichkeit des Kindes wird das alte Trauma seiner erniedrigenden Jugendliebe wieder ausgelöst und vergegenwärtigt. Zwar sorgen die in das Gedicht einfließenden Märchenelemente, zumal die der bekannten Melusinensage, für eine gewisse, der Kinderwelt Elisabeths angemessene Auflockerung. Doch da Heine den alten Sagenstoff von Herrn Lusignan und seiner schönen Frau, die sich einmal in der Woche in ihre ursprüngliche Gestalt der Wassernixe zurückverwandelt, auf Amalie und ihr Kind überträgt, wird diese ausgleichende Wirkung wieder aufgehoben.

Doch wer besaß die Macht, ihn derart aus der Fassung zu bringen? Wenden wir uns der Jugendzeit Heines zu. Die Anfänge seiner unglücklichen Liebe zu Amalie reichen vermutlich bis in das Jahr 1814 zurück. Damals lernte Heine seine schöne Cousine bei einem Besuch der Familie seines reichen Onkels Salomon, des erfolgreichen Bruders seines erfolglosen Vaters, in Düsseldorf kennen. Die 15-jährige Amalie muss ihrem zwei Jahre älteren Cousin bei dieser Gelegenheit den Kopf so gründlich verdreht haben, dass dieser sie in der Folgezeit zu seiner „Muse" und – liebevoll mit dem Kosenamen „Molly" dekorierten – Herzensdame erhob. Das geht aus dem Umstand hervor, dass Heine gut zwei Jahre später, im Juli 1816, seinem Intimus Christian Sethe aus Hamburg voller Unruhe berichtete, dass er nun nach zwei Jahren der Absenz endlich seine „Molly" wieder sehen werde: „Ich sehe schon wie zwey große wohlbekannte blaue Augen mich anstarren würden; die habe ich zwar sehr lieb, sind aber glaub' ich nur kalt."

Inzwischen waren große Veränderungen im Leben Heines eingetreten: Da ihn seine Eltern aus Geldmangel für den Kaufmannsberuf bestimmt hatten, er aber mit achtzehn immer noch ohne abgeschlossene Ausbildung war, schickten sie ihn Anfang Juni 1816 nach Hamburg, wo er unter der strengen Aufsicht Onkel Salomons eine kaufmännische Lehre im Kontor von dessen Bankhaus „Heckscher & Co." absolvieren sollte. Zum ersten Mal hatte Heine die Geborgenheit seines Düsseldorfer Elternhauses verlassen, um sich in der Großstadt Hamburg unter die Obhut des herrschsüchtigen Patriarchen Salomon Heine zu begeben.

Seine schlimmen Vorahnungen in Bezug auf Molly sollten sich schon bald bestätigen. Das lang ersehnte Wiedersehen wurde zur herben Enttäuschung. Die kapriziöse und hochnäsige Cousine, die zunächst wie im Spiel auf sein Werben eingegangen war, ließ bald den Schleier vermeintlicher Gegenliebe fallen und wies ihn schroff ab. Bereits drei Monate nach dem angekündigten Wiedersehen besitzt Heine die Gewissheit, dass die Angebetete ihn nicht liebt. „Sie liebt mich nicht“, meldet er sich zerknirscht nach Wochen des Schweigens am 27. Oktober 1816 bei Christian Sethe zurück, um ihm nun in einem seitenlangen, wie im Affekt geschriebenen Brief zu offenbaren, in welch tiefe, an Wahnsinn grenzende Verzweiflung ihn Mollys Nein gestürzt habe. Das Schlimmste daran aber ist, dass er wegen ihrer rätselhafter Zwitternatur, in der „eiskalter Hohn“ unmittelbar mit „liebendem Wohlwollen“ gepaart ist, sich die Endgültigkeit seiner Niederlage nicht eingestehen will: „[...] obgleich ich die unläugbarsten, unumstößlichsten Beweise habe: daß ich nichts weniger als von ihr geliebt werde – Beweise die sogar Rector Schallmeyer für grundlogisch erkennen, und kein Bedenken tragen würd [!], seinem eigenen Systeme oban zu stellen – so will doch das arme liebende Herz noch immer nicht sein concedo geben, und sagt immer: was geht mich deine Logic an, ich habe meine eigene Logic.“ Heine ist sich der Absurdität dieser Geistesakrobatik bewusst. Wie ein Spieler, der längst alles verloren hat, spielt er um einen fiktiven Gewinn: „Ich bin ein wahnsinniger Schachspieler. Schon beym ersten Stein habe ich die Königinn verloren, und doch spiel ich noch, und spiele – um die Königinn. Soll ich weiterspielen?“ Diese Frage erübrigte sich. Seine Leidenschaft für Amalie hatte etwas Pathologisches, das an Sucht grenzte. Und so hat er weitergespielt, um seine Königin, jahrelang, auch wenn sich der Schwerpunkt seiner unglücklichen Liebe vom nüchtern-realen Schauplatz der Handelsmetropole Hamburg allmählich in den imaginären Bereich seiner lyrischen Traum- und Erinnerungsbilder verlagerte.

Dass er sich von seiner Peinigerin emotional nicht lösen konnte, hing wohl auch damit zusammen, dass ihm diese mit der erotischen auch eine soziale Kränkung zugefügt hatte: Weil Amalie ihn nicht nur als Liebhaber, sondern auch als gesellschaftliche Person deklassierte, fühlte sich der nach Anerkennung strebende Heine so tief getroffen, dass er sich in ihr Bild manisch verbiss. Die an seine Ablehnung geknüpfte soziale Herabsetzung war gravierend – mit Molly verlor er nicht nur das Objekt seiner Anbetung und Minne, sondern zu einem Teil auch die großbürgerliche Welt, für die sie stand. Mit ihr hätte er eine glänzende Partie gemacht und voraussichtlich den Aufstieg in die Sphäre des arrivierten Hamburger Geldadels geschafft. Doch er durfte an der Türe zu dieser Welt nur klopfen, nicht in sie eintreten.

Für Amalie kam der arme Vetter, der wie dessen Vater anscheinend ein geschäftsuntüchtiger „Windbeutel" war und deshalb im Geschäft *ihres* Vaters als Lehrling arbeiten musste, nicht in Betracht. Ihr stand der Sinn „nach Höherem": nach einem Mann, der, anders als dieser versponnene Poet, durch selbstbewusstes Auftreten und beruflichen Erfolg zu den Spitzen der deutschen Gesellschaft gehörte.

Für das wählerische Verhalten seiner Tochter hatte Salomon Heine wahrscheinlich selbst gesorgt. Als erfolgsorientierter Bankier, der vom kleinen jüdischen Bankangestellten zum Multimillionär und reichsten Bürger Hamburgs aufgestiegen war, hatte er ein reges Interesse daran, Amalie – wie auch seine weiteren drei Töchter und zwei Söhne – standesgemäß zu verheiraten. Der hartnäckig seine Tochter umwerbende Neffe war ihm da ein Dorn im Auge. Umsichtig hatte er deshalb veranlasst, dass der Sohn seines Bruders, des Versagers Samson, nicht in seiner vor den Toren Hamburgs gelegenen Prunkvilla in Ottensen, sondern in der Stadt selbst, in einem Zimmer an der Großen Bleiche 307, untergebracht wurde. Die schmerzhaften Auswirkungen dieser vorsorglichen Maßnahme bekam der schmachtende Neffe schon bald zu spüren. Denn die paradoxe Situation, in der Nähe der Angebeteten zu leben, ohne sie regelmäßig sehen zu dürfen, wurde für ihn zu einer unerträglichen Tortur: „Entfernt von ihr, lange Jahre glühende Sehnsucht im Herzen tragen, das ist Höllenqual und drängt höllisches Schmerzgeschrey hervor. Aber, *in ihrer Nähe seyn*, und doch ewig lange Wochen nach ihrem allein seeligmachenden Anblick zu schmachten [...], da kann auch das frömste und reinste Gemüth in wilder wahnsinniger Gottlosigkeit auflodern."

Erwies ihm der Onkel dann gelegentlich doch die Ehre einer Einladung, so war diese Gunst für ihn ein zweischneidiges Vergnügen. Denn zum einen musste er es sich gefallen lassen, dass seine Hamburger Verwandtschaft ihn mit allerlei ehrenrührigen Beleidigungen und Vorwürfen überhäufte – ein als seelisches Spießrutenlaufen empfundener Affront, der ihm so zusetzte, dass er sich noch Jahre danach in dem Gedicht *Affrontenburg* darüber empörte. Zum anderen fühlte er sich unter dem erlesenen Volk, das in der Villa des Onkels verkehrte – „diplomatisches Federvieh, Millionäre, hochweise Senatoren etc." – nicht wirklich wohl. Diese Gesellschaft aus Honoratioren, Geldadel und politischer Prominenz war für Heine zu „geziert und geschwänzelt", als dass er mit ihr hätte warm werden können. Die in ihr geltenden Umgangsformen und Regeln waren ihm so wenig vertraut, dass der „freye unbefangene Sänger [...] sehr oft gegen die Etikette" verstieß. Unter diesen Voraussetzungen nützte es wenig, wenn er vor Sethe prahlen konnte: „Der Neffe vom großen (???) Heine ist [...] überall gern gesehen und empfangen; schöne Mädchen schielen nach ihm hin, und die Busentücher steigen höher, und die Mütter kalkulieren [...]." Nein, all das war unehrliches Gebaren, das er allein dem Reichtum seines Onkels zu verdanken hatte. Der soziale Abstand zwischen ihm und der feinen Hamburger Bourgeoisie war in Wirklichkeit unüberbrückbar. „Niemand bleibt mir übrig als ich selbst", wird er deshalb treffend seine Rolle als eigenbrötlerischer „Sonderling" umschreiben, die ihm während dieser drei unglücklichen Jahre in Hamburg zufiel.

Seine Außenseiterposition änderte sich auch dann noch nicht, als ihm der Onkel im Mai 1818 ein eigenes Manufakturwarengeschäft am Graskeller Nr. 139 einrichtete. Als sein eigener Herr sollte er nun unter dem Firmennamen „Harry Heine & Co." englische Tuchwaren verkaufen. Es war streng genommen eine vom

Onkel finanzierte Filiale des Geschäfts seines Vaters, in dem die in Düsseldorf nicht abgesetzten Waren in Kommission gegeben wurden. Doch Heine, der für das Handelswesen nie eine besondere Neigung gezeigt hatte und sich der Ausbildung zum Kaufmann nur widerwillig widmete, sagte dieser Posten nicht zu. Als angehender Dichter fühlte er sich dort ähnlich deplatziert wie in dem „verluderten Kaufmannsnest" Hamburg, in dem es „Huren genug, aber keine Muse" gab. Heines Lebenskrise in dieser Selbstfindungsphase war also eine umfassende. Amalie war hier nur der Auslöser eines allgemeinen, über die Zuneigung zu ihr hinausgehenden, schmerzhaften Erkenntnisprozesses, an dessen Ende seine Entwicklung zum Mann und seine Emanzipation als Dichter standen.

Ungeachtet dessen nahmen die Sehnsüchte und Wünsche, die er mit Amalies Person verband, unwirkliche Züge an: Nur sie besaß für ihn den Schlüssel, um ihn aus der anämischen Leere der trockenen Zahlen- und Geschäftswelt um ihn herum zu befreien. Nur ihr war es gegeben, ihn aus der Pein seiner sexuellen Unerfahrenheit zu erlösen und ihm das Reich der erotischen Liebe zu erschließen. Und nur sie konnte die Muse sein, welche die in ihm schlummernden Lieder zum Klingen brachte.

Entsprechend überzogen interpretierte er jede Gefühlsregung und Geste, die er an ihr wahrnahm: Ein Blick von ihr konnte ihn vernichten oder beglücken, in den Himmel zärtlicher Erwartung oder in die Hölle verzweifelter Hoffnungslosigkeit stürzen; eine Locke von ihr, die er in einem „scharfzackigem schwarzen eisernen Kreuz" über seinem Herzen trug, brannte ihm nach seinen Worten so tief ins Fleisch, dass er nicht wusste, ob dies eine symbolische Liebesgabe oder eine Bürde war. Das Fatale an Molly bestand nämlich darin, dass Heines innerer Instinkt bei ihr versagte. Während sein Grundgefühl ihm ständig insinuierte, dass Molly ihn liebe, wies diese ihn bei jedem Annäherungsversuch kalt zurück. War „die Stimme im Herzen" also eine „Lügnerinn"?

In seiner Not begann er zu dichten. Zunächst nur für sie. Doch sie verwarf die „schönen Lieder", die er für sie geschrieben hatte, „bitter und schnöde". Dennoch gab er nicht auf, sondern setzte seine künstlerischen Bemühungen fort. „Ich dichte viel; denn ich habe Zeit genug, und die *ungeheueren Handelsspekulationen* machen mir nicht viel zu schaffen", lässt er Sethe wissen. Zwar änderte sich der Stil der „jetzigen Poesien" dahingehend, dass sie „sanfter und süßer" wurden als seine vorausgehenden lyrischen Ergüsse, nämlich „wie in Honig getauchter Schmerz". Dieser Stilwandel vereitelte indes nicht, dass Molly ihm nun tatsächlich zur Muse wurde – allerdings anders als vorgesehen. Hatte er ursprünglich gehofft, dass ihre Liebe zu seiner Inspirationsquelle werden könnte, so musste er jetzt feststellen, dass ihn ihre Ablehnung zum Dichten anregte. „Aus meinen großen Schmerzen / Mach ich die kleinen Lieder", lautet darum auf eine lyrische Kurzformel gebracht das künstlerische Prinzip, dem seine frühen Dichtungen entsprangen. Wie zur Bestätigung behauptet das lyrische Ich in den *Jungen Leiden*, dass es mit „heißem Blute" seine „Schmerzen niederschrieb".

Angesichts solcher Selbstaussagen erscheint es durchaus sinnvoll, eine starke autobiographische Verwurzelung von Heines Frühwerk anzunehmen. Der traumatische Effekt des Amalien-Erlebnisses besaß für den künstlerischen Individuationsprozess Heines eine katalysatorische Wirkung, die sich in seinen ersten Büchern niederschlug. Jan-Christoph Hauschild und Michael Werner ist zuzustimmen, wenn sie behaupten, dass Amalie als weiblicher Schatten in Heines Dichtungen weiterlebte: „Die Herzspur der Abweisung durch die Hamburger Cousine geht durch Heines erste Lyriksammlung, die ‚Gedichte', von 1822, und durch sein zweites Buch, ‚Tragödien, nebst einem lyrischen Intermezzo', von 1823; von dieser Liebe künden die stark bekenntnishaften ‚Ideen. Das Buch Le Grand' (1827) wie noch manch anderer späterer Prosatext. Als Heines Göttinger Kommilitone Eduard Wedekind ihm nachher einmal, ‚ohne mit seinen Liebes-Affären im Geringsten bekannt zu sein', aufgrund seiner ersten Veröffentlichungen ‚demonstrirte, er sei ohne Zweifel in seine Cousine verliebt gewesen', bestätigte er dies indirekt mit der Antwort: ‚Du bist ein verfluchter Kerl.'"

Kein ernstzunehmender Heine-Forscher würde zwar heute noch Heines frühe Liebeslyrik als eine naturalistische Umsetzung des Amalien-Erlebnisses deuten und das *Buch der Lieder* naiv wie eine poetische Autobiographie lesen. Vielmehr stimmen die meisten Forscher darin überein, dass jenes überwiegend Rollenlyrik enthält, die nicht reale persönliche Erfahrungen wiedergibt, sondern ein Spiel mit fiktiven Erlebnissen, Visionen, Phantasien und Wunschträumen betreibt. Dennoch wäre es falsch, die enorme Prägekraft zu unterschätzen, die diese einschneidende Liebeserfahrung für Heines frühe Lyrik besaß. Heine selbst hat zwar alles dafür getan, um Amalies Spur in seinen Werken und Briefen zu tilgen: Nie nannte er ihren Namen, wenn er auf seine Leidenschaft für sie zu sprechen kam, sondern apostrophierte sie nur kryptisch als Molly. Auch verwahrte er sich streng gegen eine Lesart seiner Werke, die den „Geist" seiner Dichtungen aus der „Geschichte des Verfassers", also aus seiner Biographie, herzuleiten sucht: „Wie leicht auch die Geschichte eines Dichters Aufschluß geben könnte über sein Gedicht [...], so muß man dieses dennoch nie erwähnen, besonders nicht bey Lebzeiten des Dichters. Man entjungfert gleichsam das Gedicht, man zerreist den geheimnißvollen Schleyer desselben, wenn jener Einfluß der Geschichte, den man nachweist, wirklich vorhanden ist; man verunstaltet das Gedicht, wenn man ihn fälschlich hineingegrübelt hat", betont er nachdrücklich gegenüber Carl Immermann. Aber derartige Vertuschungsversuche gelingen Heine nur halb. In Wahrheit hat seine Erfahrung mit Amalie maßgeblich den Inhalt seines Frühwerks beeinflusst. Das weiß Heine auch selbst. So räumt er zum Beispiel in demselben Brief ein, dass seine Dichtungen „alle nur Variazionen desselben kleinen Themas" seien und er bisher immer nur „die Historie von Amor und Psyche in allerley Grouppirungen gemalt" habe. Das sei „das traurige Geheimniß" seiner „poetischen Kraft". In mythologischer Verbrämung hat Heine damit das Amalien-Erlebnis zum Leitmotiv seiner Poesie gemacht.

Dichten allein genügte Heine indes nicht. Die Ablehnung durch seine Cousine versuchte er dadurch zu kompensieren, dass er seine Gedichte in Druck gab. Er wollte sich die ihm von Amalie und seinen Hamburger Verwandten vorenthaltene Anerkennung erwerben, indem er sich coram publico als Dichter profilierte. Im Februar und März 1817 gelang es ihm, unter dem Pseudonym „Sy Freudhold Riesenharf“ (einem Anagramm aus Harry Heine, Düsseldorf) gleich in drei unterschiedlichen Nummern des *Hamburger Wächters* Gedichte von sich zu veröffentlichen, darunter *Zwei Lieder der Minne* und *Die Romanze vom Rodrigo*. Die Wahl eines Decknamens schien ihm erforderlich, weil in der „Schacherstadt“ Hamburg „nicht das mindeste Gefühl für Poesie zu finden“ sei und die Entdeckung seiner Autorschaft deshalb seiner beginnenden Kaufmannskarriere „ungeheuer schädlich“ hätte sein können.

Solche Teilerfolge verbesserten jedoch nicht seine Position bei Amalie. Diese blieb gegenüber seinen verzagten Annäherungsversuchen weiterhin verschlossen. Ihre anhaltende Reserviertheit führte immer mehr zu einer Abkühlung seiner Gefühle. Schließlich siezten sie sich nur noch. Langsam dämmerte es ihm, dass er chancenlos war. Er begann, sich mit seinem Schicksal abzufinden. Mit gespielter Nonchalance schrieb er ihr Ende November 1817 ins Album: „Aber mein letzter Wunsch ist immer: Sie recht glücklich zu wissen.“ Das klingt souverän und gönnerhaft, wie die Worte von einem, der über den Berg ist. Wenige Wochen später setzte er noch einen drauf. In sein damaliges Lieblingsbuch, Adolf Müllners *Die Schuld*, das er ihr zum Jahreswechsel überreichte, schrieb er den verletzend nüchternen Satz: „Ich wünsche Ihnen viel Glück zum neuen Jahre. Amen.“ Damit sollte der Status quo abgesegnet werden. Sie sollte den Eindruck gewinnen, er sei nie in sie verliebt gewesen. Doch wie um ihn zurechtzustutzen, versetzte sie ihm schnell einen Stich. „Schreiben Sie auch so etwas!“, höhnte Sie spöttisch, auf Müllers Büchlein verweisend. Bei einer weiteren Gelegenheit schenkte sie ihm hämisch ein aus Marzipan angefertigtes „Trauermonument“. Die alten Machtverhältnisse waren wiederhergestellt.

Ein Ende des ungleichen Kampfes zeichnete sich erst ab, als sich Heines geschäftliche Situation so verschlechterte, dass er

Hamburg verlassen musste. Es war die fatale Verquickung seines Geschäfts mit dem seines Vaters, die das notdürftige berufliche Provisorium, das er sich mit Hilfe seines Onkels aufgebaut hatte, zum Einsturz brachte. Der ersten Hiobsbotschaft folgte die zweite: Zunächst wurde am 4. Februar 1819 die Liquidation des Geschäfts seines Vaters durch Salomon Heines Prokuristen A. Hirsch eingeleitet, einen Monat später folgte diejenige seiner eigenen Firma – wegen drohenden Bankrotts. Was aber seine Niederlage noch vernichtender machte: Zur gleichen Zeit gründete sein Onkel das Bankhaus „Salomon Heine". Glück und Unglück, Erfolg und Misserfolg innerhalb derselben Familie konnten kaum näher beieinander liegen. Aber der Onkel war kein schlechter Mensch. Er sicherte dem Neffen eine jährliche Unterstützung von 400 Talern zu, damit dieser Jura studieren konnte. Das war zwar ein bürgerliches Brotstudium, das ihn von Amalie und seinen poetischen Ambitionen wegführen sollte. Aber lieber als der ungeliebte Kaufmannsberuf war ihm das allemal. So kam es, dass Heine Mitte Juni 1819 Hamburg verließ, um sich für die Aufnahmeprüfung an der Universität Bonn vorzubereiten.

Wer glaubt, dass damit dieses Kapitel in Heines Lebensgeschichte abgeschlossen wäre, wird sich getäuscht sehen. Das zunächst in Bonn begonnene, dann in Göttingen fortgesetzte Jurastudium brachte zwar manch interessante Begegnung wie etwa die befruchtende Bekanntschaft mit August Wilhelm Schlegel, der den jungen Poeten unter seine literarischen Fittiche nahm. Heine begann auf Anregung Schlegels, Byron zu übersetzen. Ebenso wagte er sich jetzt über das lyrische Terrain hinaus. Im Sommer 1820 schrieb er das Drama *Almansor*, und er ließ diesem Stück um eine unglückliche Liebe wenig später seine erste Proscahrift, den Essay *Die Romantik*, folgen. Auch erste Kontakte zu erotisch aufgeschlossenen Damen knüpfte er in dieser Zeit. Seinem Freund Friedrich von Beughem gegenüber brüstete er sich jedenfalls, dass er „schöner Busen halber" die Musen vorübergehend vernachlässigt habe, was ihm diese mit „poetischer Unfruchtbarkeit" vergolten hätten. Erst der „alte Schlegel", der

„sie vielleicht nicht mehr selber bespringen kann“, habe ihn wieder mit den „zürnenden Schönen“ versöhnt und sie ihm „gütigst zugekuppelt“, so dass er „allen 9 Schwestern [...] bereits wieder dicke Bäuche gemacht“ habe.

Doch so sehr sich Heine auch kraft solch drastischer Verbalerotik den Anschein des nimmersatten Schürzenjägers gab, wirklich zu kurieren vermochte ihn das von seinem alten Katzenjammer nicht. Als er wegen einer leidigen Duell-Affäre im Januar 1821 für ein halbes Jahr der Universität Göttingen verwiesen wurde und kurz darauf bei einem Besuch seiner Verwandten in Hamburg Amalie wieder sah, war es erneut um ihn geschehen. Allein schon die seltsame Atmosphäre des Ortes, an dem ihn Amalie einst so gedemütigt hatte, rief das alte Trauma wieder hervor. „Ich habs ja vorausgewußt und habs Dir auch vorausgesagt“, schrieb er Anfang März an Heinrich Straube in Göttingen, „kaum betrat ich das Weichbild Hamburgs, da war mirs plötzlich, als ob ich nie dieses Nest verlassen hätte und alles, was ich in meiner Abwesenheit erlebt, gedacht und gefühlt, erlosch aus meinem Gedächtnis.“ Das souveräne männliche Gebaren, das er sich in der Zwischenzeit mühsam antrainiert hatte, war mit einem Mal wie weggeblasen. Vor allem, als er sie unweit von sich in einer Loge im Theater sitzen sah und einmal mehr die entwaffnende Wirkung ihrer „zwey Aquatophanaäuglein“ zu spüren bekam, erkannte er, dass das „hübschgeputzte Sonntagspüppchen, bey dessen Fabrikation der himmlische Kunstdrechsler sich selbst übertroffen“ hatte, für ihn „die Klippe“ war, an dem sein Verstand „scheitern“ musste. Da half kein Zynismus und Trotz, kein wildes Aufbegehren im Sinne Byrons. Da war die „Katastrophe“ absehbar, auch wenn noch nicht klar war, welche Richtung er ihr geben wollte: „Wie wird dieses Buch endigen? Hat der göttliche Author eine Tragödie oder ein Lustspiel schreiben wollen? Dieu mercy, ich habe auch noch ein Wort mitzusprechen, von meinem Willen hängt die Katastrophe ab [...].“ Die zwei Jahre der Trennung hatten seine Leidenschaft für Amalie folglich keineswegs geringer, sondern vielmehr größer werden lassen, frei nach Rochefoucaulds Maxime: „L'absence diminue les médiocres passions, et augmente les grandes, comme le vent éteint les bougies et allume le feu." Zu Deutsch: „Die Abwesenheit verringert die mittelmäßigen Leidenschaften und steigert die großen, so wie der Wind die Kerzen auslöscht und das Feuer entfacht."

War diese Erkenntnis schon misslich genug, so ließ Heine kein Fettnäpfchen aus, um sich nicht zusätzlich in die Position des törichten Narren zu manövrieren. Wie er Straube berichtet, leistete er sich nämlich während dieses Aufenthalts in Hamburg einen Fauxpas, der ihm noch Tage später die Schamesröte ins Gesicht trieb. Den Anlass zu dieser erneuten Erniedrigung gab ein nächtlicher Besuch vor Amalies Fenster in Ottensen. Dort wollte er in einer Art Mischung aus Almansor und Don Quichotte, also dem Titelhelden seiner ersten Tragödie und dem närrischen Ritter aus Cervantes' berühmtem Roman, vor der Villa des Onkels seiner „Dulcinea de Tobosa" eine Kostprobe seines lyrischen Könnens geben, als eine banale Begebenheit ihn plötzlich unsanft aus seiner schauerromantisch schwülstigen Stimmung riss: „Es ging schon gegen Mitternacht, da begab ich mich nach dem Hause meiner Dulcinea de Tobosa, um unter ihrem Fenster die Rolle meines Almansor in der Wirklichkeit zu spielen. Aber ich hatte leider keinen Mantel wie mein Almansor, und muste frieren wie ein Schneider. Auch hatte ich statt einer hellgestirnten andalousischen Sternennacht nur einen aschgrauen Himmel, feuchten hamburger Nationalwind, und durchfröstelndes Regengeträufel. [...] sie selbst, sie selbst erschien oben am Fenster, und nickte herab, und lächelte herab, in all ihrer leuchtenden Schönheitsglorie, so daß ich zu vergehen glaubte vor unendlicher Sehnsucht, und Wehmut und Seeligkeit. – Doch doppeltschneidender Schmerz zerriß mein innerstes Gemüth, als ich bemerkte, daß meine Fantasie mich wieder in den April geschickt hatte. Das schaurigsüße Lockenköpfchen, das mir so huldreich herabgenikt, war nur die alte Gouvernante, die ihre Jalousien zugemacht, der wundersame Duft, der meine Sinne umnebelte, war nur der Geruch aus einem nahen Käseladen, und der herabrauschende Blutstrom war nur der Schiffprügelinhalt, den eine Hure aus dem Fenster herabgoß." Kein Wunder, dass sich Heine nach dieser Blamage „unpässlich" und „genirt" wie ein begossener Pudel fühlte. Die Notwendigkeit, das in Göttingen abgebrochene Studium Mitte März in Berlin wieder aufzunehmen, musste ihm da wie eine willkommene Fluchtmöglichkeit vorkommen.

In Berlin scheint er sich nun endlich von seiner Jugendliebe lösen zu können. Neue, lebensentscheidende Eindrücke stürmen auf ihn ein: Neben den rechtswissenschaftlichen Studien, die ihn langweilen und denen er sich nur mit Widerwillen unterzieht, hört er jetzt Vorlesungen bei dem konservativen Staatswissenschaftler Friedrich von Raumer, dem berühmten Altertumsforscher Friedrich August Wolf und dem „großen Hegel", seinem bedeutendsten akademischen Lehrer. Er gewinnt Zutritt zum Salon von Rahel und Karl August Varnhagen van Ense, die ihn zu fördern suchen und ihm die Tür zu den Intellektuellenzirkeln Berlins öffnen.

Doch der Schatten Amalies verfolgt ihn bis nach Berlin. Am 15. August 1821 vermählt sie sich mit dem ostpreußischen Gutsbesitzer Jonathan Friedländer. Das ist ein Schlag, der trifft und den vermeintlich Geheilten erneut in eine schwere Krise stürzt. Seine poetischen Sublimierungsversuche sprechen Bände. In Reaktion auf die Hiobsbotschaft verfasst Heine nämlich gleich mehrere Gedichte, die das Ereignis der Vermählung zum Thema haben: die *Lyrischen Intermezzi* 17–19, von denen vor allem die Nr. 18 mit der Anfangszeile „Ich grolle nicht, und wenn das Herz auch bricht" durch Robert Schumanns Vertonung *Dichterliebe* einen hohen Bekanntheitsgrad erreichen sollte, und die später in das *Buch der Lieder* aufgenommenen Gedichte *Der Glückwunsch* und *Die Trauung*. Sie alle umkreisen aus der Sicht des düpierten lyrischen Ich den Vorgang der Eheschließung als einen schmerzlichen Akt des Verrats. Dabei kann es sich Heine nicht verkneifen, die Verderbtheit der Geliebten an den Pranger zu stellen. Diese aber ist umso größer, als sein Liebchen sich – nach der Darstellung in der *Trauung* – einem völlig unwürdigen Bräutigam an den Hals geworfen hat:

Im Traum sah ich ein Männchen klein und putzig,
Das ging auf Stelzen, Schritte ellenweit,
Trug weiße Wäsche und ein feines Kleid,
Inwendig aber war es grob und schmutzig.

Inwendig war es jämmerlich, nichtsnutzig,
Jedoch von außen voller Würdigkeit;
Von der Courage sprach es lang und breit,
Und tat sogar recht trutzig und recht stutzig.

„Und weißt du, wer das ist? Komm her und schau!"
So sprach der Traumgott, und er zeigt' mir schlau
Die Bilderflut in eines Spiegels Rahmen.

Vor einem Altar stand das Männchen da,
Mein Lieb daneben, beide sprachen: „Ja!"
Und tausend Teufel riefen lachend: „Amen!"

Das ist zweifellos eine Form der fiktiven Vergeltung, die Heine hier an seinem siegreichen Rivalen übt. Die unfreiwillige Ironie dieses „Traumbilds" besteht nur leider darin, dass Amalies Bräutigam das Gegenteil von dem war, als was ihn Heine beschreibt. Nach Aussage von Fanny Lewald war er ein „sehr gut aussehender Mann" aus „sehr angesehener Familie", der bei der Damenwelt gerade deswegen großes Aufsehen erregte, „weil er seinerzeit als freiwilliger Jäger die Feldzüge gegen Napoleon mitgemacht" hatte und die „Freiwilligen" damals „an und für sich Gegenstände der Verehrung gewesen" sind.

Der positive Effekt von Amalies Vermählung war, dass Heine in Bezug auf seine Cousine jeglicher Illusion beraubt wurde. Der Schock über die Unwiderruflichkeit des Geschehenen schien ihn zu sich zu bringen. Plötzlich fand er zu einer Haltung, die die Tragik der Niederlage durch beredte Heiterkeit überwand. In einem verschnörkelten, an Jean Paul gemahnenden Bildergleichnis schilderte er Wilhelm Smets in Köln seine einstige Liebe zu einem „kleinen, herzigen Veilchen", das ihm „schon damals viel Streiche gespielt habe", sich dann aber in ein „zartpfötiges Meerkätzchen" verwandelte, das „sich endlich einem schmutzigen Hasen in die Arme warf". Zur Entschlüsselung dieser Tierparabel reicht er die aufschlussreichen Worte nach: „[...] ich bin ja wieder in desolatem Zustande wegen meiner Geliebten, die es wieder ebenso treibt wie sie es als Meerkätzchen getrieben [...]. Aber ich fürchte, das Spiel geht zu Ende, sie treibt es noch so lange, bis wir wieder in Stein verwandelt werden und Jahrtausende lang, starr und kalt, an den Pforten der Ewigkeit, als zwei Statuen stehen müssen. Unter uns gesagt, der Versteinerungsprozess hat schon in mir angefangen, ich füle den Geist erstarren und das Gefühl erkalten." Das war nicht nur die traurige Folge, sondern auch der beglückende Gewinn der Nachricht aus Hamburg: Versteinerung, Erkalten, Distanz und Freiheit. Christian Sethe kann er im April 1822 von der erstaunlichen Einsicht berichten, dass Amalie für ihn zu einem „weiblichen Schatten" geworden sei, „der jetzt nur noch in meinen Gedichten lebt". In dem Gedicht *Sag', wo ist Dein schönes Liebchen*, das allerdings erst 1824 entstanden ist, hat er diesen Vorgang der allmählichen Mortifikation festgehalten:

Sag, wo ist dein schönes Liebchen,
Das du einst so schön besungen,
Als die zaubermächt'gen Flammen
Wunderbar dein Herz durchdrungen?

Jene Flammen sind erloschen,
Und mein Herz ist kalt und trübe,
Und dies Büchlein ist die Urne
Mit der Asche meiner Liebe.

Das zum Liebesgrab deklarierte Büchlein aber wuchs allen Unkenrufen des Autors zum Trotz in den folgenden Jahren so an, dass es 1827 als erste große Lyriksammlung Heines mit dem Titel *Buch der Lieder* herausgegeben werden konnte. Überhaupt versiegte der Strom seiner literarischen Produktivität nach Amalies Heirat keineswegs, sondern seine Schreiblust trieb unablässig neue Früchte. In den Jahren 1822/23 begann der Student der Rechte, sich immer mehr zum publikumswirksamen Autor zu mausern, indem er nicht nur zahlreiche neue Gedichte veröffentlichte, sondern auch seine beiden Prosaarbeiten *Briefe aus Berlin* und *Über Polen* – essayistische Erträge seiner Studienjahre in Berlin und seiner Polenreise im Spätsommer 1822 – in Zeitschriften wie dem *Rheinisch-Westfälischen Anzeiger* oder dem *Gesellschafter* herausbrachte. Es entstand seine literarische „Hauptkonfession" („das Gedicht ist wahr, oder ich selbst bin eine Lüge"), die Tragödie *William Ratcliff*, die zusammen mit dem *Almansor* und dem Zyklus *Lyrisches Intermezzo* in einem eigenen Tragödienband erscheinen sollte.

Infolge seines sich anbahnenden literarischen Erfolges ergab sich nun auch eine Reihe von Bekanntschaften mit wichtigen Persönlichkeiten des literarischen Lebens, darunter solch namhafte Autoren wie Adalbert von Chamisso, Christian Dietrich Grabbe, Friedrich de la Motte Fouqué und Karl Immermann, in dem Heine einen „Waffenbruder" im „heiligen Kampfe" gegen das „verjährte Unrecht" und die „herrschende Thorheit" sah. Wegen der in der Berliner Bevölkerung grassierenden antijüdischen Stimmung schloss er sich Ende September 1822 dem „Verein für Cultur und Wissenschaft der Juden" an, einem idealistischen Kreis aufgeklärter jüdischer Intellektueller, die durch das Heranführen des Judentums an den Geist der Gegenwart allen judenfeindlichen Tendenzen den Wind aus den Segeln nehmen wollten.

Bei der Fülle an Aktivitäten, die Heine in diesen Berliner Tagen entwickelte, blieb ihm kaum Zeit, über Amalie groß nachzugrübeln. Das änderte sich aber schlagartig, als er durch die Heirat seiner Schwester mit dem Hamburger Kaufmann Moritz Embden an die Stätte seiner ehemaligen Schmach zurückkehren musste. Als sei er niemals fort gewesen, stellte sich nun die alte Misere wieder ein. Beim Anblick der Stadt kam der Gedanke an Amalie sogleich wieder in ihm hoch. Allerdings lebte diese inzwischen nicht mehr in Hamburg, sondern auf dem Gut ihres Mannes in Ostpreußen – Grund genug, um ihr Fehlen zum Gegenstand einer Klage in dem Gedicht *Sey mir gegrüßt, du große, / Geheimnißvolle Stadt* zu machen:

Sey mir gegrüßt, du große,
Geheimnißvolle Stadt,
Die einst in ihrem Schooße
Mein Liebchen umschlossen hat.

Sagt an, ihr Thürme und Thore,
Wo ist die Liebste mein?
Euch hab' ich sie anvertrauet,
Ihr solltet mir Bürge seyn.

Unschuldig sind die Thürme,
Sie konnten nicht von der Stell',
Als Liebchen mit Koffern und Schachteln
Die Stadt verlassen so schnell.

Die Tore jedoch, die ließen
Mein Liebchen entwischen gar still;
Ein Thor ist immer willig,
Wenn eine Thörin will.

Der saloppe Ton des Gedichts wie auch die doppelbödig ironische Pointe der Schlussstrophe vermögen nicht darüber hinwegzutäuschen, dass Heine die kurzzeitige Rückkehr nach Hamburg schlecht bekam; in dunkler Vorahnung hatte er schon gar nicht herkommen wollen. Die „Magie des Ortes" wirkte sich „furchtbar" auf seine Seele aus. Hamburg war zu sehr an Amalie und Amalie zu sehr an Hamburg geknüpft, um eine objektive Sicht der Dinge zuzulassen. Ein schlimmer Rückfall stellte sich ein, der, wie er Moses Moser am 11. Juli 1823 gegenüber andeutete, mit Selbstmordgedanken einherging: „Die alte Leidenschaft bricht nochmals mit Gewalt hervor. Ich hätte nicht nach Hamburg gehen sollen; wenigstens muß ich machen, daß ich sobald als möglich fortkomme. Ein arger Wahn kömmt in mir auf, ich fange an, selbst zu glauben, daß ich geistig anders organisirt sey und mehr Tiefe habe als andere Menschen. Ein düsterer Zorn liegt wie eine glühende Eisendecke auf meiner Seele. Ich lechze nach ewiger Nacht."

Andererseits brachte die erneute Begegnung mit seiner Hamburger Verwandtschaft, zumal mit Salomon Heine, eine Wende zum Guten. Auf der Hochzeitsfeier seiner Schwester Charlotte auf dem Zollenspieker bei Hamburg waren sich Neffe und Onkel wieder näher gekommen. Lag es daran, dass Amalie inzwischen unter die Haube gekommen war oder der Neffe ihm eine seiner Tragödien „dedizirt" hatte? Genaueres darüber wissen wir nicht. Jedenfalls war der Stimmungsumschwung so offensichtlich, dass Heine Moses Moser zwei Tage nach den Festivitäten am 24. Juni 1823 frohgemut erzählen konnte: „Den 22. habe ich mit meiner Familie auf dem Zollenspiker der Vermählung meiner Schwester beygewohnt. Es war ein schöner Tag der Festlichkeit und Eintracht. Das Essen war gut, die Betten waren schlecht, und mein Oheim Salomo war sehr vergnügt. Ich glaube, ich werde in der Folge auf ziemlich guten Fuß mit ihm kommen; *äußerlich* leben wir auf dem allerbesten, er kajolirt [schmeichelt, liebkost; C. B.] mich sogar *öffentlich.*" Amalie schien übrigens an dem Fest nicht teilgenommen zu haben. Nirgendwo in Heines Briefen finden sich Spuren eines Wiedersehens. Doch der Gedanke an sie und ihre vermeintliche Fernwirkung reichten schon aus, um den übersensiblen Poeten in tiefe Unruhe zu versetzen. Als er dann Amalies sechzehnjährige Schwester, seine Cousine Therese, wiedersieht, ist es erneut um ihn geschehen. Jetzt bricht die alte Liebeskrankheit mit unverminderter Leidenschaft wieder in ihm aus. Im sechsten Gedicht von *Die Heimkehr,* das kurz nach der Hochzeit seiner Schwester entsteht, hat Heine diese fatale Begebenheit verarbeitet:

Als ich, auf der Reise, zufällig
Der Liebsten Familie fand,
Schwesterchen, Vater und Mutter,
Sie haben mich freudig erkannt.

Sie fragten nach meinem Befinden,
Und sagten selber sogleich:
Ich hätte mich gar nicht verändert,
Nur mein Gesicht sey bleich.

Ich fragte nach Muhmen und Basen,
Nach manchem langweil'gen Gesell'n,
Und nach dem kleinen Hündchen
Mit seinem sanften Bell'n.

Auch nach der vermählten Geliebten
Fragte ich nebenbei;
Und freundlich gab man zur Antwort:
Daß sie in den Wochen sey.

Und freundlich gratuliert' ich,
Und lispelte liebevoll:
Daß man sie von mir recht herzlich,
Viel tausend Mahl grüßen soll.

Schwesterchen rief dazwischen:
Das Hündchen, sanft und klein,
Ist groß und toll geworden,
Und ward ertränkt, im Rhein.

Die Kleine gleicht der Geliebten,
Besonders wenn sie lacht;
Sie hat dieselben Augen,
Die mich so elend gemacht.

Zugegeben, wie ein Tatsachenbericht, der Heines Zusammentreffen mit der Familie seines Onkels detailgetreu dokumentiert, darf dies nicht gelesen werden – dagegen spricht zum Beispiel schon das Faktum, dass Amalie nicht gegenwärtig, wie in der vierten Strophe behauptet, in den Wochen lag, sondern erst einige Jahre später zwei Töchter zur Welt bringen sollte. Aber der Gesamteindruck, den das Gedicht vermittelt, ist durchaus realistisch. Eine Szene wie diese könnte sich so oder ähnlich damals tatsächlich in Hamburg abgespielt haben.

Der innere Ablösungs- und Petrifizierungsprozess ging indessen weiter. Je unerreichbarer Amalie für Heine wurde, desto mehr nahm er in seinen Gedanken bei einer Strategie Zuflucht, die ihn durch bewusste Abwertung der Geliebten für die erlittene Schmach entschädigen sollte. Da nämlich in Wirklichkeit er der Geschlagene war, versuchte er, sich wenigstens imaginativ an Amalie zu rächen, indem er sie zur frühzeitig gealterten, äußerlich verwahrlosten und seelisch kranken Frau stilisierte, die an der Crux einer gescheiterten Ehe zerbrochen war. In seinem Werk erscheint sie so als eine Gefallene, die durch ihren Treuebruch in selbstverschuldetes Unglück geriet und dennoch von Seiten des Ich-Erzählers Zuwendung und Mitleid erfährt. Bereits in dem düsteren Klagegesang *Ratcliff*, einem Ableger der gleichnamigen Tragödie, arbeitet Heine mit dieser Technik der Devaluation. In einer bedrückenden Traumvision präsentiert er die Geliebte dort als eine verhärmte und geistig umnachtete, ihres einstigen Liebreizes beraubte Frau, die ob ihres hölzern-steifen Gemahls vor der Zeit in die Jahre gekommen ist. In dem Gedicht *Im Traum sah ich die Geliebte*, das ebenfalls kurz nach der Hamburger Hochzeitsfeier entstanden sein dürfte und von Heine als Nummer 41 in die Gedichtsammlung *Die Heimkehr* aufgenommen wurde, spinnt er diese Vision gewissermaßen fort – wenngleich es jetzt vornehmlich die himmelschreiende Armut der Geliebten ist, die das Erbarmen des Sprechers hervorruft:

Im Traum sah ich die Geliebte,
Ein banges, bekümmertes Weib,
Verwelkt und abgefallen
Der sonst so blühende Leib.

Ein Kind trug sie auf dem Arme,
Ein andres führt sie an der Hand,
Und sichtbar ist Armut und Trübsal
Am Gang und Blick und Gewand.

Sie schwankte über den Marktplatz,
Und da begegnet sie mir,
Und sieht mich an, und ruhig
Und schmerzlich sag' ich zu ihr:

Komm mit nach meinem Hause,
Denn du bist blaß und krank;
Ich will durch Fleiß und Arbeit
Dir schaffen Speis' und Trank.

Ich will auch pflegen und warten
Die Kinder, die bei dir sind,
Vor Allem aber dich selber,
Du armes, unglückliches Kind.

Ich will dir nie erzählen,
Daß ich dich geliebet hab',
Und wenn du stirbst, so will ich
Weinen auf deinem Grab.

Nur noch zwei Mal ergab sich für Heine die Gelegenheit, dieses verzerrte, seiner Vergeltungssucht entsprungene Bild zu korrigieren. So etwa am 19. Oktober 1827, als er sich kurz in Hamburg aufhielt. Inzwischen hatte Heine gesellschaftlich Boden gutgemacht: Er hatte die Promotion zum Dr. jur. (mit „rite") geschafft und sich mit seinem Übertritt zum Protestantismus das „Entree Billet zur europäischen Kultur" erworben. Durch seine Wanderung durch den Harz und seine Englandreise war er welterfahrener und reifer geworden. Nachdem es ihm gelungen war, mit dem Verleger Julius Campe geschäftlich in Verbindung zu treten, waren die ersten beiden Bände seiner *Reisebilder*, die *Harzreise* und die *Ideen. Das Buch Le Grand*, in dessen renommiertem Verlag Hoffmann und Campe erschienen. Damit wuchs zunehmend sein Ruhm als Autor. Seine berufliche Situation hatte sich entscheidend verbessert. Ein großzügiges Angebot des Stuttgarter Verlagsbuchhändlers und Verlegers Johann Friedrich von Cotta lag ihm vor. Der Baron hatte ihm vorgeschlagen, für die stolze Summe von 100 Carolin (das entspricht 1100 rheinischen Gulden) pro Halbjahr die Mitredaktion an seiner Zeitschrift *Neue allgemeine politische Annalen* zu übernehmen. Seelisch hatte sich Heine konsolidiert: Der innere Absprung von Amalie war ihm endlich gelungen.

Deshalb waren die Karten ganz anders gemischt, als er seine Jugendliebe im Oktober 1827 in Hamburg wieder sah. Jetzt war auf einmal sie diejenige, die sich um ihn bemühte. Diese Verkehrung der Ausgangslage erschien ihm so trivial und lächerlich, dass er sich veranlasst sah, unmittelbar vor der Begegnung mit ihr an Karl August Varnhagen von Ense die sichtlich distanzierten Zeilen zu richten: „Ich bin im Begriff, diesen Morgen eine dicke Frau zu besuchen, die ich in 11 Jahren nicht gesehen habe, und der man nachsagt, ich sey einst verliebt in sie gewesen. Sie heißt Mademoiselle Friedländer aus Königsberg, so zu sagen eine Cousine von mir. Die gute Frau hat sich sehr geeilt [...].“

Anders als erwartet war aus Amalie also keine verelendete und gebrochene, dafür aber eine rundliche und biedere Frau geworden, die um eine Wiedergutmachung der alten Jugendsünden bemüht war. Die makabre Ironie des Augenblicks bestand aber darin, dass „just an dem Tage“, als sein *Buch der Lieder*, sozusagen die Säule seines späteren Weltruhmes, bei Hoffmann und Campe in Hamburg erschien, auch Amalie dort ankam. Einen Tag später sollte er sie treffen. Das Werk und seine Muse waren so äußerlich wieder miteinander vereint, während gleichzeitig Liebhaber und Liebchen sich innerlich so weit als irgend denkbar voneinander entfernt hatten. War es nicht zum Verrücktwerden! Er hatte geliebt, was er nicht haben konnte, und jetzt konnte er haben, was er nicht mehr liebte; er hatte im Sinne Martin Luthers für Religions- und Geistesfreiheit gekämpft und stand jetzt kurz davor, im erzkatholischen Bayern Redakteur zu werden. Was für eine Eselei! Das war der Gipfel der Unvernunft, das grenzte geradezu an Wahnsinn! „Die Welt ist dum und fade und unerquicklich und riecht nach vertrockneten Veilchen“, resümiert er in besagtem Brief an Karl August von Varnhagen das abgeschmackte Finale seiner großen Liebe, um dann noch nachzutragen: „Ich aber bin Herausgeber der politischen Annalen. Außerdem bin ich fest überzeugt, daß die Esel, wenn sie unter sich sind und sich ausschimpfen wollen, so schimpfen sie sich ‚Mensch‘. Aergert dich dein Auge, so reiß es aus, aergert dich deine Hand, so reiß sie ab, aergert dich deine Zunge, so schneide sie ab, und aergert dich deine Vernunft, so werde katholisch. Im neuen Bedlam in London habe ich einen wahnsinnigen Politiker gesprochen, der mir geheimnisvoll vertraut hat, der liebe Gott sey eigentlich ein russischer Spion. – Der Kerl soll Mitarbeiter werden bey meinen politischen Annalen."

Um diese Groteske noch zu krönen, konnte es sich Heine zwei Jahre später nicht verkneifen, Amalie einen Band des *Buchs der Lieder* zuzuschicken. Das Buch war „als Gegenschenk für das schöne marzipane Trauermonument" gedacht, das sie ihm einst überreicht hatte. Wenige Stunden danach haben sie sich vielleicht sogar noch einmal bei Amalies Vater, Salomon Heine, beim Mittagessen gesehen. Es war das letzte Mal, dass Cousin und Cousine einander begegneten. 1831 sollte Heine nach Paris ins Exil gehen und 1838 Amalie Friedländer, kurz nach Erreichen ihres neununddreißigsten Lebensjahrs, sterben. Was blieb, war das Buch, in dem Heine die Erinnerung an seine erste große Liebe „eingesargt" hatte: *Das Buch der Lieder.*

„Sie sind die vollkommenste Person, die ich auf Erden gefunden“ Patroninnen Heines von Rahel Varnhagen bis George Sand

Dass Sympathie in Antipathie, Zuneigung in Abneigung und Liebe in Hass umschlagen können, wenn sie nicht erwidert werden, ist eine alte Weisheit aus dem Schatzkästlein der menschlichen Erfahrung. Dass zudem wer vergeblich geliebt hat, leicht dazu neigt, die Schuld für diese Vergeblichkeit dem ganzen Geschlecht der oder des erfolglos Umworbenen anzulasten, ist eine häufige Begleiterscheinung des ersten Phänomens, die ob ihrer verallgemeinernden Einfalt einen schalen Nachgeschmack hinterlässt. Würde diesen beiden Erfahrungssätzen nun die Zwangsläufigkeit eines Naturgesetzes innewohnen, hätte sich Heine nach dem Scheitern seiner Bemühungen um seine Cousine nicht nur zum Amalien-, sondern auch zum Weiberhasser entwickeln müssen. Doch dazu ist es Gott sei Dank nie gekommen. Auch wenn er in einem schmerzhaften, sich über Jahre hinziehenden Loslösungsprozess seine Gefühle für Amalie schließlich abgetötet hatte, brannte sein Herz unbeirrt für das weiter, was Alfred Meissner Heines „große Passion“ genannt hat: die Frauen.

Dazu war er nur in der Lage, weil sich bereits seit Beginn der zwanziger Jahre – also ungefähr zeitgleich mit der durch Amalie ausgelösten Sinnkrise – eine Reihe von großmütigen, gleichermaßen intelligenten wie menschlich integren Gönnerinnen und Freundinnen seiner annahmen und ihn in seinen literarischen Bestrebungen förderten. Denn indem solch gesellschaftlich arrivierte und künstlerisch begabte Salondamen wie Rahel Varnhagen und Elise Freiin von Hohenhausen Heine zu ihrem Schützling erklärten, ihn seelisch aufrichteten und ab 1821 in die kulturelle Hautevolee Berlins einführten, machten sie einen Großteil des Schadens wieder gut, den seine Cousine in ihm angerichtet hatte.

Unter der Protektion dieser beiden Frauen, die ihm die Türen zu ihren berühmten Salons öffneten, gelang es Heine, in die erlesenen Zirkel der geistigen Avantgarde Berlins aufzusteigen und sich dort zu etablieren. Zum ersten Mal in seinem Leben stieß er auf Persönlichkeiten des öffentlichen Lebens, die nicht nur sein Interesse für Literatur und Kunst teilten, sondern ihn in ihrem Wissen sogar überflügelten. Doch statt ihn deshalb wie im Haus seines reichen Onkels als Parvenü abzutun, wurde er von der geistigen Elite, die sich um Rahel Varnhagen und Elise von Hohenhausen sammelte, als ein Ebenbürtiger behandelt, in Gespräche einbezogen und mit den neuesten Themen aus Politik, Religion, Philosophie und Kunst konfrontiert. Hier war er kein dahergelaufener Emporkömmling mehr, sondern ein Dichter unter Künstlern und Freigeistern, die ihn als einen ihresgleichen ansahen und ihm entsprechend respektvoll begegneten.

Der geistige Humus, auf dem diese einem jungen Dichter so förderliche Atmosphäre der Toleranz und Offenheit gedieh, war die nach französischem Vorbild gewachsene Tradition des literarischen Salons, wie sie sich in Deutschland erst seit der zweiten Hälfte des 18. Jahrhunderts durchsetzte. Mit ihr nahm eine neue Form der Geselligkeit in Deutschland Einzug, die ohne Diskriminierung von Geschlecht und sozialer Herkunft das Ideal einer stände- und klassenübergreifenden Kommunikation anstrebte und sich als geistige Enklave für die Gebildeten der Gesellschaft verstand. Da für die seit 1780 in Berlin entstehende Salonkultur das Prinzip der Gleichberechtigung galt, war das ausschlaggebende Kriterium für ihre Mitglieder nicht Herkunft oder Besitz, sondern Bildung und Menschlichkeit. Der Salon verstand sich als ein auf Parität gegründetes Forum der Gebildeten, das über die Schranken des sozialen Status hinweg die Chance zum geselligen Austausch auf der Ebene des rein Menschlichen bot. Ziel der halb öffentlichen, halb privaten Zusammenkünfte, zu denen die jeweiligen Salonièren ihre Gäste einluden, war die gegenseitige Anregung, Förderung und Bildung. Allerdings setzte sich die typische

Salongesellschaft zumeist aus Angehörigen des gebildeten Bürgertums und des Adels zusammen, so dass das nach außen vertretene Prinzip der sozialen Gleichheit nur im Rahmen dieses gehobenen Publikums verwirklicht wurde.

Dagegen stand im Zentrum der neuen Gesprächskultur ausgerechnet eine Frau, also eine Vertreterin jenes Geschlechts, dem man bislang jede Möglichkeit zur aktiven Mitgestaltung der Gesellschaft verwehrt hatte. Zieht man außerdem noch in Betracht, dass von den zwölf namhaften Salonièren, die damals in Berlin einen Salon unterhielten, zwölf Jüdinnen, also gesellschaftliche Außenseiterinnen, waren, dann begreift man, was für ein revolutionäres, sich über das Diktat von Konvention und Vorurteil hinwegsetzendes Experiment das Berliner Salonleben darstellte. Es war ein wichtiger Vorposten der Frauen- und Judenemanzipation, kraft dessen solch couragierte Salonièren wie Rahel Varnhagen (geb. Levin), Henriette Herz und Dorothea Schlegel (geb. Mendelssohn) aus dem Schatten ihrer Männer heraustreten und für die Gleichberechtigung der Frauen und Juden kämpfen konnten.

Heine, der als geschäftlich erfolgloser Jude selbst ein Außenseiter war, kam diese fortschrittliche, auf soziale Gleichstellung zielende Gesinnung zugute. Der Geist des freien und offenen Miteinanders stellte für ihn ein günstiges, seinem Naturell entsprechendes Klima dar. Und so taute er bei den Zusammenkünften in den Häusern seiner beiden Mentorinnen nach und nach auf, lebte sich ein und begann, die neuen Eindrücke produktiv zu verwerten – in seinen *Briefen aus Berlin* etwa, in denen der Konversationston der Salongesellschaft so treffend wiedergegeben wird. Dennoch war er noch keineswegs jener eloquente, nie um eine Antwort verlegene Salonlöwe, zu dem er sich in den dreißiger und vierziger Jahren entwickeln sollte. Nach den Mitteilungen von Elise von Hohenhausen zeichnete eine auffällige Weichheit und Empfindsamkeit den ansonsten eher unauffälligen und scheuen jungen Mann aus: „Er war klein und schmächtig von Gestalt, blond und blaß, ohne irgendeinen hervorstechenden Zug im Gesicht zu haben, doch von eigenthümlichem Gepräge, so daß man gleich aufmerksam auf ihn wurde und ihn nicht leicht wieder vergaß. Sein Wesen war damals noch weich, der Stachel des Sarkasmus noch nicht ausgebildet, der später die Rose seiner Poesie umdornte. Er war selbst mehr empfindlich gegen Spott, als aufgelegt, ihn auszuüben." Allerdings blitzte nach der Meinung Eduard von Fichtes sein großes ironisches Talent und seine Lust zu provozieren auch damals schon in manchen Momenten kurz auf: „Sein Benehmen in Gesellschaft war meist stumm und zurückgezogen und ironisch beobachtend, um sodann plötzlich durch dazwischengeworfene beißende Witzworte und Bemerkungen die allgemeine Aufmerksamkeit auf sich zu lenken und womöglich eine gewisse Aufregung in der Gesellschaft zu verursachen; die Versuchung hierzu übte einen unwiderstehlichen Kitzel auf ihn aus und er erlag ihr ohne Scheu und Rücksicht."

Eine erste öffentliche Kostprobe seines schriftstellerischen Könnens durfte er im Salon der jungen Dichterin *Elise von Hohenhausen* (1789–1857) bei einem der vielen Teekränzchen geben, die sie immer dienstags in ihrem Haus Unter den Linden 59 veranstaltete. Diese geschulte Literatin, die sich durch Übersetzungen des englischen Dichters Byron einen Namen gemacht hatte und in ihrem Salon einen wahren Byron-Kult betrieb, witterte scharfsinnig die Ähnlichkeit, die das schauerromantisch angehauchte, zu Weltschmerz neigende Frühwerk ihres neuen Besuchers mit den Dichtungen des rebellisch-düsteren englischen Dichterlords besaß. Ihren Gästen stellte sie Heine deshalb nicht nur als neue literarische Hoffnung, als deutschen Byron vor, sondern ermutigte ihn auch, aus seinem soeben erschienenen Tragödienband vorzutragen. Heine, der sich über den überspitzten Byron-Kult der Hohenhausen zwar als eine Form von „geistiger Unzucht" mokierte, fühlte sich durch diese Auszeichnung geschmeichelt. Geistesgegenwärtig ließ er sich die Chance nicht entgehen, sich der einflussreichen Berliner Salongesellschaft als Autor zu präsentieren. Seine ersten Auftritte, in denen er Auszüge aus dem *Almansor*, dem *Ratcliff* und dem *Lyrischen Intermezzo* zum Besten gab, waren allerdings nicht unumstritten. Obwohl die meisten Zuhörer, unter denen sich immerhin solch bedeutende Persönlichkeiten wie Adalbert von Chamisso, Rahel Varnhagen, Wilhelm Hensel, Friederike Robert, Apollonius von Maltritz und Helmina von Chezy befanden, die hohe Begabung des aufstrebenden Dichters erkannten, stieß sein Vortrag durchaus auch auf Kritik. „Er mußte sich manche Ausstellung, manchen Tadel gefallen lassen [...]. Die Meinungen über sein Talent waren noch sehr getheilt, die Wenigsten hatten eine Ahnung von seinem dereinstigen unbestrittenen Dichterruhm“, berichtet Friederike von Hohenhausen, die Tochter der Berliner Dichterin.

Heines eigentliche Entdeckerin war aber die Jüdin *Rahel Varnhagen van Ense* (1771–1833), die neben Henriette Herz als die eigentliche Begründerin der Berliner Salonkultur gilt. Zugang zu ihrem Salon im Haus an der Französischen Straße 20 fand Heine im Mai 1821 durch Vermittlung von Wilhelm Gubitz, dem Herausgeber des *Gesellschafters*. Dass die damals 50-jährige Grande Dame des Berliner Salonlebens, die unter den Eingeweihten der Szene bereits zu Lebzeiten als eine sagenumwobene „Beichtmutter“ und weissagende Prophetin gehandelt wurde, sich gerade für ihn zu interessieren begann, grenzt an ein Wunder. Denn Heine hatte um 1821 nicht nur ein äußerst ungeschicktes Auftreten, das seine Umgebung immer wieder in Irritation versetzte, da es zwischen aufsässiger Arroganz und wortkarger Selbstzerknirschung schwankte; er besaß zudem auch nicht gerade die Referenzen, um sich das Privileg eines Günstlings zu erwerben. Als gescheiterter Kaufmann, der mit seinem Geschäft Bankrott gegangen war, und als verkrachter Jurastudent, den man soeben in Göttingen wegen einer Duell-Affäre der Universität verwiesen hatte, stellte er für Rahels guten Ruf sogar ein gewisses Risiko dar. Von daher hätte er seine spätere Protektorin eher abschrecken als für sich einnehmen müssen. Dennoch ließ sich die alternde Salonière, die schon so viele junge Talente unter ihre Fittiche genommen hatte, in ihrem Urteil nicht beirren. Trotz der Schwächen, die sie an dem etwas sonderlich wirkenden jungen Mann wahrnahm, stellte sie ihn wie einen eigenen Sohn unter ihren persönlichen Schutz. War es, weil er wie sie Jude war? War es, weil er, im Gegensatz zu vielen anderen, die sich vor ihr großtaten, das Gepräge des Besonderen an sich trug? Oder gar, weil sie in ihm bei all seiner Jugend einen kongenialen Geist, einen Seelenverwandten spürte? Doch blicken wir, bevor wir uns diesen Fragen zuwenden, zunächst auf das Leben dieser ungewöhnlichen Frau, die den Mut hatte, den noch vollkommen unbekannten und nach außen verkrachten Studenten Heinrich Heine zu protegieren.

Rahel Varnhagen von Ense wurde am 19. Mai 1771 als Tochter des reichen jüdischen Juwelenhändlers Levin in Berlin geboren. Obwohl sie durch ihre Fähigkeit zur kritischen Selbstanalyse und zum offenen Gespräch schon früh unter Beweis stellte, dass sie ein mit besonderen Geistesgaben ausgezeichneter Mensch war, fühlte sie sich als Jüdin in einer judenfeindlichen Umwelt und als Frau in einer patriarchalisch geordneten Welt unbehaust und fremd. Dieses Fremdheitsgefühl wurde dadurch noch verstärkt, dass man in ihrem Elternhause ausschließlich Jiddisch sprach, so dass Rahel erst die Barriere der deutschen Sprache zu überwinden hatte, bevor sie mit den Menschen außer Haus angemessen kommunizieren konnte. Da sie zudem ihre äußere Erscheinung als wenig ansehnlich empfand, traf sie das Stigma des Ausgegrenztseins auch im optischen Sinn. Gleichwohl übte sie dank ihres bestechenden Scharfsinns und ihres genialen Einfühlungsvermögens auf Männer eine starke Anziehungskraft aus – was ihr in der Liebe aber zunächst wenig Glück brachte: Sowohl ihre Verlobung mit dem Grafen Karl von Finkenstein wie auch mit dem Legationssekretär Rafael de Urquijo ging in die Brüche, weil diese Männer nicht bereit waren, ihr Ideal von einer auf Gleichberechtigung basierenden, alle Standes- und Religionsunterschiede nivellierenden Liebe umzusetzen.

Ein Gegengewicht zu solchen Misserfolgen bildeten ihre Aktivitäten als Salonière, durch die sie ihre aufgeklärten Ansichten verbreiten und mit Gleichgesinnten diskutieren konnte. In der aufgeschlossenen Geselligkeit des Salons konnte sie als Frau brillieren und die Überlegenheit ihrer Intelligenz zur Schau stellen. Dank ihrer ungewöhnlichen Ausstrahlung gelang es ihr ab 1793, in ihrem ersten, im Dachgeschoss der elterlichen Wohnung in der Jägerstraße gegründeten Salon solch unterschiedliche Gäste wie Friedrich Schlegel, Ludwig Tieck, die Brüder Humboldt, Moses Mendelsohn, Dorothea Schlegel, Friedrich Schleiermacher, Jean Paul, Adam Müller, Friedrich Gentz und Prinz Louis Ferdinand um sich zu versammeln. Die illustre Gesellschaft nahm gerne das bescheidene Ambiente der engen Dachwohnung, in der ihnen bestenfalls eine Tasse Tee angeboten wurde, in Kauf, wenn sie nur den „Dachstubenwahrheiten" der Rahel Levin lauschen durften. Mit dem Einmarsch Napoleons in Berlin im Jahr 1806 wurde dieser ersten Blüte romantischer Salonkultur jedoch ein jähes Ende gesetzt.

Eine entscheidende Wende nahm das Leben Rahel Levins durch die Begegnung mit dem Tübinger Studenten Karl August Varnhagen von Ense. Mit Hilfe dieses vierzehn Jahre jüngeren Verehrers, der als Offizier an den Befreiungskriegen gegen Napoleon teilgenommen hatte und 1816 sogar zum preußischen Gesandten am badischen Hof in Karlsruhe ernannt wurde, gelang es ihr, das Stigma ihrer Herkunft abzustreifen und in die führenden Kreise der geistigen Welt Berlins aufzusteigen. Da sie am 27. September 1814 in Berlin zum Protestantismus übergetreten war und die christlichen Namen Antonie Friederike angenommen hatte, hatte sie die formale Voraussetzung geschaffen, um Varnhagen zu heiraten. Doch die Konversion stürzte sie in eine religiöse Sinnkrise, die sie bis zu ihrem Tod begleiten sollte. Wie später Heinrich Heine, der 1825 konvertierte, fühlte sie sich durch ihre Taufe menschlich nicht erneuert, sondern mit den Schuldgefühlen einer Renegatin belastet.

Ungeachtet dessen wurde auch ihr zweiter Salon ein großer gesellschaftlicher Erfolg. Mit Hilfe ihres Mannes, der inzwischen wegen seiner zu liberalen Gesinnung von seinem Gesandtenposten abberufen und zum Geheimen Legionsrat auf Pension ernannt worden war, schaffte sie es erneut, in ihrer Wohnung in der Französischen Straße, später in der Jägerstraße ein Begegnungszentrum zu errichten, das auf die geistige Elite Berlins wie ein Magnet wirkte. Von der alten Garde der Dachstubenzeiten waren zwar nur noch Henriette Herz und die Brüder Humboldt am Leben geblieben. Dennoch gaben sich bei Rahels Soireen schon bald wieder Berühmtheiten wie Franz Grillparzer, Adalbert von Chamisso, Karl Gutzkow, Ludwig Börne, Leopold Ranke, Bettine von Arnim wie auch die beiden führenden Philosophen des deutschen Idealismus, Georg Wilhelm Hegel und Friedrich Wilhelm Schelling, die Türklinke in die Hand. Rahels exaltierte Sentenzen und Gedanken, die der hinter ihrem Stuhl stehende Gatte wie ein geschäftiger Chronist in ein Taschenbuch eintrug, hatten nichts von ihrer alten Magie eingebüßt. Da Rahel Varnhagen schon zu Lebzeiten den Rang einer Kultfigur genoss, wurden ihre Worte von den Anwesenden wie Orakelsprüche aufgenommen, die ihnen die tieferen Schichten des Seins erschlossen.

Für Heine war die Einführung in diesen Salon die große literarische Chance. Indem die berühmte Rahel Varnhagen ihn zu ihrem persönlichen Schützling erkor, konnte er nicht nur regelmäßig an dem regen Gedankenaustausch in ihrem Salon teilnehmen und zahlreiche wichtige Kontakte knüpfen – er konnte sein eigenes Talent auch an Geistesriesen wie Hegel oder literarischen Konkurrenten wie Chamisso oder Börne messen. Sein intellektueller und politischer Horizont wurde dadurch erheblich erweitert und sein Kunstverstand weiter geschult. Vor allem aber wurden seinem bis dato ungebändigten, zu Ungestüm und ironischen Ausfällen neigenden Temperament die Grenzen aufgezeigt. Dieses Amt des Dompteurs übernahm – zusammen mit ihrem Mann – seine Mentorin selbst. „Ich kann ihrer nicht ohne Wehmut gedenken, der liebreichen Freundinn, die mir immer die unermüdlichste Theilnahme widmete, und sich oft nicht wenig für mich ängstigte, in jener Zeit meiner jugendlichen Uebermüthen […], als die Flamme der Wahrheit mich mehr erhitzte als erleuchtete“, erinnert sich Heine 1837 in der Vorrede zur zweiten Auflage des *Buchs der Lieder* nicht ohne Rührung der Dressurversuche seiner verstorbenen Beschützerin.

Besondere Sorge bereitete seinen geistigen Zieheltern seine Neigung zu Provokationen. Dieses fragwürdige Talent äußerte sich – wie in der Fehde mit Platen – in Spottsucht und Zynismus, schreckte vor persönlichen Verunglimpfungen nicht zurück und riskierte um eines Bonmots willen einen handfesten Skandal. Überhaupt erwies sich Heine in Rahels Augen wiederholt als ein Meister der zweifelhaften Gabe, Anstoß zu erregen und mit seiner Umwelt in Konflikt zu geraten. So etwa auch im Fall seiner kurzen Freundschaft mit dem anrüchigen Intriganten Ferdinand Wit, genannt von Dörring, der Heine während seiner Münchner Redaktionstätigkeit für die *Politischen Annalen* durch sein hinterhältiges Handeln nicht nur bei Heines Mitarbeiter Lindner, sondern auch bei dessen Arbeitgeber, dem einflussreichen Verleger Johann Friedrich von Cotta, in Verruf brachte. Solch kurzsichtiges, da skandalträchtiges Verhalten konnte die Varnhagen schier zur Weißglut treiben. „Heine", so schreibt sie am 13. März 1829 an ihren Gatten, „wird sich immer von neuem besudeln; denn auch dem ist's genug, ein Aergernis zu geben; sollte er auch selbst, als kothiger Arlequin, oder Henker, umherlaufen müssen."

Ein weiterer wunder Punkt für seine Patronin waren seine Eitelkeit und Selbstüberschätzung. Hatte er sich zu Beginn, beim Eintritt in ihren Salon, noch durch eine vornehm wirkende Schüchternheit ausgezeichnet, so legte er im Laufe seiner Besuche eine wachsende Neigung zu Anmaßung und Überheblichkeit an den Tag. Deshalb zielten die pädagogischen Bemühungen Rahels unermüdlich darauf, ihm diese Charakterschwäche auszutreiben. Doch da sein Hang zu hybriden Höhenflügen offenbar in seiner mangelnden Selbstkritik wurzelte, war der Erfolg ihrer Erziehungsmaßnahmen begrenzt. Darum glaubte sie auch nach neun Jahren intensiver, gleichwohl unregelmäßiger Betreuung, vor ihrem Mann das frustrierende Fazit ziehen zu müssen: „Das Resumé, was ich heraus habe, ist und bleibt sein großes Talent: welches aber auch in ihm reifen muß, sonst wird's inhaltsleer, und höhlt zur Manier aus. Aber begründete Kritik hat er nicht; weil ihm die Tiefe, der Ernst, und das höchste Interesse fehlt."

An anderer Stelle forderte sie deswegen: „Heine muß ‚wesentlich' werden, und sollte er Prügel haben."

Da sie in ihrem Eifer aber glaubte, Heine seine Eitelkeit und Ruhmsucht persönlich vorwerfen zu müssen, schoss sie über ihr Ziel hinaus. Denn hatte er zu Beginn ihrer Beziehung noch allen Tadel geduldig über sich ergehen lassen, so war er 1829 dieser Zeit des ehrfürchtigen Hinnehmens ihrer Kritik endgültig entwachsen. Einigermaßen brüskiert verwahrt er sich deshalb gegenüber dem Vorwurf der Eitelkeit und schlägt ihr vor, sich statt an ihn an ein einfältigeres Publikum zu halten: „Es wird gewiß eine Zeit dauern, bis ich [...] so tief in meiner Selbstschätzung herabsinke, wie sie mich brauchen können. Bis dahin werden sie sich wohl mit ebenso hochgeschätztem Federvolk, das so schnattern kann, wie man es eben braucht, und in jeden beliebigen Käfig passt, behelfen müssen." Dass diese Drohung seiner Patronin zugesetzt hat, ist verständlich. Wie keine zweite Person hat Rahel die anregende Gegenwart Heines geschätzt. Eineinhalb Jahre später, als diese Sache vergessen war, flehte sie ihn darum geradezu an, die Fron ihrer affektierten Gäste durch einen Besuch zu lindern: „Kommen Sie bald; schreiben Sie noch früher; ich leide schrecklich an Ungewaschenes [!], was jetzt auch sonst Gescheitere und Gerathenere hervorlassen. Wie wenig wird echt gesehen und gedacht."

Rahel verstand sich auch als ästhetische Lehrmeisterin und sprachliche Kontrollinstanz Heines. Unerbittlich wachte sie über seinen Stil und versuchte, ihn durch Lob und Kritik auf die richtigen künstlerischen Bahnen zu lenken. „Ich lobte ihn wie Alle, gern; und ließ ihm nichts durch, sah ich's vor dem Druck: doch das geschah kaum; und ich tadelte dann scharf", umschrieb sie nachträglich die ästhetische Kontrollfunktion, die sie bei ihrem Liebling ausübte. Ihm selbst gegenüber konnte sie sich wesentlich enthusiastischer zeigen, ihn zur Entfaltung seiner Fähigkeiten ermutigen, indem sie sich vor ihm als seine begeisterte Leserin zu erkennen gab. Noch in dem letzten erhaltenen Brief an ihn heißt es: „Sie aber, schreiben Sie! Lassen Sie mich Ihre Handschrift sehen: und wenn Sie drucken lassen, vergessen Sie nie dabey, daß ich es lese; geflissentlich. Das schützt Sie vor Manchem und hilft Ihnen in Vieles. Sie haben keinen passioniertern, keinen erwägendern Leser, keinen größern aplaudeur!" Das Ergebnis dieser unermüdlichen Überwachung war nicht nur, dass Heine sich langsam Rahels großem Vorbild in der Kunst, Johann Wolfgang von Goethe, annäherte und sich von Byron und dessen schauerromantischen Epigonen löste. Gleichzeitig begann er auch, den Stil seiner Prosa zu ändern, nachdem sie Börne und ihm in endlosen Debatten vorgeworfen hatte, sie könnten nicht richtig schreiben.

Nicht verschweigen dürfen wir die politische Prägung, die Heine durch seinen Umgang mit den Varnhagens erfuhr. Rahel war eine große politische Stimulatorin und Ideengeberin, die an der Seite ihres Mannes die Restaurationsgesellschaft kritisierte, den reaktionären preußischen Staat und das Metternich'sche System angriff und sich für liberale Ideen einsetzte. In ihrem Salon herrschte ein freier Geist, der sich der Rückständigkeit der auf dem Wiener Kongress gefassten Beschlüsse widersetzte, die alten Standesschranken anzweifelte und Religions- und Geistesfreiheit forderte. Karl August Varnhagen von Ense, der mit Rahel – gegen die Konvention – eine Jüdin geheiratet hatte, war seinerzeit nicht zufällig an der Seite Hardenbergs zum Wiener Kongress gereist und deshalb dann später pensioniert worden. Dies alles kam Heines Streben nach Autonomie entgegen. In den Worten der Varnhagens nahm er die Morgenröte einer neuen Freiheit wahr, eines Zeitalters Selbstbestimmung, in der das Bündnis von Thron und Altar entmachtet und die Ketten der alten Knechtschaft zersprengt sein würden.

Das hinderte ihn freilich nicht daran, seine Protektorin und ihren Mann als Sprungbrett für sein berufliches Weiterkommen zu nutzen. Heine wusste genau, über welch gute Beziehungen die Varnhagens verfügten, und er wollte davon profitieren. Nicht immer mit Erfolg, wie sich herausstellen sollte. Als Heine sich zu Beginn des Jahres 1831 um eine Stelle als Ratssyndikus in Hamburg bewarb und Varnhagen von Ense um ein entsprechendes Empfehlungsschreiben bat, kam dieser seinem Wunsch zwar nach, klärte ihn gleichzeitig aber über die Vergeblichkeit dieses Unterfangens auf, da Heine die entsprechende berufliche Qualifikation für den Posten fehle. Überhaupt sei er überzeugt, dass seine Chancen auf eine feste Anstellung in Deutschland gering seien, weshalb er ihm auch dringend rate, sich mit seinem reichen Onkel gut zu stellen und eventuell ins Ausland zu emigrieren – ein Rat, dem sich Rahel entschieden anschloss. Staatsämter seien, so meinte sie, „theuer erkauft“ und einer Künstlerseele wie Heine nicht angemessen. Deshalb ermutigte sie ihn zu jener Existenzform, in der er allein ein „freyer König“ sein könne: zu der des freischaffenden Künstlers. War es also Rahel, die ihn endgültig auf die Bahn des Berufsschriftstellers stieß? Wahrscheinlicher ist, dass ihr Rat nur ein Motiv unter vielen war, die Heine wenige Wochen später dazu veranlasste, das Wagnis einer Übersiedlung nach Paris einzugehen.

Unschätzbar war vor allem die menschliche Unterstützung, die Heine durch Rahel erhielt. Diese war umso gewichtiger, als seine Erscheinung um 1821 zunächst alles andere als einnehmend gewesen sein muss. Zu Beginn ihrer Bekanntschaft war Heine ja keineswegs ein strahlender, Sympathie erweckender Siegertyp, sondern ein finster dreinblickender, vom Schicksal gebeutelter Student, den man aus heutiger Sicht vielleicht als einen Vorläufer von Dostojewskis Romanhelden Rodion Raskolnikow bezeichnen könnte. Gleichwohl hat sie – den seelenverwandten Genius in ihm ahnend – ihm nicht schroff die Tür gewiesen, sondern ihn freundlich bei sich aufgenommen. Das sicherte ihr Heines Dankbarkeit und Anhänglichkeit. „Vergessen Sie mich nicht!“, ermahnt er sie deshalb bei seinem Abschied aus Berlin im April 1823, „Sie dürfen sich nicht mit einem schlechten Gedächtnis entschuldigen [...]. [W]enn ich vielleicht nach einigen Jahrhunderten das Vergnügen habe, sie als die schönste und herrlichste aller Blumen, im schönsten und herrlichsten aller Himmelsthäler, wiederzusehen, so haben Sie vielleicht die Güte, mich arme Stechpalme (oder werde ich noch was Schlimmeres seyn?) mit Ihrem freundlichen Glanze und lieblichen Hauch, wie einen alten Bekannten, zu begrüßen. Sie thun es gewiß; haben Sie ja schon anno 1822 und 1823 Aehnliches gethan, als sie mich kranken, bittern, mürrischen, poetischen und unausstehlichen Menschen mit einer Artigkeit und Güte behandelt, die ich gewiß in diesem Leben nicht verdient [...]."

Die Erinnerung an diese liebevolle Behandlung holte Heine schneller ein, als ihm lieb sein konnte – bereits zwei Monate nach seiner Abreise befand er sich in Lüneburg in einer ähnlich prekären Lage wie seinerzeit in Berlin, was ihm die räumliche Trennung von Rahel und ihrem Mann nur umso schmerzlicher vor Augen führte. Krank an Leib und Seele, richtete er an Varnhagen darum die bedrückten Zeilen: „Ich lebe in diesem Augenblick gänzlich isolirt, abgeschnitten von allem wirklichen Menschenverkehr, und dennoch wegen meines Krankseyns ganz unbeschäftigt, und es ist daher ganz natürlich, daß ich den grösten Theil des Tages an Sie und Ihre Frau denke, und mir immer lebendig vorschwebt, wie sie beyde mir soviel Gutes und Liebes erzeigt, und mich mürrischen, kranken Mann aufgeheitert, und gestärkt, und gehobelt, und durch Rath und That unterstützt, und mit Makkaroni und Geistesspeise erquickt. Ich habe so wenig wahre Güte in meinem Leben gefunden, und bin so viel schon mystifiziert worden, und habe erst von Ihnen und Ihrer großherzigen Frau eine ganz menschliche Behandlung erfahren."

Diese Erfahrung aufrichtiger Menschlichkeit war gewiss der wichtigste Grund, warum Heine dann 1826 seinen *Heimkehr*-Zyklus, der zunächst im ersten Band der *Reisebilder* erschienen ist, seiner noblen Gönnerin gewidmet hat. Allerdings hatte sich das Verhältnis zu seiner Mentorin inzwischen etwas verschlechtert, da er sie durch seine unstete Lebensführung, seine divenhafte Launenhaftigkeit und seine Unzuverlässigkeit als Briefeschreiber verärgert hatte. Wiedergutmachung war also angesagt, und sie sollte in Form einer Widmung geschehen. Persönlich bedeutete ihm diese sehr viel: zum einen, weil er mit der literarischen Qualität der *Heimkehr* unzufrieden war und er sich mit der Widmung – zu Recht – eine Wendung zum Besseren erhoffte: „Ich habe diesen Namen, der mir so lieb ist, an den Eingangspfosten meines Buches angeschlagen, und es ist mir dadurch wöhnlicher und gesicherter geworden", stellte er von daher zufrieden gegenüber Eduard Gans fest. Zum anderen besaß die Zueignung aber auch deshalb für ihn eine hohe Bedeutung, weil sie seine tiefe Übereinstimmung mit Rahels Person anzeigen sollte. Denn da er in der Welt mit ihren vielen selbsternannten Propheten seinen Platz noch nicht gefunden hatte, bildete Rahel für ihn einen festen Orientierungspunkt im Meer der geistigen Beliebigkeit: „Die Gründe meiner Dedikazion", erläutert er Karl August Varnhagen in einem Brief vom Juli 1826, „hat sie [...] besser errathen als ich selbst. Mir schien es, als wolle ich dadurch aussprechen, daß ich jemandem zugehöre. Ich lauf so wild in der Welt herum, manchmal kommen Leute, die mich gern zu ihrem Eigenthum machen möchten, aber das sind immer solche gewesen, die mir nicht sonderlich gefielen, und solange dergl der Fall ist, soll immer auf meinem Halsbande stehen: j'appartiens à Madame Varnhagen."

Die in der Widmung enthaltene Solidaritätsbekundung sollte Rahel Varnhagen wenige Jahre später noch in politische Bedrängnis bringen. Denn im September 1830 stieß der reaktionäre Publizist Friedrich von Gentz, Herausgeber des offiziösen *Österreichischen Beobachters* und rechte Hand Metternichs, beim Durchblättern des *Buchs der Lieder* (von 1827) auf Heines Widmung. Gentz war mit den Varnhagens bekannt, hatte zu ihnen brieflichen Kontakt und hatte sogar in Rahels erstem Salon verkehrt. Das Ehepaar Varnhagen schien daher von seiner Seite nichts befürchten zu müssen. Aber die beiden Briefe, die Gentz am 22. September und 18. Oktober 1830 an Rahel schrieb, trugen so demonstrativ seine Bewunderung für Heines Lyrik zur Schau, dass die Adressatin stutzig werden und an eine ihr mit Absicht gestellte Falle denken musste. „Eine gewisse Anzahl der Gedichte wirkte auf mich mit einem unbeschreiblichen Zauber; und an diesen ergötze ich mich fortwährend, Morgens und Abends; sie sind meiner heutigen Gemüthsstimmung dergestalt homogen, daß ich mich ganz darin vertiefen und versenken kann", behauptet er mit gespielter Unschuld in seinem ersten Brief. In seinem zweiten Schreiben beteuert er dann sogar, dass selbst jene Gedichte des Zyklus, welche wie *Götterdämmerung* und *Fragen* die Tabuzone der „Gotteslästerung streifen", von ihm mit „tiefster Emotion" gelesen würden. Da er zudem noch die Nummern 32 und 37 des *Lyrischen Intermezzos* als besonders gelungene Beispiele von Heines hoher Dichtkunst hervorhob, wurde seine Absicht noch deutlicher: Dies alles waren Gedichte, die das traditionelle christliche Gottesbild in Frage stellten, entweder den Tod Gottes proklamierten oder die irdische Liebe über die Finalität des Jüngsten Gerichts erhoben. Das konnte kein Zufall sein! Rahel war alarmiert. Gentz war immerhin der Vertraute Metternichs, und Metternich war der Erzfeind Heines, der wesentlich dazu beitrug, dass eine Reihe seiner Schriften auf den Index der katholischen Kirche gesetzt wurden. Der Verdacht lag also nahe, dass Gentz Heines gotteslästerliche Gesinnung zum Anlass nahm, um auch Rahel auszuhorchen.

Entsprechend bestimmt hat Rahel Varnhagen in ihrem Antwortschreiben auf Gentz' ersten Brief das für Heine übernommene Patronat herabgespielt: „Heine wurde uns vor mehreren Jahren zugeführt, wie so Viele, und immer zu Viele; da er fein und absonderlich ist, verstand ich ihn oft, und er mich, wo ihn Andere nicht vernahmen, das gewann ihn mir; und er nahm mich als Patronin." Die Zueignung des *Heimkehr*-Zyklus aber stellte sie gegenüber Gentz als einen Willkürakt dar, der ganz entschieden gegen ihr Wissen und ihren Willen geschah: „Mit einemmale bekam ich sein fertiges, eingebundenes Buch von Hamburg, wo er war, die Zueignung an mich drin. Der Schlag war geschehen: und nur darin konnte ich mich fassen, da ich schon damals wußte, daß alles Geistige vergeht [...]; und sogar bald von Neuem der Art verschlungen wird, ja, das Meiste fast unbeachtet bleibt; thun konnte ich nach vollbrachtem Attentat nichts, als ihm schreiben." Diese Erklärung schien Gentz zu genügen. Jedenfalls ist nichts darüber bekannt, dass er die Beziehung Rahel Varnhagens zu Heinrich Heine weiter verfolgt hätte.

Unbeeindruckt von solchen Schikanen blieb sie ihm weiter als Mentorin treu. Sie war seine loyale Freundin und er ihr seelenverwandter Vertrauter, dem sie wie keinem Zweiten mitteilen konnte, was sie quälte und woran sie litt. Sie war seine geistige Mutter und er ihr mentaler Ziehsohn, der in seinen Büchern bei aller Unbotmäßigkeit wenigstens einen Teil von dem umsetzte, was sie in unzähligen Salon- oder Briefgesprächen nur angedacht hatte. Sie gab ihm die politischen Stichworte, und er setzte sie um in große Lettern, verarbeitete sie zu kostbaren Geschmeiden seiner elektrifizierenden Sprachkunst. Sie redete kryptisch vom harmonischen Gleichmaß des in seinen Teilen ausgewogenen Kunstwerks, und er sah von den babylonischen Turmbauten, die seine subjektiv-wendige Sprache spielerisch errichtet hatte, lachend auf sie herab, als gelte es fortan, einem neuen Zeitalter der Zerrissenheit und der Ironie das Wort zu reden. Wie sollte sie sich von diesem in seiner Anstößigkeit so liebenswerten, in seinem Ungehorsam so aufrichtigen Menschen jemals trennen können! Ohne dass sie es sich jemals eingestand, war sie in ihn auf eine eigentümliche Art und Weise vernarrt, erlag trotz all der Verstöße, die er ständig gegen ihre Prinzipien beging, dem herausfordernden Charme seines göttlichen Humors. Nie sollte, so wünschte sie sich, das Gespräch zwischen ihnen abreißen. Stets wollte sie über den Verlauf seiner geistigen Entwicklung unterrichtet sein, um ihn, wenn nötig, einmal mehr zu korrigieren. Noch im letzten der erhalten gebliebenen Briefe an ihn versuchte sie, ihn zu formen. „Welch schöne […] ungesagte Sachen hätte ich Ihnen noch zu sagen. Aber adieu! Werden Sie gesund wo möglich! In jedem Falle bleiben Sie fleißig; es geht kein Wort verlohren […]. Bleiben Sie ganz Sie selbst und der Sache gegenüber, wenn Sie arbeiten! Jeder Silbe liest man das an.“ Das war ihr Vermächtnis an ihn. Ein wenig hölzern, fordernd und schulmeisterlich, aber von der geheimen Sorge um seine Zukunft getragen.

Zum engeren Bekanntenkreis der Varnhagens gehörte auch *Friederike Robert* (1795–1832), die Schwägerin Rahels und Frau des Schriftstellers Ludwig Robert. Sie war eine Frau von makellosem Aussehen, die aufgrund ihrer turbulenten Vergangenheit in den Berliner Intellektuellenkreisen den Ruf einer geschändeten, gleichwohl unversehrt gebliebenen Schönheit genoss: Als Siebzehnjährige war sie von ihren Eltern mit einem italienischen Schmuckhändler verheiratet worden, der sie gnadenlos ausnützte und zur Prostitution zwang. Nach mehreren vergeblichen Fluchtversuchen gelang es schließlich ihrem zweiten Mann, dem Dramatiker Ludwig Robert, der erst selbst einer ihrer Freier war, sie von ihrem Peiniger freizukaufen und zu heiraten.

Da Friederike nach ihrer Befreiung am Berliner Salonleben regen Anteil nahm und häufig im Salon ihrer Tante Rahel Varnhagen verkehrte, lernte sie Heine dort kennen. Zwischen ihm und der zwei Jahre älteren Frau entspann sich schon bald eine intensive Freundschaft, die ganz im Zeichen von Agape, dem Prinzip der geistigen Liebe, stand. Das mag auf den ersten Blick vielleicht überraschen. Denn in all den Briefen, die er an sie schrieb, ist es ihm ein – fast penetrant anmutendes – Anliegen, auf ihre besondere Schönheit hinzuweisen. So preist er ihre Schönheit mit schmeichelnden Anreden wie „sehr schöne Freundin“, „schöne, generose Friederike“ und „Ew. Schöngeboren“ oder lässt sie gleich in ganzen Sätzen wie „möge der liebe Gott (oder der Gott der Liebe) noch lange ihre Schönheit erhalten“ hochleben. Solch hymnischen Lobpreis überbot er noch dadurch, dass er ihr 1824 drei Sonette widmete, von denen das erste lautet:

Verlaß' Berlin, mit seinem dicken Sande
Und dünnen Thee und überwitz'gen Leuten,
Die Gott und Welt, und was sie selbst bedeuten,
Begriffen längst mit Hegelschem Verstande.

Komm mit nach Indien, nach dem Sonnenlande,
Wo Ambrablüthen ihren Duft verbreiten,
Die Pilgerschaaren nach dem Ganges schreiten,
Andächtig und im weißen Festgewande.

Dort, wo die Palmen wehn, die Wellen blinken,
Am heil'gen Ufer Lotosblumen ragen
Empor zu Indras Burg, der ewig blauen;

Dort will ich gläubig vor dir niedersinken,
Und deine Füße drücken, und dir sagen:
„Madame! Sie sind die schönste aller Frauen!"

Auch wenn sich Friederike solche Lobeshymnen, zumal den „Bestechungsversuch" der letzen Zeile (so sie selbst), gerne gefallen ließ, wäre es ein großer Irrtum, daraus den Schluss zu ziehen, dass zwischen ihr und dem Dichter jemals eine Affäre bestand. Heine war nie ihr Liebhaber und sie nie seine Mätresse, und er hat nach außen alles getan, um diesen Verdacht von vorneherein zu entkräften. Der Sonettenkranz war die Einlösung eines Versprechens, das er der schönen Friederike gegeben hatte: war ein der „Convenienz" genügendes „Gelegenheitsgedicht" für die *Rheinblüten*, ein von Friederikes Bruder herausgegebenes Taschenbuch – sonst nichts. Vor allem war er keine schlüpfrige Liebeserklärung, die der Schönen seine heimlichen Intentionen offenbaren sollte. Friederike war für ihn keine erotische Option, sondern verkörperte die Grazie der Freundschaft. In seinen Worten ausgedrückt: „Wenn ich sagte, liebe Robert, ich wäre in Sie verliebt, so löge ich, wenn ich aber sage, daß ich an Sie mit außerordentlicher Liebe denke, so sage ich die Wahrheit."

Der Wert dieser im Geistigen angesiedelten Freundschaft bestand darin, dass Heine in ihr eine Gesprächspartnerin gewann, die ihn bei seinen künstlerischen Unternehmungen beraten und ihm in seinen menschlichen Problemen beistehen konnte. Friederike hatte nicht den Nimbus einer Kultfigur wie die in den Augen der Öffentlichkeit sakrosankte Rahel Varnhagen – der Abstand zu ihr war geringer, ja, nach seinem Empfinden befanden sie sich sogar auf gleicher Augenhöhe. Entsprechend direkter, fordernder und kritischer konnte Heine mit ihr umgehen, vor allem bei ihrem gemeinsamen Lieblingsthema: der Literatur. Dieses Thema bot sich schon deshalb an, weil Friederikes zweiter Mann, Ludwig

Robert, wie Heine Dichter war und Dramen schrieb. Auf diesem Gebiet bestand also die Möglichkeit zur kongenialen Waffenbruderschaft, was ihr Heine mit der jovialen – einem Ritterschlag gleichkommenden – Äußerung bestätigte: „Wir beiden sind noch die beiden besten Schriftstellerinnen Deutschlands! wir können die Herzen von Grund auf bewegen."

Was sie verband, waren aber nicht nur literarische Fragen. Auch der Bewährungsprobe seelischer Not hielt ihre Freundschaft zunächst stand. Heine durfte sich bei ihr ausklagen, durfte mit ihrem Verständnis in jeder Notlage rechnen. War ihm nach einem Schicksalsschlag wie dem Tod seines Vaters zum Davonlaufen zumute, durfte er ihr beichten: „Ich bin so niedergeschlagen, so zusammengedrückt, so beengt – ach, ich möchte ein Kätzchen sein!" Fühlte er sich durch eine unglückliche Liebschaft innerlich wie ausgeleert, konnte er ihr sagen: „Von der letzten amourischen Bekanntschaft ist nichts übriggeblieben als ein öder Katzenjammer [...]; manchmal um Mitternacht miaut eine tote Katze in den Ruinen meines Herzens." Musste er ihr wegen seiner labilen Gesundheit kurzfristig absagen, ließ sie es sich gefallen, wenn er schrieb: „Ich bin einer der unglücklichsten Monarchen, die jemals gelebt haben. Nur der König Nebukatnetzer war unglücklicher als ich, da er assirisches Gras fressen muste [...]. Wie lange wird's dauern, und auch ich muß ins Gras beißen?"

Friederike nahm seine Klagen hin, weil sie ihn mochte und sich ihm menschlich verbunden fühlte. Sie nahm das aber auch hin, weil Heine ein begnadeter Charmeur war, der ihr schmeichelte und ihre Schönheit pries. Dabei waren seine Schmeicheleien nicht immer ohne Hintergedanken. Wenn es sein musste, konnte er sie auch gezielt für seine Interessen einspannen. Als Frau von Ludwig Robert und Nichte von Rahel Varnhagen benutzte er sie dann geschickt als verdeckte Vermittlerin, um über drei Ecken etwas für seine berufliche Zukunft zu tun. „Robert soll Frau v. Varnhagen sehr drängen, Herrn v. Varnhagen zu drängen, das zu schreiben, was ich wünsche. Sie aber müssen Robert drängen, er soll an Varnhagen sagen: wenn er Bewußtes nicht schreibt, so rebellire ich wieder gegen Goethe und schiffe mich gleich ein nach Amerika", instruiert er sie zum Beispiel nicht ohne Selbstironie im Mai 1829.

An solchen Forderungen freilich zerbrach ihre Freundschaft nicht. Ein Ende ihres Seelenbundes zeichnete sich erst ab, als Heine mit dem dritten Teil der *Reisebilder* und dem dadurch ausgelösten Platen-Skandal in negative Schlagzeilen geriet. Viele alte Bekannte und Freunde wie Moses Moser wandten sich jetzt von ihm ab. „Liebenswürdige und sehr Schöne! Sie schreiben mir nicht? Oder glauben Sie, ich wäre schon todt?", fragte er bei ihr deshalb irritiert am 15. Januar 1830 nach, als sie und ihr Mann auf die Zusendung des dritten *Reisebilder*-Bandes (mit dem ominösen Platen-Kapitel) nicht reagierten. Ließ auch sie ihn jetzt im Stich? Als wollte er sie doch noch umstimmen, schloss er den Brief mit der sarkastischen Drohung ab: „Leben Sie wohl und schreiben Sie mir, ehe ich todt bin; denn meine Feinde (es regnet hier an Schmähaufsätzen über mein Buch) sind zwar uneinig, ob ich geköpft oder gespießt werden soll, aber in der Hauptsache sind sie sich einig, nemlich mich umzubringen." Selbst diese Drohung wirkte nicht, ihr Geistespakt war aufgelöst.

Das abrupte Ende der Beziehung zu Friederike Robert offenbart, dass Heines Faible für schöne Frauen, selbst wenn diese geistreich waren, ihm selten gut bekam. Schönheit war kein Garant für moralische Integrität, und Intelligenz gewährleistete noch lange nicht die Tugend der Treue. Bei einer anderen Frau, die er wenige Wochen nach seiner Übersiedlung nach Paris im Juni 1831 kennen lernte, hatte er allerdings mehr Glück: bei der schönen Italienerin *Cristina Principessa Barbiano di Belgiojoso Trivulzio* (1808–1871). Sie trat an die Stelle der Robert, die dem öffentlichen Druck des Platen-Skandals nicht gewachsen war. Die Faszination, die die Schönheit dieser außergewöhnlichen Frau auf ihn ausübte, verwandelte sich nie zur menschlichen Enttäuschung, sondern war die treibende Kraft für eine Freundschaft, die alle Anfechtungen überdauerte.

Cristina di Belgiojoso war, als ihr Heine in Paris begegnete, in vielerlei Hinsicht eine faszinierende Erscheinung. Nicht nur, weil sie eine geistreiche Prinzessin von exzeptioneller Schönheit war, sondern auch, weil ihr der Ruf einer verwegenen Abenteurerin und Partisanin vorauseilte, die unter Lebensgefahr für die Freiheit ihrer von Österreich okkupierten Heimat gekämpft hatte. 1808 in Mailand geboren, war sie in einem konspirativen Elternhaus aufgewachsen, das der heimliche Versammlungsort der Carbonari, der lombardischen Freiheitskämpfer, war. Dadurch war schon im Kindesalter ihre Begeisterung für die Befreiungsbewegung geweckt worden. Nach einer kurzen und unglücklichen Ehe mit dem ebenfalls im Freiheitskampf aktiven Emilio Barbiano Belgiojoso d'Este unterstützte sie die erfolglosen Mailänder Aufstände von 1830/31 und schloss sich dem Geheimbund *La giovine Italia* des Freischärlers Giuseppe Mazzini in Marseille an. Das machte sie zum Feind der österreichischen Besatzungsmacht. War sie schon seit 1828 vom österreichischen Geheimdienst observiert worden, wurde sie nun des Hochverrats angeklagt und als „freiwillige Exilantin" nach Paris abgeschoben. Dort stand sie vor einem völligen Neuanfang. Da im Laufe des Prozesses gegen sie auch ihre norditalienischen Besitztümer konfisziert worden waren, musste sie nach ihrer Ankunft in Paris ihren aufwendigen Lebensstil aufgeben und sich zunächst mit einer bescheidenen, von ihrer Mailänder Familie finanzierten Mansardenwohnung begnügen. Das hinderte sie allerdings nicht daran, dort einen Salon zu eröffnen, in dem sich die literarische, musikalische und politische Prominenz von Paris traf und in dem neben Thiers, Lafayette, Chateaubriand, Balzac, Liszt, Meyerbeer, George Sand, Caroline Jaubert, Victor Hugo, Chopin und Alexandre Dumas auch Heine verkehrte.

Bei einer ihrer Soireen bot sich ihm so die Gelegenheit, mit seiner Gastgeberin ins Gespräch zu kommen und ihre bisher nur flüchtig aus der Ferne wahrgenommene Schönheit aus der Nähe zu betrachten. Die Wirkung war umwerfend. In dem Brief, den er ihr am 18. April 1834 schreibt, überbietet er sich geradezu an Superlativen, um seiner Bewunderung für ihr makelloses Gesicht freien Lauf zu lassen: „Ich habe niemals so etwas Fabelhaftes, Poetisches, Feenhaftes gesehen wie dieses schwarze Haar, das sich in wilden Wellen von der durchsichtigen Blässe Ihres Gesichts abhob; [...] Dieses Gesicht verfolgt mich Tag und Nacht wie ein Rätsel, das ich lösen will. Um Ihr Herz, das zweifellos sehr schön ist, sorge ich mich sehr wenig. Alle Frauen haben Herzen, und es gibt Frauen, die außerordentlich schöne haben. Zum Beispiel meine Großmutter. Aber keine hat Ihr Gesicht."

Trotz der Dreistigkeit dieses rein auf das Optische zielenden Annäherungsversuchs kam es zwischen ihnen zu keiner Verstimmung. Die Fürstin blieb ihm gewogen, konterte seine kühnen Avancen mit gleich bleibender Freundlichkeit, während er sie weiterhin besuchte. Möglicherweise hatte sie ihm signalisiert, dass er bei ihr nicht zum Zuge kommen würde – wie auch fast alle anderen ihrer Verehrer, von denen sie nur den Historiker Mignet erhört hat. Noch wahrscheinlicher ist allerdings, dass er selbst seinen Angriff wieder abblies, weil er zu dieser Zeit schon im Bann der Grisette Crescence Mirat, seiner späteren Frau, stand. Deren erotische Reize übten auf ihn eine Anziehungskraft aus, gegen die selbst der Liebeszauber der schönen Principessa machtlos war. Auf alle Fälle war Heine bereits zwölf Tage nach seinem ersten Schreiben auffällig darum bemüht, den Schaden, den sein vorschnelles Vorpreschen bei der Belgiojoso angerichtet hatte, wieder gutzumachen und seine anzüglichen Annäherungsversuche in ein platonisch-literarisches Seelenbündnis umzubiegen: „Bewahren Sie mir die Freundschaft, Madame, mit der Sie mich damals auszeichneten, als ich sie vielleicht nicht so sehr verdiente; denn damals war ich nur ein Verehrer ihrer Schönheit, und ich hätte ruhig alles schlechte Gerede über sie [...] anhören können, wenn man nur nicht Ihre Augen und die Anmut Ihrer Lippen gelästert hätte. Seitdem, Madame, haben sich die Dinge sehr geändert, meine kalt bewundernden Gefühle sind zu einem religiösen Kult um alles das geworden, was zu Ihnen in Beziehung steht."

Dieses Bekenntnis seiner inneren Wandlung war, obgleich nur wenige Tage zwischen den beiden Briefen lagen, ernst gemeint. Nachdem Rahel Varnhagen 1833 gestorben war, brauchte Heine eine neue Hausgöttin, die die Rolle des Orientierung und Halt gebenden Schutzengels übernahm. Und Cristina nahm diese ihr von Heine zugedachte Rolle an. Sie wurde ihm eine treue Begleiterin und Freundin, eine, wie er sie noch nie besessen hatte und nie wieder besitzen sollte. Allerdings war sie weniger eine mütterliche als eine geschwisterliche Bezugsperson. Das lag an der analogen Struktur ihres Lebenslaufs. Ihre Schicksale wiesen in der Tat erstaunliche Parallelen auf: Beide liebten sie ihre Heimat, beide waren sie gezwungen, ihre Heimat zu verlassen, beide wählten sie Paris zu ihrem Exil, beide kämpften sie für die Idee der Freiheit. Entsprechend rasch wuchsen mit jeder neuen Begegnung Vertrauen und Sympathie füreinander. Sie schrieben sich eifrig Briefe, tauschten Bücher und Zeitungsartikel aus, aßen zusammen zu Abend, gingen gelegentlich gemeinsam ins Theater. Er musste ihr alle seine neu erscheinenden Werke, manchmal sogar schon als Vorabdruck, zuschicken, damit sie sich daran ergötzen konnte. Unterließ er es einmal, zog er sich von ihr eine ganz gehörige Schelte zu: „Ich habe Ihnen schwere Vorwürfe zu machen, Sie bringen Gedichte heraus und geben sie mir nicht? Mir, die ich ihre Gedichte gelesen habe, bevor ich des Deutschen mächtig war und die es in groben Zügen erlernte, um Sie besser lesen zu können?“ Streute man über Heine Gerüchte in die Welt, glaubte sie sie nicht. Versuchte man, ihn vor ihr anzuschwärzen, wies sie den Verleumder zurecht. Wollte man ihn in ihrer Gegenwart zum bösartigen Verderber erklären, strich sie, wie etwa 1838 vor Franz Liszt, seinen wahren Charakter heraus: „Sie wissen, daß ich immer vertreten habe, der diabolische Heine sei ein guter Teufel. Ich lasse mich davon nicht abbringen – und ich weiß es Heine zu danken, daß er die ganze Zeit dieselbe Gesinnung für mich bewahrt hat, und das trotz gewisser kleiner Ränke, durch die man ihn zu meinem Feind zu machen versucht hat. Man hat dabei *Schiffbruch* erlitten, und ich bin überzeugt, daß Heine mir, von einigen harmlosen Scherzen abgesehen, um nichts in der Welt etwas Schlechtes antäte.“

Als einem in Frankreich Gestrandeten, als unbehaustem „Robinson“, der an dem Gefühl der Einsamkeit und der Entwurzelung litt, war sie ihm eine unerlässliche Stütze. An ihr konnte er sich orientieren und sie zum Maßstab nehmen, wenn sich ihm in der Not des Exils die Perspektive verzerrte und ihn falsche Gefühle anwandelten. Sie war eine glaubwürdige Bürgin der Freiheit, der er abnahm, was sie ihm riet, weil sie dieselben Erfahrungen durchmachte wie er. Das hieß umgekehrt natürlich auch, dass er sich verpflichtet fühlte, sich vor ihr zu rechtfertigen, wenn er vom gemeinsam beschrittenen Weg abkam. Wenn ihn etwa, wie im Spätherbst 1836, die Sehnsucht nach Deutschland überkam und er sich der Versuchung ausgesetzt sah, sich mit den politischen Feinden der Freiheit zu arrangieren, musste er sie in seinen Gewissenskonflikt einweihen: „Werde ich nicht bald, Madame, meinen Frieden, einen unwürdigen Frieden, mit den Mächten jenseits des Rheins machen, um den Kümmernissen des Exils und jener langweiligen Bedrängnis zu entgehen, die schlimmer ist als vollständige Armut? Ach! Die Versuchungen werden seit einiger Zeit sehr groß … Nicht wahr, ich habe mehr Freimut als die anderen, die sich Brutusse und Regulusse nennen! Nein, ich bin kein Regulus; auf keinen Fall möchte ich gern in einem mit Nägeln gespickten Faß gewiegt werden. Ebensowenig bin ich ein Brutus, ich würde mir niemals einen Dolch in meinen armen Bauch stoßen, um nur nicht den Preußen zu dienen. Nein, in einer solchen Alternative würde ich mich nicht töten, aber ich würde verrückt werden …“

Ebenso wie in der Politik war Christina ihm auch in religiösen Fragen eine unentbehrliche Ratgeberin – weniger, weil sie in den ersten Pariser Jahren wie er der frühsozialistischen Bewegung des Saint-Simonismus angehangen hatte, die durch ihre brisante Botschaft von der Emanzipation des Fleisches und der wirtschaftlichen Neuordnung der Gesellschaft bei ihren Anhängern die Funktion einer Ersatzreligion einnahm; schon gar nicht, weil sie sich später dem Reformkatholizismus zuwandte und 1842 anonym einen vierbändigen Essay über das katholische Dogma veröffentlichte. Was er an ihr bewunderte, war ihre tätige Menschlichkeit, mit der sie all ihre politischen und religiösen Überzeugungen zu leben versuchte. Auf ihre Worte folgten Taten: Nachdem ihre Enteignung rückgängig gemacht worden war und sie im Juli 1840 nach Italien zurückkehrte, setzte sie auf ihren Ländereien selbst um, was sie in ihren publizistischen Schriften von den Großgrundbesitzern gefordert hatte: eine Emanzipation der Bauern. Als 1848 die nationale Bewegung Italiens Österreich den Krieg erklärte und Mazzini sie um ihre Unterstützung im Kampf gegen die Besatzer bat, ging sie ohne Zögern nach Rom, um dort die Schwerverwundeten zu pflegen, obwohl der Krieg verloren und Rom die letzte Bastion der Aufständischen war. Doch nicht nur im öffentlichen Raum, auch im Privaten bewährte sich ihr Altruismus: Jahrelang kümmerte sie sich rührend um den Historiker Augustin Thierry, der – dem gleichaltrigen Heine in seiner „Matratzengruft" vergleichbar – erblindet und gelähmt war. Mit einem Wort: Cristina di Belgiojoso war eine Frau, die lebte, was sie glaubte, und realisierte, was sie sich von einer besseren Welt erhoffte. Das machte sie in Heines Augen in einem Heer von Schönrednern und Schwätzern, die sich vor ihm hervortaten, zu einer Ausnahmeerscheinung mit geradezu überirdischer Leuchtkraft: „Sie sind die vollkommenste Person, die ich auf Erden gefunden habe. Ja, bevor ich Sie kannte, habe ich mir eingebildet, daß Personen wie Sie, begabt mit allen körperlichen und geistigen Vollkommenheiten, nur in Märchen, in den Träumen der Dichter existieren. Jetzt weiß ich, daß das Ideal kein eitles Hirngespinst ist, daß eine Wirklichkeit unseren erhabensten Ideen entspricht."

Vor einem solchen Menschen scheute er sich auch nicht, seine innersten Konflikte und intimsten Geheimnisse offen zu legen. Wie etwa die Gottesfrage, der ständige Stachel in seiner Dichterseele. Gab er sich in Schriften wie *Zur Geschichte der Religion und Philosophie in Deutschland* den Anschein eines unerbittlichen Feindes des monotheistischen Gottesbildes und eines doktrinären Verkünders eines heidnischen Lebensethos, so musste er vor der Belgiojoso gestehen, dass diese zur Schau getragene Selbstsicherheit in Wirklichkeit auf tönernen Füßen stand, da er in seiner Gefühlswelt zwischen einem heidnischen und einem christlichen Daseinspol hin- und hergerissen würde: „Sie würden einen richtigen Eindruck von dem traurigen Zustand meiner moralischen Gesundheit gewinnen, wenn Sie wüssten, welche Reaktion sich seit kurzem in meinem Geist wegen der religiösen Lehren abspielt, als deren Gegner man mich kennt. Meine Ansichten stehen im Widerspruch mit meinen Gefühlen; ich trage einen Kranz aus Rosen auf meinem Kopf und den Schmerz in meinem Herzen. Ich dürste nach moralischer Einheit, ich dürste danach, meine Gedanken mit meinen Gefühlen in Übereinstimmung zu bringen. Ich muß alle Rosenblätter aus meinem Rosenkranz reißen, damit nur eine Dornenkrone übrig bleibt, oder ich muß alle Leiden meines Herzens vernichten und sie durch neue Freuden ersetzen. Aber leider! Ich bekämpfe sie vergeblich, diese Schmerzen; sie sind gepanzert, und die schärfsten Waffen der Vernunft stumpfen sich an ihnen ab."

Große Verdienste erwarb sich Christina die Belgiojosa auch als verständnisvolle Sekundantin seiner konfliktreichen Beziehung zu Mathilde, Heines späteren Frau. Obwohl die Fürstin diese Verbindung mit einer einfachen Schuhverkäuferin von Beginn an nicht guthieß, versuchte sie nicht, ihm seine neue Lebensgefährtin auszureden. Statt sich selbst ins Spiel zu bringen oder ihm eine – nach ihrem Gusto – standesgemäße Partnerin zuzuführen, trug sie seine ungewöhnliche Wahl mit und stand ihm auch dann noch bei, als er Mathilde heiratete und sich wiederholt mit ihr in ehelichen Scharmützeln aufrieb. Vor allem in der Anfangsphase der Beziehung, als er an sich erschreckt alle Symptome des Verfallenseins wie krankhafte Eifersucht und nicht zu befriedigendes sexuelles Verlangen entdeckte, bewährte sich ihre geistvolle und abgeklärte Art als wichtige Gegenkraft zu dem vulkanischen Temperament des Sinnenmenschen Mathilde. Nachdem Heine der Belgiojoso mehrfach angedeutet hatte, dass er seine neue Leidenschaft für eine niedrige Sinnenregung halte, lud sie ihn auf ihren Landsitz La Jonchère in der Nähe von Paris ein, damit er sich von dem obskuren Objekt seiner Begierde entwöhne.

Aber die Entziehungskur schlug nicht wirklich an. Am Ende des Aufenthalts war alles wie zuvor: Das Verlangen nach Mathilde war unverändert da.

Wie dringend er ihres Beistands noch bedürfen sollte, offenbarte seine Leidenszeit in der Matratzengruft: Während viele seiner vermeintlichen Freunde ihn jetzt hängen ließen, blieb sie ein Vorbild an Loyalität. „Wie können Besucher und Freunde ausbleiben, wo sich sein Geist doch alle Kraft, seine Phantasie sich doch ihre ganze Vielfalt bewahrt hat! [...] Denn es ist packend zu sehen, wie bei ihm der Geist über die Materie triumphiert", soll sie sich nach Aussage ihrer Freundin Caroline Jaubert über die Untreue seines Bekanntenkreises empört haben. Allerdings schoss die übereifrige Apologetin zu Heines Ärger über ihr Ziel hinaus, indem sie in ihren viel beachteten, auch ins Deutsche übersetzten Reisebriefen mit dem Titel „Souvenirs d'Exil" die Behauptung aufstellte, Heines Verwandtschaft, darunter namentlich auch sein Mäzen Carl Heine, komme ihrer Sorgepflicht gegenüber dem kranken Dichter nicht nach. Das berührte Heine unangenehm, da es zum einen nicht stimmte und ihm zum anderen schaden konnte. Das seit dem nervenaufreibenden Erbschaftsstreit wieder mühsam gekittete Verhältnis zu seinem Vetter konnte dadurch erneut getrübt werden. Dennoch besaß sie bei ihm so viel Kredit, dass er ihr dieses falsche Engagement verzieh. Sie hatte ihm geholfen, wann immer er ihrer Hilfe bedurfte: etwa 1847, als er und Mathilde auf der Suche nach einer neuen Wohnung waren, oder 1848, als der endgültige Ausbruch seiner Krankheit das Konsultieren der richtigen Ärzte erforderte. Deshalb verdiente sie jetzt auch seine Nachsicht. Denn anders als die schnöden Nutznießer seines periodischen Ruhmes ließ sie ihn nicht im Stich, sobald er sich in Schwierigkeiten befand. Nicht einmal als sie selbst in Not geriet, vergaß sie ihn – wie etwa nach dem Scheitern des römischen Aufstands von 1849, als sie fliehen und mehrere Jahre in Anatolien leben musste, oder nach dem dortigen Mordanschlag auf sie, als sie durch sieben Messerstiche eines betrunkenen Domestiken lebensgefährlich verletzt wurde.

Das Seelenbündnis mit ihm war ihr heilig. Weder räumliche Distanz noch körperliche Bedrohung durften es zerstören.

Als abenteuerlustige Weltenbummlerin, die ständig auf Reisen war, hätte sie ihre Verbindung zu Heine freilich nicht aufrechterhalten können, wenn sie nicht durch ihre gute Freundin Caroline Jaubert über Heines Geschick auf dem Laufenden gehalten worden wäre.

Caroline Jaubert (1803–1883), die selbst einen Salon besaß, stand so hoch bei Heine im Kurs, dass er sich noch 1848, kurz vor seiner vollkommenen Gehunfähigkeit, zu ihr hinschleppte, um ihr das Versprechen abzuringen, dass sie ihn auch als Todkranken weiterhin besuchen würde – ein Versprechen, das die Jaubert gerne gab und dem sie gewissenhaft nachkam. Auf diese Weise wurde sie zu einer wichtigen Chronistin von Heines letzten Lebensjahren, die in ihren *Erinnerungen* und Briefen wichtige Momente aus Heines Leben in seiner „Matratzengruft" festgehalten hat. Dank ihr sind wir u. a. darüber unterrichtet, dass Heines Geist „bis zum letzten Atemzug keinerlei Störung" erlitt.

Zum ersten Mal gesehen hat Heine sie übrigens am 4. April 1835 im Salon der Belgiojoso. Das Erscheinungsbild der zartgliedrigen Frau versetzte ihn sofort in innere Unruhe. Völlig verwirrt schrieb er anderntags an die Prinzessin: „Die kleine Frau, die ich gestern bei Ihnen sah, hat einen Reiz in ihrem Wesen, ein Ich-weiß-nicht-was, das auf einzigartige Weise auf mich wirkt. [...] Ich glaube, daß es eine sehr verworren bewegte Natur ist, deren Bewegtheit auf Deutsche mit großen blauen Augen ansteckend wirkt; sie macht meine Seele krank, sie erweckt dort schlummernde Klagen, sie ist schmerzhaft gut, sie ist auf fröhliche Weise böse; ich will das nicht, und ich will es doch, es ist ein Zauber. Wenn Sie nicht lachen wollen, würde ich bekennen, daß ich sie für eine Hexe halte."

Umgekehrt war sich auch die Jaubert am Anfang über ihn nicht im Klaren, da sie den Eindruck hatte, es mangele ihm an wahrer Güte. Erst nach und nach, als sie wahrnahm, wie er dank seines funkensprühenden Esprits in der Gesellschaft glänzte, wandelte sich ihr Bild. Von nun an lud sie ihn des Öfteren in ihren Salon. Doch so lange konnte Heine nicht warten: Ihr Zauber hatte so sehr seine Neugierde geweckt, dass er sogleich die ersten Schritte unternahm, sie näher kennen zu lernen. Da sie nach seinem Empfinden etwas von einem Fabelwesen an sich hatte, nahm er dies zum Anlass, ihr sein soeben auf Französisch erschienenes Buch *De l'Allemagne* zuzuschicken, dessen sechster Teil seine mythologische Schrift *Elementargeister* enthielt. Damit war ein idealer Anknüpfungspunkt gefunden, um auf galante Weise mit ihr ins Gespräch zu kommen: „Ich habe die Ehre, Madame, Ihnen beifolgend mein Buch über Deutschland zu schicken. Ich lade Sie ein, den sechsten Abschnitt zu lesen; dort spreche ich von Nixen, Salamandern, Gnomen und Sylphen. [...] Dieser Fuß, den ich vorgestern sah, kann nur einem dieser phantastischen Wesen gehören, von denen ich in meinem Buch sprach; aber ist es der Fuß einer Nixe? – Ich denke, daß er geschmeidig ist wie die Welle und daß er sehr wohl auf dem Wasser tanzen könnte. Oder gehört er einem Salamander? [...] Vielleicht ist es der Fuß eines Gnomen – er ist hinreichend klein, niedlich, zart und fein – oder der Fuß einer Sylphe? Die Dame ist wirklich so luftig, so feenhaft ... Ist sie gut oder böse?"

Wenn dies kein literarisches Meisterwerk der Courtoisie und der anmutigsten Tändelei ist, hat Casanova nie gelebt. Nur dass diesem nicht der Sprachwitz eines Heinrich Heine zu Gebote stand. Mit dem Kokon seiner mythologischen Bilder umgarnt Heine in diesem Brief sein weibliches Opfer, um es schließlich in einem Netz aus Antwort heischenden Fragen einzufangen. Doch Caroline Jaubert war so unbedarft nicht, als dass sie diesen galanten Umgarnungskünsten erlegen wäre. Sie war eben gerade nicht ein realitätsfremdes Wesen aus dem okkulten Reich der Elementargeister! Sie war eine graziöse Frau mit wachem Verstand, die sehr wohl wusste, wie man einen allzu forschen Verehrer in die Schranken weisen musste. Apropos – auch die Jaubert selbst war literarisch recht begabt. In manchen ihrer Briefe entwickelt sie einen Sprachwitz, der dem Heines kaum nachsteht. So etwa in ihrem Schreiben von 15. Dezember 1844, in dem sie ihm für die Zusendung seines Versepos *Deutschland. Ein Wintermärchen* dankt und ihn als einen genialen Hexenmeister der Dichtkunst hochleben lässt: „Seit heute steht es fest, dass Sie ein Magier sind. – Ein göttlicher Magier durch sein Werk; und ein mächtiger Magier hinsichtlich der Zensur und des Königs von Preußen. Wenn auch Rabelais, nachdem er Franz I. durch ein Vorwort hereingelegt hatte, so glücklich war wie Sie: so musste doch gerade dieses Beispiel Ihnen abträglich sein. Ich bezweifle, daß Ihr amtierender König die wahre Intelligenz des Aristophanes besitzt, andernfalls hätte er blindlings alles verboten, was unter dem Zeichen des Scherzes aus Ihrer Feder fließt."

Heine zeigte sich glücklich, dass sie „durch den Schleier einer prosaischen Übersetzung und tausendundeiner für den französischen Leser nicht fassbaren Anspielung die wirkliche Bedeutung" seines Epos „doch erraten" hatte. Denn das *Wintermärchen* war eine „blutige Herausforderung" der „Teutomanen", der nationalen Partei Deutschlands, und löste deshalb in seiner Heimat eine Flut von Angriffen auf ihn aus. Dieses länderübergreifende Einfühlungsvermögen sicherte ihr sein Vertrauen und führte dazu, dass er die „kleine Fee" bis zu seinem Tod gerne um sich hatte. Diese dankte ihm sein Vertrauen durch die Ausdauer ihrer Besuche und manchen wichtigen Dienst, den sie ihm zu erweisen suchte. So setzte sie sich zum Beispiel mit Hilfe ihres Bruders, eines hohen Angestellten des französischen Außenministeriums, dafür ein, dass Heine die seit der Februarrevolution von 1848 gestrichene Staatspension fortgezahlt werde; leider vergeblich, wie sie dem Kranken berichten musste.

Eine gewisse Ironie spiegelte sich übrigens in der Art und Weise, wie sie voneinander Abschied nahmen. Hatte zu Beginn ihrer Bekanntschaft ihr schön gewachsener Fuß gestanden, durch den sie ihn in ihr „Feenreich" gelockt hatte, so war es Heines ins Jenseits verweisende Leichenhand, die ihr Ende markierte. Diese Mitleid erregende Symbolik war Heine so unerträglich, dass er sie satirisch mit dem Aperçu unterlief: „Bemitleiden Sie mich nicht zu sehr; die Vignette der ‚Revue des deux Mondes', die mich abgezehrt und mit gesenktem Haupt wie ein Christusbild von Moralès darstellt, hat den guten Leuten schon zuviel Mitleid für mich entlockt; ich bin nicht für die gar zu ähnlichen Porträts, mein Bild soll etwas geschmeichelt sein wie das schöner Frauen. Sie haben mich gekannt als ich noch jung und schön war; setzen Sie das ehemalige Bild an die Stelle dieses traurigen Porträts."

Für Heine war es ein erhebendes Gefühl, dass Caroline Jaubert und die Principessa di Belgiojoso ihm nach Ausbruch seiner Krankheit die Treue hielten. Andere Frauen, wie zum Beispiel seine Freundin George Sand, zeigten da weit weniger Charakterstärke. So musste es der moribunde Dichter zu seiner großen Enttäuschung erleben, dass die berühmte Schriftstellerin ihn links liegen ließ und nicht ein einziges Mal besuchte, seit er in seine „Matratzengruft" verbannt war. Das war für ihn umso schmerzlicher, als *George Sand* (1804–1876) von der Mitte der dreißiger bis zum Anfang der vierziger Jahre seine engste Kombattantin gewesen war.

Ihre Bekanntschaft ging auf ihre Initiative zurück. Sie hatte Franz Liszt gebeten, Heine in ihren Salon einzuladen und ihn ihr vorzustellen. Obwohl sie in der Öffentlichkeit als Mannweib und Lesbierin verschrien war, da sie für die Emanzipation der Frauen stritt, ließ sich Heine von solchem Gerede nicht abschrecken und kam der Einladung nach. Immerhin war George Sand zu ihrer Zeit die berühmteste Schriftstellerin Frankreichs, die mit solch einflussreichen Dichtern und Musikern wie Balzac, Dumas, Hugo, Béranger, de Vigny, Musset, Sainte-Beuve, Berlioz, Meyerbeer, Liszt und Chopin persönlichen Umgang hatte. Für diese Unvoreingenommenheit sollte Heine belohnt werden. Auf Anhieb fand George Sand ihn sympathisch. So folgten auf dieses erste Zusammentreffen bald weitere Begegnungen, die zu einer engen Freundschaft führten. Beide bewunderten einander als Künstler, fühlten sich von dem schriftstellerischen Freimut des anderen angezogen und nannten einander liebevoll „Cousin" und „Cousine", um den hohen Grad ihrer geistigen Verwandtschaft anzuzeigen. Heine schätzte ihre Romane, die er fast alle las, und achtete sie als Person, da sie sich ihren Erfolg als Berufsschriftstellerin mühsam erkämpft hatte: Nach einer unglücklichen, aus Gründen der Konvention geschlossenen Ehe mit dem Landadeligen Casimir Dudevant besaß sie den Mut, sich von diesem zu trennen, um in Paris ein völlig neues Leben als Autorin zu beginnen. George Sand wiederum besaß hohen Respekt vor Heines Schlagfertigkeit und Formulierungskunst, mit denen er wie ein „Imperator des Geistes“ all seine Gegner in die Schranken wies. Ihr häufiger Umgang miteinander mündete so in ein Waffenbündnis, das die Ehre des anderen immer dann hochhielt, wenn sie durch Dritte verletzt wurde. Als der Wissenschaftler Etienne Saint-Hilaire George Sand brieflich darüber unterrichtete, dass er den spottsüchtigen Heine für einen ungehobelten Barbaren halte, nahm ihn diese entschieden in Schutz. Umgekehrt wandte sich Heine erzürnt gegen all jene, die behaupteten, George Sand habe durch ihre Untreue den frühen körperlichen Verfall ihres ehemaligen Liebhabers Alfred de Musset eingeleitet.

George Sand war vor allem von Heines Witz fasziniert. Wenn sie sich auch bei Franz Liszt über Heines Tendenz beschwerte, „in die Monomanie der Kalauer“ zu verfallen, war es de facto gerade sein für einen Deutschen so untypischer Sarkasmus, der sie anzog und betörte. Sie verzieh ihm sogar, dass er sie wiederholt als Gastgeberin in Verlegenheit brachte, wenn er in seiner übermütigen Art die Besucher ihres Salons hänselte. Ihr imponierte, dass seine witzige Denk- und Schreibweise ihm die Hochachtung der Nobilitäten der französischen Literatur eintrug, die ihm die Türen ihrer ansonsten für Fremdlinge verschlossenen Häuser öffneten und ihn „wie einen Pair“ behandelten: „Sie respectirten ihn höchlich, ja sie fürchteten ihn sogar, wie sie jedermann fürchten, der mit Geist lächerlich machen kann“, berichtet Heinrich Laube in seinen Memoiren. George Sand aber fürchtete im Gegensatz zu ihren Kollegen den Zynismus ihres „Cousins“ nicht. Ihrem Tagebuch vertraute sie die Überzeugung an, dass hinter seinem Zynismus eine zerbrechliche Künstlerseele stecke: „Heine sagt sehr bissige Sachen, und seine Witze treffen ins Schwarze. Man hält ihn für von Grund auf böse, aber nichts ist falscher; sein Herz ist so gut, wie seine Zunge schlecht ist. Er ist zärtlich, aufmerksam, aufopfernd, in der Liebe romantisch, ja schwach, und eine Frau kann ihn unbegrenzt beherrschen."

Heine stand mit seiner „Cousine" auf so vertrautem Fuß, dass die notorische Nachtarbeiterin, die gewöhnlich erst spät am Tag aufstand, ihn selbst dann empfing, wenn er sie aus ihrem heiligen Schlaf riss. Sie stand dann ohne Murren auf, machte sich schnell zurecht, bereitete ihren Lebensgefährten Frédéric Chopin auf den Besuch vor und ließ ihren bewunderten „Cousin" vorsprechen. Wie solch eine private Stippvisite nahtlos in die Geselligkeit eines halb offiziellen Salongesprächs übergehen konnte, hält ein Artikel Heinrich Laubes fest, der unter dem Titel *Ein Besuch bei George Sand* Ende 1840 in der Beilage der *Allgemeinen Zeitung* gedruckt wurde: „Sie saß in der Mitte ihres kleinen Salons auf einem niedrigen Sessel, als wir eingeführt wurden, in einen eigenthümlich geschnittenen braunen Morgenmantel gehüllt. Der volle, runde Kopf war unbedeckt, schwarzes, überaus volles Haar griechisch gescheitelt und in einen tief hinabgehenden Knoten geschlungen [...]. Chopin bereitete ihr den Kaffee am Kamin, und sie trank ihn, uns mit heiterer Herzlichkeit empfangend und mir Lebhaftigkeit anredend. Heine schien ihr sehr werth zu seyn; sie fuhr ihm mit der Hand über das Haar, und schalt ihn äußerst anmuthig, daß er sie so lange nicht aufgesucht habe. [...] Heine, der sehr aufgeweckt war, führte das Wort, und die Sand, noch Kaffee trinkend, nahm nur hie und da eine Partie der Unterhaltung auf und erledigte sie in ruhiger, wohlwollender, sehr bestimmter Sprache. Auch später, als die Gesellschaft größer und das Gespräch sehr lebhaft wurde, nahm sie auf dieselbe Art am Gespräch Theil: sie hörte lange [zu], erklärte sich in wenig Worten für eine ausgesprochene Meinung, oder machte eine von allen andern abweichende geltend [...]."

So berichtete Heinrich Laube glaubhaft im Dezember 1840 in einer Zeitungsbeilage. Rund vierzehn Jahre später, in einem Nachtrag zum fünften Artikel seiner *Lutezia* mit dem Titel *Späte Note*, porträtiert nun Heine seinerseits George Sand. Im Unterschied zu Laube verleiht er aber dem zurückhaltenden Gesprächstil der Salonière einen ganz anderen, negativen Akzent: „Sie hat durchaus nichts von dem sprudelnden Esprit ihrer Landsmänninnen, aber auch nichts von ihrer Geschwätzigkeit. Dieser Schweigsamkeit liegt aber weder Bescheidenheit, noch sympathetisches Versenken in die Rede eines Anderen zum Grunde. Sie ist einsilbig vielmehr aus Hochmuth, weil sie dich nicht werth hält, ihren Geist an dir zu vergeuden, oder gar aus Selbstsucht, weil sie das Beste deiner Rede in sich aufzunehmen trachtet, um es später in ihren Büchern zu verarbeiten. Daß George Sand aus Geitz im Gespräche nichts zu geben und immer etwas zu nehmen versteht, ist ein Zug, worauf mich Alfred de Müsset [!] einst aufmerksam machte [...]. Nie sagt George Sand etwas Witziges, wie sie überhaupt eine der unwitzigsten Französinnen ist, die ich kenne. Mit einem liebenswürdigen, oft sonderbaren Lächeln hört sie zu, wenn andere reden, und die fremden Gedanken, die sie in sich selbst aufgenommen und verarbeitet hat, gehen aus dem Alambik ihres Geistes weit kostbarer hervor."

Heines Versuch, mit dieser Beschreibung George Sand als Gesprächspartnerin herabzusetzen, ist evident. Weder Esprit noch Witz, ja nicht einmal die passive Gabe des Zuhörens gesteht er ihr zu. Nach seiner Darstellung ist sie eine selbstsüchtige „Aushorcherin", die von der geistigen Nahrung lebt, die ihr ihre Gesprächspartner liefern. Mehr noch: Sie ist eine geniale Verwertungskünstlerin, die aus den Ideen der anderen ihre hoch gepriesenen Meisterwerke zimmert – so Heines beleidigende These. Führt man sich dazu noch vor Augen, dass er in der dieser Passage vorausgehenden Personenbeschreibung George Sands Äußeres karikaturhaft verzerrt, dann wird die boshafte Abwertungstendenz hinter Heines Worten sichtbar. Aber Halt! War Heine nicht ehemals der Intimus und Busenfreund von George Sand gewesen? Was also war der Grund, warum sich Heine plötzlich gegen sie wandte?

Im Einzelnen lassen sich die Ursachen, die zu seinem Gesinnungswandel geführt haben, nicht mehr aufdecken. Fest steht aber, dass es Heine seiner ehemaligen Mitstreiterin verübelte, mit welcher Gleichgültigkeit sie über sein schweres körperliches Leiden hinwegsah. Denn so sehr er sich auch danach sehnte, sie wieder zu sehen – sie blieb stumm. Sie machte nicht die geringsten Anstalten, ein anhaltendes Interesse an ihm zu bekunden. Eine kleine Geste der Anteilnahme wäre schon genug gewesen, hätte ihn wieder mit ihr versöhnt; aber sie schien ihn schlichtweg vergessen zu haben. Da hatte diese Frau sich großtuerisch als seine „Cousine" aufgespielt und ihm das Gefühl eines immerwährenden Freundschaftsbundes vermittelt und dann besaß sie nicht einmal den Anstand, ihrem vom Tode gezeichneten Weggefährten die kleine Freude eines Besuchs zu machen. Dieser Mangel an Mitgefühl verstimmte Heine so sehr, dass er spätestens seit Oktober 1850 George Sand nicht mehr zu seinen Freundinnen zählte.

Er tat das umso entschiedener, als sie sich aus seiner Sicht noch einen zweiten Fauxpas geleistet hatte. In ihrem 1846 erschienenen Roman *Lucrezia Floriani* hatte sie mit dem Prinzen Karol von Rosvald – einem lebensfremden und leidensbedürftigen Egoisten, der durch seine Eifersucht seiner Geliebten das Leben zur Hölle machte – eine Gestalt geschaffen, die Heine und seine Zeitgenossen an ihren kranken Liebhaber Frédéric Chopin erinnerte. Das brachte das Fass zum Überlaufen: Jetzt ließ sie ihn nicht nur im Stich, sondern verhöhnte auch noch einen Leidensgenossen und Freund von ihm. In einem – unter dem Eindruck der traurigen Nachricht von Balzacs Tod verfassten – Brief an Heinrich Laube resümiert er: „George Sand, das Luder, hat sich seit meiner Krankheit nicht um mich bekümmert; diese Emanzipatrice der Weiber, oder vielmehr diese Emanzimatrice, hat meinen armen Freund Chopin in einem abscheulichen, aber göttlich geschriebenen Roman aufs empörendste malträtiert. Ich verliere einen Freund nach dem andern, und bei denen, die mir übrig bleiben, erprobt sich das alte Sprichwort: Freunde in der Not gehen sechzig auf ein Lot. – Aber das Sprichwort ist doppelschneidig, es kritisiert nicht bloß die Beklagten, sondern auch den Kläger; mich trifft jedenfalls der Vorwurf, daß ich in der Wahl meiner Freunde sehr kurzsichtig war [...]."

Mit seinem karikaturistisch verzerrten Personenporträt versuchte Heine also bewusst, George Sand zu bestrafen. Die *Späte Note* ist nicht von ungefähr eine erst im Frühjahr 1854 nachgereichte Ergänzung, die das positive Dichterbild, das der vorangehende, fünfte *Lutezia*-Artikel vom 30. April 1840 von George Sand entwirft, nachträglich wieder aufhebt. Dennoch hätte die Dichterin ihm diesen literarischen Vergeltungsakt vielleicht noch verziehen, wenn er sich in der *Späten Note* nicht eine Taktlosigkeit geleistet hätte, die sie in eine üble Affäre verwickelte: Er hatte nämlich den Liederkomponisten Joseph Dessauer angeklagt, damit zu prahlen, ein Intimverhältnis mit ihr zu unterhalten. Um dieser Lüge entgegenzutreten, hatte er, gleichsam als Verteidiger ihres guten Rufes, den Komponisten mit folgenden Worten angegriffen: „Ich benutze diese Gelegenheit, dem guten oder vielmehr ästhetischen Leumund der Dame einen guten Dienst zu erweisen, indem ich meinen deutschen Landsleuten zu Wien und Prag die Versicherung ertheile, daß es eine der miserabelsten Verläumdungen ist, wenn dort einer der miserabelsten Liederkompositeurs vom mundfaulsten Dialekte, ein namenloses, kriechendes Insekt, sich rühmt, mit George Sand in intimem Umgange gestanden zu haben. Die Weiber haben allerley Idiosynkrasien, und es giebt deren sogar, welche Spinnen verspeisen; aber ich bin noch keiner Frau begegnet, welche Wanzen verschluckt hätte."

Auf diesen vernichtenden Angriff schwieg Dessauer zunächst. Er wollte eine Ausweitung der Affäre zum Skandal unter allen Umständen vermeiden. Da er in Wien lebte, glaubte er sich außerhalb der Reichweite von Heines Polemik, zumal er in besagtem Artikel namentlich gar nicht genannt wurde. Die Situation änderte sich aber schlagartig, als der Publizist Moritz Saphir im August 1855 einen Artikel in der Zeitschrift *Der Humorist* veröffentlichte, in dem er unter dunklen Andeutungen und der Nennung von Dessauers Namen den Fall auch in Wien bekannt machte. Jetzt entwickelte sich das Ganze zu einer Wiener Pressefehde, in der *Der Humorist* die Partei Heines und *Die Presse* die Partei Dessauers ergriff. Vor allem Dessauers Freunde fühlten sich nun dazu aufgerufen, die Ehre des Beleidigten wiederherzustellen, indem sie den Beleidiger ihrerseits attackierten: In der *Presse* verbreiteten sie das Gerücht, Heine habe Dessauer 1842 in Paris um ein Darlehen angegangen und habe ihm, als dieser ihm die Gefälligkeit abschlug, auf offener Straße mit seiner Feder gedroht. Beunruhigt von dieser Pressemeldung schaltete sich daraufhin Heines Bruder Gustav, Herausgeber des Wiener *Fremdenblattes*, in den Skandal ein und forderte Heine brieflich zu einer Richtigstellung auf. Heines Antwortschreiben, das Gustav am 29. August 1855 im *Fremdenblatt* drucken ließ, dementierte die gegen ihn erhobenen Vorwürfe und versuchte, sie als „erlogene und erstunkene" Phantasieprodukte der rachsüchtigen „Wanze" Dessauer darzustellen. Für die Richtigkeit seiner eigenen Behauptung, dass Dessauer sich aus reiner Prahlsucht als Liebhaber George Sands deklariert habe, berief Heine sich dabei auf den Schriftsteller Anastasius Grün alias Anton Graf von Auersperg, den er als glaubwürdige Quelle dieser Information angab. Doch Auersperg, der in den Skandal nicht verwickelt werden wollte, lehnte eine Stellungnahme zugunsten Heines ab.

Und George Sand? Sie, die Heine vor den rufmörderischen Anzüglichkeiten des „eitlen Insekts" Dessauer hatte schützen wollen, solidarisierte sich ausgerechnet mit seinem Gegner. Denn Dessauer trat nun mit einer „Erklärung" an die Öffentlichkeit, die sowohl die Einleitung eines Gerichtsverfahrens gegen Moritz Saphir und Gustav Heine ankündigte, als auch – als eigentliche Trumpfkarte – mit einem Leumundszeugnis von George Sand aufwartete. Darin sprach die Autorin Dessauer nicht nur von Heines Anschuldigungen frei, indem sie ihn zu einem Ehrenmann erhob, der sich ihr nie anders als freundschaftlich genähert habe. Sie autorisierte den Komponisten auch dazu, sich bedingungslos ihrer Ehrenerklärung zu bedienen, „selbst wenn sie das mit ihrem alten Freund Henri Heine entzweien und sie zur Zielscheibe jener bedauerlichen Beleidigungen machen sollte, die seine leidende, eines besseren Endes würdige Seele ausstößt".

Heine zeigte sich über diesen Treuebruch seiner ehemaligen Gefährtin entsetzt. Er fühlte sich durch Sands Leumundzeugnis „auf die unwürdigste Weise behandelt" und vor den Kopf gestoßen. Konsterniert wandte er sich am 8. September 1855 an Victor de Mars, den Geschäftsführer der Zeitschrift *Revue des deux Mondes*: „Sie müssen mich beraten, was ich in diesem Fall, wo meine Gutmütigkeit wirklich auf eine harte Probe gestellt wird, zu tun habe. Ich verstehe überhaupt nichts: es scheint wirklich so, als sei es ein unumstößliches Vorurteil dieser unglücklichen Frau, all jene zu beleidigen, die ihr aufrichtiges Interesse bezeigt haben." Hatte Heine vergessen, auf welch despektierliche Weise er sie in der *Späten Note* schilderte? Hatte er tatsächlich geglaubt, sie würde ihm anerkennend auf die Schulter klopfen, wenn er sie dort zu einer ordinären Schönheit und einem „Ideal" der Gewöhnlichkeit erhob?

Vielleicht aber war es gar nicht diese Kränkung, die George Sand zum Schulterschluss mit Dessauer bewog. Vielleicht geschah ihr Engagement für den Komponisten einfach aus der Einsicht heraus, dass Heine mit seiner Attacke weit über die Grenze des Zulässigen hinausgegangen war und er einen im Grunde unbescholtenen Mann diffamiert hatte.

„Frau Venus, meine schöne Frau“ Mathilde Heine

Geistige Größe schützt vor Torheit nicht, und Intelligenz ist kein Garant für redliches Verhalten, vor allem wenn Klatschsucht und Antipathie mit im Spiel sind. Das lässt sich exemplarisch am Verhalten von Karl Marx gegenüber Heines Ehefrau Mathilde beobachten. Verführt von Gerüchten und getrieben von einer tiefen Aversion sah Marx gut ein halbes Jahr nach dem Tod Heines die Gelegenheit dafür gekommen, mit der Lebensgefährtin seines ehemaligen Freundes abzurechnen. In einem Brief vom 22. September 1856 an Friedrich Engels fällt er in einem gewissermaßen verbalen Standgericht das Urteil: „Über Heine habe ich allerlei Details erhalten, die Reinhardt meiner Frau in Paris erzählt. Darüber ausführlicher ein andermal. Nur das für jetzt, daß das ‚Sie aber schon um achte / Trank roten Wein und lachte' literally bei ihm eingetroffen. Seine Leiche stand noch im Sterbehaus – am Tag des Begräbnisses –, als der Maquereau [= Zuhälter, Kuppler; C. B.] der Mathilde mit ihrer Engelsmilde schon vor der Tür stand und sie in der Tat abholte. Der brave ‚Meissner', der so weichen Kuhmist apropos von Heine dem deutschen Publikum ums Maul geschmiert hat, hat bares Geld von der ‚Mathilde' erhalten, um dies Saumensch, das den poor Heine zu Tode gequält, zu verherrlichen.“

Abgesehen davon, dass dieser Brief in einem bemerkenswert schlechten Deutsch verfasst ist, lässt sich kaum verbergen, dass die Grundzüge des hier entworfenen Mathilde-Porträts ebenso einseitig wie falsch sind. Offenbar saß die Enttäuschung und Verbitterung über Heines vor mehr als 21 Jahren getroffenen Partnerwahl in Karl Marx so tief, dass er, der große Theoretiker der Menschengleichheit, der Versuchung nicht widerstehen konnte, die einfache Proletarierin Mathilde, dieses gewöhnliche Straßenkind, das es gewagt hatte, einen geistigen Titanen wie Heine an sich zu binden, nach dem Exitus ihres Mannes wenigstens imaginativ abzustrafen. Doch die einzelnen Vorwürfe, die Marx gegenüber dem „Saumensch“ Mathilde erhebt, halten einer genauen Prüfung nicht stand. Schon dass Marx gleich zu Beginn seines Briefes auf Richard Reinhardt, Heines letzten Sekretär, verweist, muss stutzig machen. Denn Reinhardt war Ende Mai 1855 im Streit von Heine geschieden, nachdem dieser sich geweigert hatte, ihm die Herausgabe der *Memoiren* und die Verwaltung seines gesamten Nachlasses zu übertragen. Reinhardt war also ein ausgesprochen fragwürdiger, da um Mathildes guten Leumund nur wenig besorgter Informant und Gewährsmann. Aber auch das Gedicht, aus dem Marx zitiert, ist zu einer Charakterisierung Mathildes kaum geeignet. Denn Heines Romanze *Ein Weib* führt mit Galgenhumor vor Augen, wie ein zum Tode Verurteilter von seiner Geliebten um einen letzten Liebesdienst betrogen und kurzerhand fallen gelassen wird. In provokant plakativen Farben will es die Untreue und Verlogenheit des weiblichen Geschlechts veranschaulichen. Wie zur Warnung verheißt es:

> Sie hatten sich beide so herzlich lieb,
> Spitzbübin war sie, er war ein Dieb.
> Wenn er Schelmenstreiche machte,
> Sie warf sich auf 's Bett und lachte.
>
> Der Tag verging in Freud und Lust,
> Des Nachts lag sie an seiner Brust.
> Als man in's Gefängniß ihn brachte,
> Sie stand am Fenster und lachte.
>
> Er ließ ihr sagen: O komm zu mir,
> Ich sehne mich so sehr nach dir,
> Ich rufe nach dir, ich schmachte –
> Sie schüttelt' das Haupt und lachte.
>
> Um sechse des Morgens ward er gehenkt,
> Um sieben ward er in's Grab gesenkt;

Sie aber schon um achte
Trank rothen Wein und lachte.

Das hier angedeutete Leben in Saus und Braus hat Mathilde bei all ihrem Hang zur Leichtlebigkeit nie geführt. Genauso wenig trifft die ihr von Marx zur Last gelegte Skrupellosigkeit und Kaltherzigkeit auf sie zu. Entgegen dem ausdrücklichen Wunsch ihres Mannes hatte sie nach dessen Tod ja gerade nicht wieder geheiratet, geschweige denn sich unmittelbar nach dessen Ableben einen neuen Liebhaber zugelegt. Der von Marx angeführte „Maquereau" war in Wirklichkeit niemand anderer als Henri Julia, Mathildes „Ratgeber" und Anwalt, der ihr bei dem nun anstehenden Gerangel um Heines Nachlass juristisch zur Seite stand. Statt auf die Liebe der in die Jahre gekommenen Mathilde hatte es dieser gewiefte Jurist auf Heines literarisches Erbe abgesehen – eine als selbstlose Hilfeleistung getarnte Finte, die ihm immerhin den Verkauf von Heines *Memoiren* und damit die stolze Summe von 16 000 Franc eintrug.

Ebenso falsch wie der Vorwurf der Untreue ist freilich auch die dritte Behauptung von Marx, dass Mathilde den böhmisch-österreichischen Schriftsteller Alfred Meissner bestochen hätte, um eine gute Presse zu bekommen. Es gibt keinerlei Anhaltspunkte, die diesen Verdacht erhärten würden. Zwar hat Meissner in seinen *Heine-Erinnerungen* ein durchaus positives Bild von Mathilde gezeichnet. Doch nachdem die deutschen Zeitungen wiederholt die Frau an Heines Seite in ein schief-anrüchiges Licht gerückt hatten, war es an der Zeit, dass sich eine Stimme gegen den eingeschworenen Chor der Mathilde-Verächter erhob.

Doch wer war Mathilde Heine wirklich? Dass nämlich auch Meissners wohlwollende Porträt nicht der Wirklichkeit entsprach, lässt sich schon daraus ersehen, dass er in einem *Nachtrag zu den Heine-Erinnerungen* das positive Bild wieder revidiert, das er zuvor so kunstvoll aufgebaut hat. Auf einmal will Meissner bemerkt haben, dass Mathildes Charakter seicht war und dass sie ihren hinfälligen Gatten permanent gequält hat. Dieser plötzliche Meinungsumschwung, der vielleicht mit dem öffentlich gegen Meissner erhobenen Vorwurf zusammenhängt, er habe Heines Ehe zu harmonisch nachgezeichnet, lässt ahnen, wie konträr das Mathilde-Bild der Heine-Rezeption bis heute ausfällt. Deshalb sei noch einmal die hier maßgebliche Frage gestellt: Wer war diese Frau wirklich?

Richten wir zunächst unser Augenmerk auf den eigentlichen „Entdecker“ Mathildes, auf Heinrich Heine. Denn er war es, der das französische Arbeiterkind Augustine Crescence Mirat (1815–1883), das er wegen der Unaussprechbarkeit seines Namens schon bald in Mathilde umtaufte, im Umfeld der Pariser Demimonde aufgespürt und aus dem Milieu der Grisetten und Prostituierten herausgeholt hat. Heine war ein notorischer Flaneur, der sich für die kränkenden Zurückweisungen und zahlreichen Abfuhren, die ihm die geistreichen Salondamen der Intellektuellenszene und die kapriziösen Töchter aus besserem Hause à la Amalie Heine erteilt hatten, dadurch schadlos hielt, dass er sich immer wieder in Abenteuer mit leichtlebigen, seinen Avancen zugänglichen Lebedamen stürzte, bei denen er dann sexuell zum Zuge kam. Auch wenn mittlerweile erwiesen ist, dass Heine regelmäßig Ausflüge ins Rotlichtmilieu der Großstädte unternommen hat, waren diese Gespielinnen durchaus nicht immer käuflicher Natur. „Mädchen von der Art Mathildes, das waren die Sängerinnen und Drehbahn-Gespielinnen in Hamburg im Gegensatz zu den Cousinen, das waren die Zimmermädchen und Serviererinnen in den Seebädern im Gegensatz zu den Gästen, das waren die Grisetten und Kokotten in Paris, im Gegensatz zu den Intellektuellen und Salondamen“, umschreibt Rudolf Walter Leonhardt diese Frauen treffend. Bei dieser flatterhaften Art von Frauen überwand der an seiner sozialen Herkunft und seiner extremen Sensibilität leidende Heine noch am ehesten seine angeborene Scheu, hier fühlte er sich nicht so rasch eingeschüchtert, gehemmt oder erniedrigt, hier fand er oft mehr menschliche Nähe und Wärme als in der schneidenden Kälte der – von seinem Freund Honoré de Balzac in seiner *Comédie humaine* so grandios beschriebenen – Pariser Oberschicht.

Alles spricht dafür, dass Heine Mathilde im Oktober 1834 kennen gelernt hat und dass ihm der Zufall dabei zur Hilfe kam. Denn obgleich Mathilde wahrscheinlich keine Prostituierte war, arbeitete sie damals in der Panorama-Passage in der Nähe des Justizpalastes, einem stadtbekannten Standort der Freudenmädchen. Sie war zu dieser Zeit Schuhverkäuferin im Laden ihrer Tante Maurel und als Neunzehnjährige in der vollen Blüte ihrer weiblichen Reize. Bei einem seiner Streifzüge durch Paris wird sie der von erotischer Jagdlust erfüllte, zu den Schauplätzen der käuflichen Liebe strebende Heine zufällig entdeckt haben. Was er zu sehen bekam, schien zunächst ein typisches Kind der armen Pariser Unterschicht, eine Grisette, wie die französischen Arbeiterinnen ihrer grauen Berufskleidung wegen genannt wurden.

Mathilde stammte aus dem kleinen Weiler Le Vinot de la Trétoire im Departement Seine-Marne und war das uneheliche Kind einer Bäuerin und eines besseren Herrn, der sich nach ihrer Geburt am 15. März 1815 nicht weiter um sie kümmerte. Ohne das Privileg einer schulischen Bildung zu genießen, wuchs sie halb verwildert in ärmlichen Verhältnissen auf und musste Kühe hüten. Mit fünfzehn wurde sie von ihrer Mutter zu ihrer Tante nach Paris geschickt, um dort ihren Lebensunterhalt als Verkäuferin zu bestreiten. „Sie war", wie Wolfgang Hädecke glaubwürdig schildert, „eine der vielen tausend Grisetten von Paris – temperamentvoll, leichtlebig und verführbar, Heine war sicher nicht ihr erster Mann. Anfangs wird sie eine der rasch gefundenen ‚Verschiedenen' [aus Heines ‚Neuen Gedichten'] gewesen sein, denen er begegnete, denn wenn er auch nicht der Frauenheld, Lasterhafte, Frivole, der Wüstling war, als den ihn die ‚bessern' Deutschen darstellten, so wird er doch mit mancher jungen Pariserin geschlafen haben, mit Grisetten und Freudenmädchen aus der ‚Passage de Panorama' und anderswo."

Im Gegensatz zu Karl Marx, der trotz seiner egalitären Klassenlehre eine Grisette wie Mathilde als nicht standesgemäß für seinen Freund Heine ansah, legte Letzterer in späteren Jahren einen gewissen Stolz an den Tag, wenn er auf die soziale Herkunft seiner Frau zu sprechen kam. „Haben sie schon eine ächte Pariser Grisette geseh'n? Rund, drall, ewig heiter, liebenswürdig und ehrlich?", soll Heine in Anspielung auf Mathilde seinen Besucher Karl Maria Kertbény gefragt haben, um dann nicht ohne Besitzerstolz fortzufahren: „Sie müssen da durchaus keinen deutschen Begriff mit in das Bild mischen, sonst beschmutzen sie es – sie ist nicht leidenschaftlich, aber auch nicht sentimental; sie ist durch und durch gut, keine Geliebte im lyrischen Sinne, aber eine Freundin, wie es eben nur eine Französin sein kann."

Solchen gut gemeinten Ehrenrettungsversuchen zum Trotz hatte Mathilde ein Leben lang unter dem Makel ihres niederen sozialen Status zu leiden. Bedingt durch falsche Presseberichte und gezielt gestreute Gerüchte eilte ihr der Ruf der leichtlebigen Lorette und Kurtisane, ja des freizügigen Freudenmädchens voraus. So hat Edouard Grenier sie zur gemeinen Hure abzustempeln versucht, indem er in skandaljournalistischer Manier der Leserschaft seiner *Souvenirs littéraires* die Neuigkeit zuraunte: „Seine berühmte Mathilde, die er später heiratete, und die er den Deutschen schilderte als einen Typus der eleganten und geistreichen Pariserin, war ganz einfach eine gute Dirne [...], die er – ich weiß nicht wo – auf dem Pflaster von Paris gefunden hatte. Er hatte sie ganz zu sich genommen, war fabelhaft verliebt in sie und sehr eifersüchtig, ließ sie wenig von anderen sehen, und die Sache endete natürlich damit, daß er sie heiratete. Sie besaß weder Geist noch Erziehung und war schön und indolent wie eine Odaliske." Solche Stimmen waren keine Seltenheit. Ermutigt durch Mathildes schlechtes Renommee, besaß der zu ihrer Hochzeit geladene französische Journalist Léon Gozlan sogar die Frechheit, der frisch Vermählten folgenden beleidigenden Spruch in ihr Poesiealbum zu schreiben: „Es gibt nur ein einziges Mittel, um sich seiner Mätresse zu entledigen. Man muß sie zu seiner Frau machen." Ähnlich abschätzig beurteilte sie Heinrich Börnstein, der in ihr ein ungebildetes Frauenzimmer mit dem ordinären „bon sens der Pariser Grisetten" erblickte, oder Fanny Lewald, die sie als oberflächliche Lebedame charakterisierte, der die natürliche „Herzensbildung“ des einfachen Pariser Volks abgehe.

Ungeachtet solcher Vorurteile hat Heine in Mathilde sehr viel mehr gesehen als eine gewöhnliche Grisette oder gemeine Dirne. Für ihn war diese junge Verkäuferin vom ersten Moment an etwas Ungewöhnliches und Neues, das ihn faszinierte. Wider all seine Erfahrung als routinierter Homme à Femmes wurde Heine vom Charme und von der Ausstrahlung dieser Neunzehnjährigen im innersten Nerv seiner erotischen Erregbarkeit getroffen und in den Bann geschlagen. Denn was ihm bei der ersten Begegnung vor Augen trat, war nicht nur ein einfaches Arbeiterkind, sondern eine unverbrauchte junge Frau von außergewöhnlicher Wohlgestalt, die, im Unterschied zu einer aufgedonnerten Kokotte oder einem verluderten Flittchen, seinem innersten Schönheitsideal entsprach. Das Gefühl, das sie in dem auf allen Tanzböden der Liebe heimischen Dichter wachrief, muss ungefähr dem entsprochen haben, was er Honoré de Balzac gegenüber einmal als pathologisches Phänomen beschrieben hat: „Diese Liebe ist vielleicht [...] die ‚geheime Krankheit des Herzens‘, eine Verbindung von dem Gefühl des Unendlichen, das in uns ist, mit dem schönen Ideal, das sich uns in einer sichtbaren Form offenbart.“ Mit einem Wort: Heine war in Mathilde vom ersten Moment an vernarrt, er hatte sich in ihre reizvolle Anmut verschaut.

Ob Mathilde, objektiv gesehen, wirklich jene Schönheit verkörperte, die er in ihr sah, darf indessen bezweifelt werden. So gibt das Meinungsbild der Augenzeugen, die sich über Mathildes äußere Erscheinung auslassen, einigen Anlass, den ihr von Heine angedichteten Nimbus einer Schönheitskönigin wieder etwas zu relativieren. Martin Cohn etwa schildert sie abwertend als „sehr einfache Frau“ mit Anlage zur Korpulenz, während sie Heinrich Laube wohlwollender als ein „junges stattliches Mädchen [...] mit heiterem runden Antlitz“ und Rudolf Theodor Seeliger durchaus positiv als eine „recht angenehme Brünette von hübschem Äußeren“ charakterisiert. Weit mehr im Sinne Heines dürfte dagegen Alexandre Weill Mathilde porträtiert haben, wenn er sie in seinen *Heine-Erinnerungen* in einer Art hymnischer Apotheose zum statuenhaften Götterbild stilisiert: „Vielleicht kennt einer meiner Leser die Photographie der Phrynenstatue in der Akademie der schönen Künste in Madrid? Man hätte Mathilde für das Modell dieser Statue halten können. Wenn die plastische Schönheit irgendeine Vollendung erreichen kann, so war diejenige Mathildes die Vollendung selbst. Sie war wie aus Marmor gemeißelt. Ihre Zähne waren schöner als die weißesten Ophir-Perlen, und wie alle Frauen mit schönen Zähnen, lächelte sie jeden Augenblick [...]. Ihre Lippen waren so kirschrot, daß man sie für angemalt hätte halten können, obgleich Mathilde nie etwas Künstliches auftrug [...]. Kurz, ein frischer Kindermund ohne Makel. Das Außerordentliche an ihren großen, braunen Augen war ihr lächelnder, bestrickender Ausdruck. [...] Ihre Haare waren nicht lang, von kastanienbraun bis schwarzer Farbe, was die Weiße ihrer Haut erhöhte. Füße und Hände waren gleichermaßen schön. Ihre Stimme war hell, durchdringend und melodisch, ihr ganzer Charme lag in dieser Stimme und in diesem Mund. Sie hatte eine bewundernswerte Figur. Während langer Zeit trug sie nicht einmal ein Korsett, denn sie hatte es nicht nötig."

Es ist ein müßiges Unterfangen, die Authentizität dieser glorifizierenden Darstellung aus heutiger Sicht überprüfen zu wollen, auch wenn ein frühes Daguerreotyp von der etwa dreißigjährigen Mathilde ihre exquisite Schönheit bestätigt. Genauso wenig kann hier geklärt werden, ob diejenigen, die Mathildes Äußeres eher als gewöhnlich eingestuft haben, der Wahrheit näher kommen als ihre Bewunderer. Entscheidend bleibt jedoch, wie Mathilde subjektiv auf Heine gewirkt hat, und da scheint Weills Beschreibung Heines eigenem Empfinden sehr nahe zu kommen. Für Heine strahlte diese Frau einen solchen Liebreiz und Charme aus, dass er sie selbst nach zehn Jahren des aufreibenden Zusammenlebens noch von einem italienischen Meister in Stein meißeln oder porträtieren lassen wollte. Vor allem in seinen *Neuen Gedichten* hat er Mathildes Sinnlichkeit und Schönheit wiederholt besungen, und zwar bezeichnenderweise in jenem Zyklus, der den

Titel *Verschiedene* trägt. Das lässt erkennen, dass Heine in Mathilde zunächst nichts weiter als eine seiner vielen flüchtigen Bekanntschaften gesehen hat, mit denen er sich damals sexuell vergnügte. Dieses Bewusstsein der Vorläufigkeit der Affäre gab ihm die Hoffnung, gegen die voraussehbare Untreue der Angebeteten immun zu sein. In *Katharina V.* aus dem Jahr 1834, das in der Frühphase der Beziehung mit Mathilde entstanden ist, heißt es:

Ich liebe solche weiße Glieder,
Der zarten Seele schlanke Hülle,
Wildgroße Augen und die Stirne
Umwogt von schwarzer Lockenfülle!

Du bist so recht die rechte Sorte,
Die ich gesucht in allen Landen;
Auch meinen Wert hat Euresgleichen
So recht zu würdigen verstanden.

Du hast an mir den Mann gefunden
Wie Du ihn brauchst, Du wirst mich reichlich
Beglücken mit Gefühl und Küssen,
Und dann verrathen, wie gebräuchlich.

Dass Mathilde für diese Frau mit den „wildgroßen Augen", der „schwarzen Lockenfülle" und den „weißen Gliedern" Modell stand, dafür spricht nicht nur die Übereinstimmung mit Weills Mathilde-Porträt, sondern auch Heines 1836 entstandenes *Tannhäuser*-Gedicht. In ihm hat er Mathilde ein lyrisches Denkmal gesetzt, indem er sie zur Liebesgöttin Venus stilisiert. Der ewig blühende Reiz ihres „schöne[n] lilienweiß[en] Leibes" wird hier ironisch als unentrinnbares Teufelswerk beschrieben, dessen Bann nicht einmal christliche Tugend und Askese zu brechen vermögen. Der aus dem Venusberg geflohene Tannhäuser fleht deshalb Papst Urban in Rom an, ihm die Beichte abzunehmen und ihn vor der Sinnenmacht der Göttin Venus zu retten. Doch der Papst muss hilflos mitanhören, wie Tannhäuser in seiner Beichte gerade jene verführerische Schönheit der Erzteufelin Venus alias Mathilde preist, deren „Allgewalt“ er hoffnungslos erlegen ist:

Frau Venus ist eine schöne Frau,
Liebreizend und anmuthreiche;
Wie Sonnenschein und Blumenduft
Ist ihre Stimme, die weiche.

Wie der Schmetterling flattert um eine Blum',
Am zarten Kelch zu nippen,
So flattert meine Seele stets
Um ihre Rosenlippen.

Ihr edles Gesicht umringeln wild
Die blühend schwarzen Locken;
Schau'n dich die großen Augen an,
Wird dir der Atem stocken.

Schau'n dich die großen Augen an,
Bist du wie angekettet;
Ich habe nur mit großer Noth
Mich aus dem Berg gerettet.

Ich hab' mich gerettet aus dem Berg,
Doch stets verfolgen die Blicke
Der schönen Frau mich überall,
Sie winken: komm' zurücke!

Ein armes Gespenst bin ich am Tag,
Des Nachts mein Leben erwachet,
Dann träum' ich von meiner schönen Frau,
Sie sitzt bey mir und lachet.

Sie lacht so gesund, so glücklich, so toll,
Und mit so weißen Zähnen!
Wenn ich an dieses Lachen denk',
So weine ich plötzliche Thränen.

Ich liebe sie mit Allgewalt,
Nichts kann die Liebe hemmen!

Das ist wie ein wilder Wasserfall,
Du kannst seine Fluthen nicht dämmen;

Er springt von Klippe zu Klippe herab,
Mit lautem Tosen und Schäumen,
Und bräch' er tausendmal den Hals,
Er wird im Laufe nicht säumen.

Wenn ich den ganzen Himmel besäß',
Frau Venus schenkt' ich ihn gerne;
Ich gäb' ihr die Sonne, ich gäb' ihr den Mond,
Ich gäb' ihr sämmtliche Sterne.

Ich liebe sie mit Allgewalt,
Mit Flammen die mich verzehren, –
Ist das der Hölle Feuer schon,
Die Gluthen, die ewig währen?

Schöner konnte Heine seine an Verfallenheit grenzende Leidenschaft zu Mathilde kaum ausdrücken! Selbst der Gottesglaube musste vor dieser Passion weichen. Was als harmlose Affäre mit einer anmutigen Grisette begann, wuchs sich rasch zum kaum mehr zu bändigenden Sinnenbrand aus. Der seit seiner Besessenheit für seine Cousine Amalie um emotionale Abgeklärtheit ringende Dichter war alarmiert. Hier war eine sexuelle Anziehungskraft am Werk, die ihn an den im Tannhäuser-Mythos geschilderten Venuszauber erinnerte; die sinnlichen Reize dieser jungen Frau hatten ihn so verhext, dass er sich wirklich bald wie ein armer Ritter im Venusberg vorkam. Als Ludwig Bechstein ihn einmal fragte, ob er nicht wieder nach Deutschland zurückkehren wolle, soll Heine ihm wehmütig lächelnd geantwortet haben: „Schwerlich. Ich bin der Tannhäuser, der im Venusberg gefangen sitzt; die Zauberfei gibt mich nicht los.“

In Anbetracht dieser ersten Symptome von Abhängigkeit sah Heine schon nach einem halben Jahr seine Eigenständigkeit so bedroht, dass er von Mathilde wieder loszukommen suchte. Doch Heine, der sich selbst in den Rang eines Kronprinzen des Sensualismus und eines zweiten Dionysos erhoben hatte, sah durch Mathilde nicht nur seine Rolle als erotischer Beglücker gefährdet, sondern fürchtete sich auch vor der öffentlichen Schmach, die eine feste Bindung an ein mit dem Makel der Grisette oder Konkubine behaftetes Unterschichtenkind nach sich ziehen würde. Als die Prinzessin Christine Belgiojoso ihn im Frühsommer 1835 auf ihr Schloss La Jonchère einlud und er diesem Angebot nicht nachkam, entschuldigte er sich mit der kryptischen Bemerkung, dass „häusliche Mißgeschicke" sein Kommen verhindert hätten. Dass damit zweifelsohne seine nicht mehr zu zügelnde sexuelle Leidenschaft für Mathilde gemeint war, geht dann aus den nachfolgenden Sätzen hervor: „Lachen Sie darüber nicht zu sehr, schöne Fürstin, denn es ist leicht möglich, daß die Folgen ernst sein werden. Es handelt sich jetzt darum, den Kelch bis zur Neige zu leeren. Ich habe meine Eigenschaft als Gott vergessen, ich habe meine Göttlichkeit kompromittiert, ich bin in den Kot der menschlichen Leidenschaften hinabgestiegen, und ich habe Mühe, mich wieder zu erheben. In meinen Kümmernissen, in meinen faden Qualen finde ich manchmal Erleichterung, wenn ich an Sie denke [...]."

Wenige Tage später macht dann der zerzauste Liebesgott doch von dem großzügigen Angebot der Fürstin Gebrauch und flieht aus dem Venusberg seiner ihn bezirzenden Gespielin. In der Abgeschiedenheit von La Jonchère bei Saint-Germain findet er – außerhalb des Wirkkreises von Venus' Liebesbann – seine alte Souveränität wieder und atmet auf. Sichtlich erleichtert kann er sich jetzt wieder seinen literarischen Verpflichtungen zuwenden. Nachdem er seine Projekte längere Zeit auf Eis gelegt hatte, berichtet er seinem Verleger Julius Campe wie zur Rechtfertigung: „Seit vier Monaten ist mein Leben so stürmisch bewegt, [...] daß ich kaum an Sie denken, viel weniger Ihnen schreiben konnte. Ich Tor glaubte, die Zeit der Leidenschaft sei für mich vorüber, ich könnte niemals wieder in den Strudel rasender Menschlichkeit hineingerissen werden, ich sei den ewigen Göttern gleichgestellt in Ruhe, Besonnenheit und Mäßigung – und siehe! ich tobte wieder wie ein Mensch, und zwar wie ein junger Mensch. Jetzt, dank meiner unverwüstlichen Gemütskraft, ist die Seele wieder beschwichtigt, die aufgeregten Sinne sind wieder gezähmt, und ich lebe heiter und gelassen auf dem Schlosse einer schönen Freundin in der Nähe von Saint-Germain, im lieblichen Kreise vornehmer Personen."

Ja, die bessere Gesellschaft hatte ihn wieder, die verwerfliche Welt der Mätressen und Dirnen lag weit zurück. Der billige Liebeszauber der Grisette Mathilde schien gebrochen. Deshalb glaubte er, gegenüber Campe selbstbewusst behaupten zu dürfen: „Ich glaube, mein Geist ist von aller Schlacke jetzt endlich gereinigt; meine Verse werden schöner werden, meine Bücher harmonischer. Das weiß ich, vor allem Unklaren und Unedlen, vor allem was gemein und müffig ist, habe ich in diesem Augenblick einen wahren Abscheu", so Heine siegessicher am 2. Juli 1835. Knapp drei Monate später, am 27. September, hat sich Heines Gemütszustand jedoch noch keineswegs gebessert. Aus dem Brief, den der weiterhin flüchtige Autor aus Boulogne-sur-Mer an Campe richtet, lässt sich vielmehr heraushören, welches Gefühl der Erniedrigung die nicht abzuschüttelnde Passion für Mathilde ihm weiter bereitet: „Ach! trotz der größten Vorsicht erfaßt uns ja oft genug ein übermächtiges Gefühl, das uns jene Klarheit des Schauens und Denkens raubt [...]. Sobald unser Sinn betrübt und unser Geist erschüttert ist, sind wir nicht mehr die Genossen der Götter. Dieser Genossenschaft [...] habe ich mich lange freuen können; ich wandelte ruhig und im Lichte; aber seit neun Monden sind große Stürme wieder in meiner Seele laut geworden, und unabsehbar lange Schatten lagerten sich um mich her. Dieses Bekenntnis mag Ihnen meine jetzige Untätigkeit erklären; ich bin noch immer beschäftigt, die aufgeregte Seele zu beschwichtigen und, wo nicht zum hellen Tage zu gelangen, doch wenigstens mich aus einer dicken Nacht hervorzuarbeiten." Schon zwei Sätze später lässt er dieser Zuversicht jedoch einen Satz folgen, der wie eine endgültige Kapitulation vor dem Liebeszauber von Venus Mathilde klingt: „Ich bin verdammt, nur das niedrigste und törichtste zu lieben … begreifen Sie, wie das einen Menschen quälen muß, der stolz und sehr geistreich ist."

In der Tat: Nach diesem vergeblichen Loslösungsversuch ist Heine zu Mathilde zurückgekehrt, nicht kleinmütig und zerknirscht, aber doch wie jemand, der sich in ein über ihn verhängtes Schicksal fügt. Im dritten Teil des *Tannhäuser*-Gedichts hat er seine unwiderrufliche Rückkehr in den Venusberg Mathildes in ironischer Brechung wiedergegeben:

Der Ritter Tannhäuser er wandelt so rasch,
Die Füße, die wurden ihm wunde.
Er kam zurück in den Venusberg
Wohl um die Mitternachtsstunde.

Frau Venus erwachte aus dem Schlaf,
Ist schnell aus dem Bett gesprungen;
Sie hat mit ihrem weißen Arm
Den geliebten Mann umschlungen.

Aus ihrer Nase rann das Blut,
Den Augen die Thränen entflossen;
Sie hat mit Thränen und Blut das Gesicht
Des geliebten Mannes begossen.

Der Ritter legte sich in's Bett,
Er hat kein Wort gesprochen.
Frau Venus in die Küche ging,
Um ihm eine Suppe zu kochen.

Sie gab ihm Suppe, sie gab ihm Brod,
Sie wusch seine wunden Füße,
Sie kämmte ihm das struppige Haar,
Und lachte dabey so süße.

Vergegenwärtigen wir uns noch einmal kurz den Hintergrund, vor dem Heine diese Szene ablaufen lässt, um ihre ironisch-abgründige Pointe zu begreifen: Die Begegnung mit dem Papst hatte für Tannhäuser nicht die erhoffte Hilfe gebracht, sondern nur die Ohnmacht des christlichen Spiritualismus gegenüber der Macht der Sinne offenbart. Deshalb kehrt der um Hoffnung auf Erlösung betrogene Ritter desillusioniert in den Venusberg zurück. Dort aber zeigt sich das Erstaunliche. In den Armen von Frau Venus findet Tannhäuser jene Zuneigung und Fürsorge, die er bei dem Oberhaupt der katholischen Kirche vergeblich gesucht hat. Denn Frau Venus beschenkt den Heimkehrer konkret mit dem, was die geistliche Liebe zwar in Form leerer Versprechungen in Aussicht gestellt, aber dann nicht eingelöst hatte: Wohlbefinden an Leib und Seele, bewirkt durch Werke realer Caritas – durch konkrete Speise gegen den Hunger, durch praktizierte Zärtlichkeit gegen den seelischen Schmerz, durch liebendes Mitleiden angesichts Tannhäusers innerer Sinnnot. Unweigerlich lässt Heine damit die teuflische Frau Venus in die Nachfolge jener selbstlosen Christusliebe treten, die zu leben eigentlich dem Papst vorbehalten geblieben wäre. So ist sie es, und nicht der legitime Nachfolger Christi, die um Tannhäusers willen sich bis zur Selbstaufgabe erniedrigt, die den auf Abwege Geratenen – wie der Vater im Gleichnis vom verlorenen Sohn – mit offenen Armen empfängt und das Kreuz der Liebe auf sich nimmt. Die Liebestat der Fußwaschung wie das Begriffspaar von „Blut und Thränen“, die motivlich auf die Passion Christi verweisen, legen dies nahe.

Ob Mathilde sich bei der Rückkehr ihres flüchtigen Liebhabers wirklich so vorbildhaft christlich verhalten hat? Sie war zwar eine fromme Katholikin, die regelmäßig betete, aber auch eine Frau mit entsprechender Giftigkeit und Verve, die durchaus in der Lage war, ihren kurzfristig entsprungenen Galan für sein langes Fernbleiben zu bestrafen. Andererseits ist gut vorstellbar, dass Mathilde froh war, einen Mann wie Heine zurückzubekommen, da Mädchen in ihrer Lage oft von „besseren Herren“ ausgenutzt und dann im Stich gelassen wurden. Es spricht daher einiges dafür, dass sie tatsächlich ihren flüchtigen Henri mit offenen Armen empfangen und mit dem Reichtum ihrer Reize und fürsorglichen Liebe verwöhnt hat – was der erotisch ausgehungerte Streuner sich gewiss gerne gefallen ließ.

Dennoch gab er sich noch nicht endgültig geschlagen. Zaghafte Versuche, sich aus den Liebesbanden Mathildes zu lösen, sollten auch in den nächsten Jahren noch gelegentlich vorkommen. Noch im August 1838 lässt er sich gegenüber George Sand zu dem – für Mathilde wenig schmeichelhaften – Geständnis hinreißen, dass er seit vier Jahren an „moralischer Verblendung" leide und er die Hoffnung noch nicht aufgegeben habe, sich aus Mathildes „Liebeshaft" irgendwann zu befreien.

Das alltägliche Leben mit Mathilde indes war weit weniger von der monotonen Routine eines „Gefängnisalltags" als vielmehr von dem abwechslungsreichen Auf und Ab der unterschiedlichsten Gefühlsregungen geprägt. Mathilde mit ihrem heiteren und zugleich launischen Gemüt verstand es vorzüglich, Heine permanent in ein Wechselbad der Gefühle zu versetzen. Das war zwar überaus anstrengend, hatte aber den positiven Nebeneffekt, dass keine Langeweile in der Beziehung aufkam und die Flamme der Leidenschaft am Leben gehalten wurde. „Ich habe die letzte Zeit in Paris sehr angenehm verlebt, und Mathilde erheitert mir das Leben durch beständige Unbeständigkeit der Laune, nur höchst selten denke ich daran, mich nebst sie zu vergiften [....]; wir werden uns wahrscheinlich auf eine andere Art ums Leben bringen, etwa durch eine Lektüre, bei der man vor Langeweile stirbt", scherzt er ausgelassen im Mai 1836 gegenüber August Lewald. Auf der einen Seite ist der unbehauste Hasardeur Heine zwar jetzt froh, in einer festen Beziehung zu leben und „die Schmerzen des Besitzes" in vollen Zügen zu „genießen"; auf der anderen Seite sehnt er sich, wie er wiederum Lewald ein dreiviertel Jahr später einräumt, nach dem friedlichen Zustand seines Junggesellendaseins zurück: „Wir leben beide sehr glücklich, d. h. ich habe weder tags noch nachts eine Viertelstunde Ruhe ... Ich war immer der Meinung, daß man in der Liebe *besitzen* müßte, und habe immer Opposition gebildet gegen die Entsagungspoesie; aber das Platonische hat auch sein Gutes, es verhindert einen nicht, am Tage zu träumen und des Nachts zu schlafen, und jedenfalls ist es nicht sehr kostspielig."

Dass zu Beginn der Beziehung die Sexualität eine große Rolle spielte, dafür spricht nicht nur der Umstand, dass Heine vor allem in dieser Zeit ein erotischer Schlemmer war, der sich zum Beispiel Rudolf Christiani gegenüber brüstete, in diversen Liebestechniken beschlagen zu sein: „Was mich betrifft, so fehlt es mir nicht an [...] Übung im Französischen. Was das aber eine große Übung ist, die man durch die Französinnen erlangt, das ist was Außerordentliches! [...] Die schwierigsten Konjugationen werden einem fast spielend beigebracht. Das que, das merkwürdige Bindewort, das lernt man erst durch den Gebrauch." Für den stark sexuell geprägten Charakter der Beziehung spricht auch der Umstand, dass Heines Bruder Maximilian, der Arzt in Diensten des russischen Zaren war, aufgrund damals gängiger, gleichwohl falscher medizinischer Hypothesen seinen Bruder vor einem allzu exzessiven Sexualleben mit Mathilde warnte: „Erhalte uns Deine Gesundheit; ich weiß, es giebt süße Exzesse in venere, du kennst sie zu gut; mit jedem Samentropfen fließt ein Stück Geist von uns, und du läßt ihn so verschwenderisch hinströmen. Schone Dich für die älteren Tage. Deine Geliebte, Madame, die schön ist und Dich in schöne Fesseln geschlagen hat, begeht durch Dich das größte Verbrechen an der Literatur, und – an uns, die wir Dich leidenschaftlich lieben."

Doch hat dieser starke sexuelle Drang nach mehreren Jahren sicher nachgelassen – bereits im *Tannhäuser*-Gedicht nimmt der Ritter von seiner „schönen Frau" Venus ja Abschied, weil durch die ständige Liebespraxis sich der Reiz des Neuen verflüchtigt hat und die ursprüngliche Lust in ein Gefühl der Übersättigung umgeschlagen ist. Auf Frau Venus' bange Frage, warum er sie denn nun verlassen wolle, obwohl sie ihm doch tagtäglich „den süßesten Wein [...] kredenzet" und das Haupt „mit Rosen [...] bekränzet" habe, antwortet der erschöpfte Tannhäuser:

> Frau Venus, meine schöne Frau,
> Von süßem Wein und Küssen

Ist meine Seele worden krank;
Ich schmachte nach Bitternissen.

Wir haben zuviel gescherzt und gelacht,
Ich sehne mich nach Thränen,
Und statt mit Rosen möchte ich mein Haupt
Mit spitzigen Dornen krönen.

Obgleich die körperliche Lust aufeinander also abnahm und der Alltag des Zusammenlebens an die Stelle der ersten Verliebtheit trat, blieb die Beziehung bis zu Heines Lebensende leidenschaftlich. Solch entschiedene briefliche Liebesbekundungen wie „meine Leidenschaftlichkeit für Mathilde wird täglich chronischer" oder „ich liebe sie mit einer Leidenschaftlichkeit, die über meine Krankheit hinausragt" entstammen keineswegs nur der Frühphase der Beziehung, sondern finden sich mit erstaunlicher Konstanz auch in Heines späterer Korrespondenz. Erheblichen Anteil an dieser gleich bleibenden Gefühlsintensität hatte Mathildes unberechenbares, zwischen Zärtlichkeit und cholerischem Anfall oszillierendes Temperament, das Heine nie in den Griff bekam. Da waren einerseits ihre Heiterkeit, Sorglosigkeit und Natürlichkeit – Eigenschaften, die Heine erquickten, weil sie sich von der heuchlerischen Verlogenheit seiner Umgebung wohltuend abhoben. Da waren umgekehrt Mathildes Launenhaftigkeit und Unbeherrschtheit, ihre Verschwendungssucht und Neigung zu oberflächlichen Vergnügungen: Charakterzüge, die Heine Angst einflößten, weil sie gesellschaftliche oder finanzielle Unbill verhießen. Das Zusammenleben mit diesem „tolle[n], aber gesunde[n] Herz" bedeutete deshalb eine ständige Berg- und Talfahrt, ein emotionales Wechselbad zwischen Freude und Furcht, Liebe und Qual. Während Heine in einem glücklichen Moment noch jubilierend ausrufen konnte: „Meine Frau ist übrigens ein herrliches, holdseliges Weib, und wenn sie eben nicht zu laut zackelt, ist ihre Stimme ein tönender Balsam für meine wunde Seele", konnte er im Angesicht ihrer kompromittierenden Heißblütigkeit sich bitter über ihren „Wahnsinn" beklagen, „der mehr oder minder selten hervorbricht und der ebenso unzurechnungsfähig wie unheilbar ist". In den unterschiedlichen Kosenamen, die Heine für sie erfand, hat sich diese ambivalente Natur ihres Charakters niedergeschlagen. Sie ist zur gleichen Zeit der „Hausvesuv" und das „arme Lamm" Heines, seine fauchende „Wildkatze" und sein zwitschernder „Singvogel", seine „kleine sentimentale Melone" und sein „toller Engel", sein ihn niederdrückendes „Hauskreuz" und seine ihn tröstende „Nonotte", sein Nönnchen.

Eine schwere Belastung für ihre Liebe stellte insbesondere Mathildes unkontrollierbarer, zu Handgreiflichkeiten neigender Jähzorn dar. Als Alexandre Weill einmal bei Heines zu Tisch saß und sich über die Ungenießbarkeit des von Mathilde servierten Hechts beklagte, flog ihm, ehe er sich's versah, die Platte mit dem inkriminierten Fisch ins Gesicht. Dem renommierten österreichischen Arzt Leopold Wertheim erging es noch schlechter: Nachdem dieser es gewagt hatte, Mathildes Fähigkeiten als Pflegerin in Frage zu stellen, hatte sie nichts Besseres zu tun, als ihrem Kritiker im Hausflur aufzulauern und ihm ein blaues Auge zu verpassen. Diese Neigung zu cholerischen Anfällen hatte zur Folge, dass Heine, sobald er sich mit Mathilde in der Öffentlichkeit zeigte, unterbewusst immer von der Furcht vor einem Eklat erfüllt war. Deshalb zog er es vor, sich mit ihr in der Abgeschiedenheit der heimischen vier Wände aufzuhalten.

Aber auch dort war das ungestüme Temperament Mathildes nur schwer zu bändigen. Sie war zwar, wie einmal mehr Alexandre Weill überliefert, „keineswegs bösartig", sondern „gut bis zur Schwäche", liebte dafür aber Szenen. Hinter ihren häufigen melodramatischen Einlagen verbarg sich ein Charakterzug, der den Kern von Mathildes Wesen bildete und neben ihrer körperlichen Attraktivität das eigentliche Faszinosum für Heine ausmachte: ihre ungebrochene Kindlichkeit. Laut Heinrich Laube hatte Mathilde auf Heine eine befreiende Wirkung, und er fühlte sich glücklich und „unbefangen im Zauberkreise der Neigung" zu ihr: „Heine hatte die größte Freude an ihrem naiven fröhlichen Naturell und hat diese Freude an ihr nie verloren. Stets, bis zu seinem letzen Athemzuge, hat er sich glücklich gepriesen in ihrem Besitze, und er selbst hatte immer etwas Naives und Kindliches, wenn er von ihr erzählte und sie schilderte." Mathilde half ihm, die harte Realität der Erwachsenenwelt zu überwinden und in das Reich der Kinder und Tiere einzutauchen. In ihrer Gegenwart durfte er selbst wieder arglos und unbedarft sein. Denn in ihrer Welt gaben nicht irgendwelche altväterlichen Fürsten, hintertriebenen Politiker und eitlen Berühmtheiten den Ton an, sondern der Papagei Cocotte, ein neu erworbener Hut oder sonst eines der vielen bunten Accessoires, die das „süße dicke Kind" entdeckt und erworben hatte. In diesem Zaubergarten des belanglosen Tandes durfte ohne Rücksicht auf Etikette und Zensur gelacht und gescherzt werden, hier durfte man ohne Angst um die Folgen seine eigene Sprache erfinden und sich verrückte Spiele ausdenken, hier durfte man sich bedenkenlos in einen „pauvre chien", einen armen Hund verwandeln, der seiner kratzlustigen „Wildkatze" demütig wedelnd den Hof macht, oder den allwissenden Lehrmeister mimen, der seiner einfältigen Schülerin weismacht, dass Jesus einmal Erzbischof von Paris gewesen ist. Auf dem Höhepunkt solcher Neckereien konnte es vorkommen, dass Heine in der Rolle des Haustyrannen seine unartige, gleichwohl ihm körperlich überlegene Frau züchtigte, bis dieser der Kragen platze und sie ihn umriss, um sich lachend mit ihm auf dem Boden zu wälzen. Diese Ausgelassenheit und Unbekümmertheit waren es, die Heine an Mathilde liebte, weil sie statt des blitzewerfenden Zynikers wieder das liebenswürdige Kind in ihm zum Leben erweckten und die unschuldige Seite seiner Natur hervorkehrten. Völlig zu Recht hat darum Ludwig Marcuse die Beziehung zwischen Henri und Mathilde als „die Ehe zweier Kinder bezeichnet: des Kindes Mathilde, das nie eine Erwachsene wurde, und des Kindes Henri, der über das Erwachsensein hinausgewachsen war".

Für Mathilde war Heine nicht der weltberühmte Poet, der in den gebildeten Kreisen Furore machte, und das verehrungswürdige Genie, dessen Name in aller Munde geführt wurde. Für sie war er einfach ihr Henri, ihr zärtlich geliebter, aber sie ständig in

Wallung versetzender Lebensgefährte, mit all den Stärken und Schwächen, die ein ständig zu Hause arbeitender und an Migräne leidender Mann mit sich bringt. „Diese Französin hatte nicht den mindesten Bezug zu dem Schriftsteller und Dichter Heine; von dessen Werken und Kämpfen wußte sie gar nichts, sie hatte also auch nicht ein Sterbenswörtchen der Teilnahme oder des Lobes für den berühmten Autor. Und das war seine größte Freude. Sie spielten wie die Kinder zusammen und er lehrte ihr die Namen phönizischer Könige und warnte sie vor der beunruhigenden Litteratur Europas und vor dem Lesen überhaupt und liebte sie ganz und gar unlitterarisch auf das zärtlichste", charakterisiert Heinrich Laube in seinem *Nekrolog auf Heine* das eigenwillige Kolorit dieser „Kinderliebe". Heine war nicht verstimmt oder verletzt, dass seine Freundin an seinen geistigen Kämpfen keinen Anteil nahm, im Gegenteil, es amüsierte ihn nur, dass sie sein öffentlich diskutiertes und vielfach besprochenes Oeuvre nicht kannte. „Es ist als ein Hauptvorzug an Mathilde zu rühmen", soll er im März 1836 gegenüber August Lewald scherzend geäußert haben, „daß sie von der deutschen Literatur nicht das Geringste weiß, und von mir und meinen Freunden und Feinden kein Wort gelesen hat." Geradezu mit Bedacht hat Heine wie ein seinen tatsächlichen Rang verbergender Märchenprinz seine literarischen Erfolge vor Mathilde geheim gehalten, um dann entzückt festzustellen, dass sie ihn nicht um seines Ruhmes willen, sondern um seiner selbst willen liebte. Mathilde scheint auf dieses eitle Versteckspiel hereingefallen zu sein, oder zumindest tat sie so, denn in einigen der wenigen überlieferten Äußerungen, in denen sie zu Heines Dichtungen Stellung bezieht, heißt es: „Mein Mann machte dauernd Gedichte; aber ich glaube nicht, dass dies besonders viel wert war; denn er war nie damit zufrieden."

Gleichwohl hat Heine versucht, dem „unzivilisierten" Naturkind Mathilde eine gewisse Bildung angedeihen zu lassen, um die Frau an seiner Seite gesellschaftlich respektabel und wenigstens nach außen hin salonfähig zu machen. Der reiche Hamburger Familienclan, in den Heine sie einzuführen gedachte, sollte den Eindruck gewinnen, dass er in ihr eine ihm intellektuell gewachsene Partnerin gefunden habe. Wie Pygmalion versuchte er deshalb, seine „Puppe“ nach seinen Vorstellungen zu formen, indem er sie aufwendig einkleidete und – wie seinerzeit seine Mutter für ihn – sich ein eigenes Erziehungsprogramm für sie ausdachte. Zu ihrem Leidwesen wurde die lebenslustige Müßiggängerin, die das Bad in der Menge liebte, gerne Kutschfahrten entlang der großen Pariser Boulevards unternahm und sich mit Begeisterung in das wirbelnde Treiben abendlicher Tanzveranstaltungen stürzte, von Heine für zwei Jahre in die Abgeschiedenheit des Mädchenpensionats der Madame Darte verbannt, wo sie an sechs Tagen in der Woche Unterricht in allgemeiner Hauswirtschaft und Wirtschaftsführung, aber auch in gesellschaftlichen Umgangsformen, Allgemeinbildung und später auch Deutsch erhielt. Die Erziehungsversuche zeigten, trotz der erheblichen Summen, die Heine in sie investierte, nur mäßigen Erfolg. Zu Heines Lebzeiten lernte es Mathilde nie, mit dem ihr zur Verfügung gestellten Geld zu haushalten, und mehr als einmal hat sich Heine über die Verschwendungssucht seiner „Verbrengerin“ beklagt. Zwar überwand sie den Status einer Analphabetin und wurde im Französischen so bewandert, dass sie Heine angeblich aus den Romanen von Alexandre Dumas vorlas. Gleichzeitig tat sie sich im Briefeschreiben aber weiterhin so schwer, dass sie nur höchst selten zur Feder griff. Auch ihre Deutschkenntnisse kamen über die angelernte Phrase „Ich bin eine Wildkatze!“ oder die papageienhaft wiederholte Selbstbezeichnung „meine Frau“, die sie zur Belustigung Heines für das deutsche Äquivalent ihres Namens hielt, nicht hinaus.

Obgleich Heine sie aufgrund dieser mangelnden Lernfähigkeit geistig für so beschränkt hielt, dass er ihre Persönlichkeit seiner Mutter gegenüber auf die Formel „sie hat einen sehr schwachen Kopf, aber ein ganz vortreffliches Herz“ brachte, wusste er gleichzeitig ganz genau, dass Mathilde auf ihre Weise ihm ebenbürtig war. Aus einer richtigen Intuition heraus hat sich Mathilde vielleicht ganz bewusst den an ihr erprobten Erziehungsmaßnahmen widersetzt, nämlich um sich nicht auf eine Ebene ziehen zu lassen, auf der Henri immer der Meister, sie aber stets die unbedarfte Dilettantin sein würde. Auf dem rutschigen Parkett des gehobenen Konservationstons, des ernsthaften literarischen Gesprächs oder des maliziösen, bildungsbürgerlichen Szenetratsches hätte sie immer eine unglückliche Figur abgegeben und womöglich in Henris Augen ihre Glaubwürdigkeit verloren. In ihrer eigenen Kinder- und Tierwelt blieb sie dagegen die unangefochtene Herrin ihrer selbst. Heine durfte sie hier besuchen, aber er musste sich ihren Spielregeln unterordnen, wenn er das tat. Er war hier nur der geduldete Zaungast, den sie, wenn ihr danach war, in ihren kindlichen Lebenskreis mit einbezog. Deshalb war hier nicht er der Überlegene, sondern sie, und entsprechend hat sie ihm ihrerseits Dummheit, nämlich in „weltlichen Dingen", vorgeworfen. Ganz zu Recht übrigens, wie Heine fand. Denn als ein Bewunderer Heines vor Mathilde dessen großen Verstand rühmte, da erwiderte sie ihm unwirsch, Heine „verstelle sich nur so". Äußerungen wie diese verdeutlichen, dass Mathilde also nicht die servile Dienerin ihres angebeteten Gebieters war, sondern für sich durchaus die Rolle einer gleichrangigen Partnerin beanspruchte. Diese Unbeugsamkeit und Authentizität rang Heine nicht wenig Bewunderung ab. Voller Respekt betonte er darum vor Dritten die Originalität und Einmaligkeit Mathildes: „Meiner Meinung nach gleicht sie überhaupt niemandem [...], sie ist durchaus original und *sui generis*. Eben deshalb liebe ich sie so sehr."

Wenn Mathilde geglaubt hatte, dass der in sie vernarrte Dichter sie materiell auf Rosen betten würde, hatte sie sich getäuscht. So sehr es sie beglücken musste, dass sie seit 1835 praktisch permanent zusammenlebten, fehlten Heine schlicht die Mittel, um Mathilde ein luxuriöses Heim oder ein aufwendiges Leben zu bieten. Die von dem Paar bezogenen Wohnungen waren nach Auskunft der Heine-Forscherin Edda Ziegler in der Regel alle nicht größer als drei bis vier Zimmer und möbliert. Sie befanden sich fast ausschließlich in einer gutbürgerlichen Lage, waren aber zugleich preisgünstig. Gelegentliche Besucher wie Philibert Audebrand oder Ludwig Wihl, die in den deutschen Zeitungen von dem „verschwenderischen Luxus“ gelesen hatten, in welchem Luxus der „Sybarit“ Heine in Paris schwelge, zeigten sich schockiert von den bescheidenen Zuständen, in welchen die beiden damals hausten. Eine zusätzliche Belastung für Mathilde waren die häufigen Wohnungswechsel. Da Heine eine geradezu manische Furcht vor möglichen Nachstellungen seiner politischen Gegner hatte, aber auch, was den Lärm aus den Nachbarwohnungen und von der Straße betraf, an einer schier neurotischen Überempfindlichkeit litt, war es unvermeidlich, dass sie immer wieder umzogen – allein sechzehn Mal in Heines gesunden Tagen. Die Folge davon war, dass sie nie wirklich sesshaft wurden oder einen „ehrbaren“ Hausstand aufbauen konnten, sondern eigentlich unablässig in einer gehobenen Form von Vagantentum dahinlebten.

Aber nicht nur wegen dieser äußerlichen Unrast wurde es in ihrer Beziehung nie langweilig. Dass ihre Leidenschaft füreinander nicht einschlief, dafür sorgte neben Mathildes vulkanischer Launenhaftigkeit auch die Eifersucht, mit der sie ein Leben lang einander argwöhnisch verfolgten. Vor allem Heine war extrem eifersüchtig – was unzweifelhaft ein Zeichen seiner großen Verlustangst, aber auch seiner tiefen Liebe für Mathilde war. Schon bei dem ersten großen Bruch 1835 war, wie Caroline Jaubert berichtet, „ein heftiger Anfall von Eifersucht“ mit im Spiel. Entgegen seiner ansonsten zur Schau getragenen Souveränität verlor Heine nach dieser Trennung so die Contenance, dass er zur Verwunderung seiner Freunde in einen komisch anmutenden Widerspruch zu seinem eigenen libertinären Liebesethos geriet: „Wenn er uns seine Klagen vortrug, so stellten wir uns verwundert darüber, wie ernst er die Sache nähme und erinnerten ihn an seine eigenen Worte: ‚Der Schmetterling fragt die Blume nicht: Hat dich schon ein anderer Schmetterling geküsst? Und diese fragt ihn nicht: Hast du schon eine andere Blume umflattert?‘“ Doch Heine war das Lachen vergangen. Die Leidenschaft für die junge, hübsche Verkäuferin hatte so von ihm Besitz ergriffen, dass die alten Schmetterlingsweisen sich überlebt hatten. Wie er in dem später entstandenen Gedicht *Entartung* witzig in Tierbildern umschreibt, witterte der Eifersüchtige jetzt überall Untreue und Verrat – etwa von „Blumen“, die dem Werben naschhafter Schmetterlinge erliegen:

Hat die Natur sich auch verschlechtert,
Und nimmt sie Menschenfehler an?
Mich dünkt die Pflanzen und die Thiere,
Sie lügen jetzt wie jedermann.

Ich glaub nicht an der Lilje Keuschheit,
Es buhlt mit ihr der bunte Geck,
Der Schmetterling; der küsst und flattert
Am End' mit ihrer Unschuld weg.

Von der Bescheidenheit der Veilchen
Halt ich nicht viel. Die kleine Blum',
Mit den koketten Düften lockt sie,
Und heimlich dürstet sie nach Ruhm.

Ich zweifle auch, ob sie empfindet,
Die Nachtigall, das was sie singt;
Sie übertreibt und schluchzt und trillert
Nur aus Routine, wie mich dünkt.

Die Wahrheit schwindet von der Erde,
Auch mit der Treu' ist es vorbey.
Die Hunde wedeln noch und stinken
Wie sonst, doch sind sie nicht mehr treu.

All seine Loslösungsversuche nützten freilich, wie wir gehört haben, nichts. Selbst das in solchen Fällen bewährte Heilmittel, sich in die Arme anderer Frauen zu werfen und so den „Satan durch Beelzebub“ auszutreiben, befreite ihn nicht aus seiner Misere. Da das von ihm gepriesene Patentrezept – „Das wirksamste Gegengift gegen die Weiber sind die Weiber“ – nicht anschlug und er sich weder entwöhnen noch trösten konnte, endete diese Beziehungskrise nach mehreren Monaten der Trennung mit der Aussöhnung der beiden Streitenden.

Von seiner Eifersucht wurde Heine dadurch freilich nicht kuriert. Vielmehr blieb er auch nach dieser Episode so krankhaft eifersüchtig, dass er sich wiederholt genötigt fühlte, seine Besitzansprüche gegenüber potentiellen Mitbewerbern zu verteidigen. Dem siebenzehnjährigen Bruder seines Bekannten Hermann Detmold verübelte er es sogar, dass dieser sich einmal auf der Treppe bückte, um Mathildes Hintern zu sehen. Seinen jungen Konkurrenten Ludwig Steege, einen deutschen Medizinstudenten im Alter von Mathilde, schaltete er aus, indem er ihn vor der Umworbenen und einigen Bekannten bloßstellte. Steege fühlte sich dadurch so kompromittiert, dass er glaubte, seine Ehre durch ein Duell wiederherstellen zu müssen, was aber der rechtzeitig einlenkende Heine zu vermeiden wusste. Weniger glimpflich verlief ein anderer Affront, der ebenfalls aus Heines Eifersucht resultierte. Dieses Mal kam es wirklich zum Waffengang, der allerdings ohne weitere Folgen blieb, da beide Kombattanten unverletzt aus ihm hervorgingen. Die Vorgeschichte dieser Auseinandersetzung trug sich nach dem Augenzeugenbericht von G. de Massarello in einem Pariser Restaurant zu, in dem Heine und Mathilde ihr Mittagessen zu sich nahmen: „An einem Nebentisch dinirten sechs französische Studenten. Diese verfehlten nun nicht mit der schönen Nachbarin auf das auffälligste zu cokettieren und anzügliche Reden fallen zu lassen, bis endlich Heine in seiner bekannten gränzenlosen Eifersucht plötzlich aufstand und dem nächsten der jungen Herren eine eclatante Ohrfeige gab."

Heines wahnhafter Argwohn richtete sich aber nicht nur gegen reale, sondern auch gegen fiktive Nebenbuhler. Mathildes ersten Papagei vergiftete er heimlich mit Schierling, weil dieser aus seiner Sicht zu sehr die Aufmerksamkeit Mathildes auf sich zog. Doch erzielte der Mörder nur einen Teilerfolg. Da Mathilde über den Verlust ihres Lieblings untröstlich war, musste er ihr schon nach wenigen Tagen einen neuen Vogel kaufen, der allerdings hässlicher als der alte aussah und von daher ein harmloserer Konkurrent war.

Wie sehr er sich selbst der Lächerlichkeit dieser übertriebenen Anwandlungen von Eifersucht bewusst war, zeigt sich in dem mit viel Selbstironie geschriebenen Gedicht *Katharina VII.*, das im Sommer 1835, also in der Frühphase der Beziehung, entstanden ist. In ihm macht das lyrische Ich seiner Geliebten das Geständnis, dass seine Eifersucht ihn bis in seine Träume hinein verfolge und nicht einmal vor einer solch sakrosankten und über jeden Verdacht erhabenen Gestalt wie Jesus Christus Halt mache:

Jüngstens träumte mir: spatzieren
In dem Himmelreiche ging ich,
Ich mit dir – denn ohne dich
Wär der Himmel eine Hölle.

Dort sah ich die Auserwählten,
Die Gerechten und die Frommen,
Die auf Erden ihren Leib
Für der Seele Heil gepeinigt:

Kirchenväter und Apostel,
Eremiten, Kapuziner,
Alte Käuze, ein'ge junge –
Letztre sahn noch schlechter aus!

Lange heilige Gesichter,
Breite Glatzen, graue Bärte,
(Drunter auch verschiedne Juden), –
Gingen streng an uns vorüber,

Warfen keinen Blick nach dir,
Ob du gleich, mein schönes Liebchen,
Tändelnd mir am Arme hingest,
Tändelnd, lächelnd, kokettirend!

Nur ein Einz'ger sah dich an,
Und es war der einz'ge schöne,
Schöne Mann in dieser Schar;
Wunderherrlich war sein Antlitz.

Menschengüte um die Lippen,
Götterruhe in den Augen;
Wie auf Magdalenen einst
Schaute Jener auf dich nieder.

Ach! ich weiß, er meint es gut –
Keiner ist so rein und edel –
Aber ich, ich wurde dennoch
Wie von Eifersucht berühret –

Und ich muß gestehn, es wurde
Mir im Himmel unbehaglich –
Gott verzeih' mir's! mich genirte
Unser Heiland, Jesus Christus.

Freilich, auch Mathilde war gegen plötzlich sie überkommende Eifersuchtsattacken nicht gefeit. Sie hatte diesen versponnenen Poeten ja nicht aus Vernunftgründen, etwa um unter die Haube zu kommen, erhört, sondern weil er ihr gefiel und sie ihn liebte. Indessen barg ihre niedere soziale Stellung immer die Gefahr, dass Henri von ihr ließ, um sich an eine gesellschaftlich adäquatere Partnerin zu binden. Die Angst vor der Untreue ihres Geliebten war also groß. Deshalb besitzt auch die Heftigkeit, mit der sie auf eine Liebesszene in der französischen Ausgabe der *Reisebilder* reagierte, bei all der aus ihrer Ignoranz geborenen Komik eine ernste Seite: „Aber kaum hatte sie eine Seite drin gelesen, als sie blaß wie der Tod wurde, an allen Gliedern zitterte und mich um Gotteswillen bat, das Buch zu verschließen. Sie war nehmlich auf eine verliebte Stelle drin gestoßen, und eifersüchtig wie sie ist, will sie auch nicht einmal, daß ich vor ihrer Regierung einer anderen gehuldigt haben sollte; ja, ich mußte ihr versprechen, daß ich hinfüro auch keine Liebesphrasen an erfundene Idealgestalten in meinen Büchern richten wolle."

So amüsant wie abwegig sich in diesem Fall ihre Eifersucht ausnimmt, war sie in anderen Fällen durchaus begründet: Auch wenn Heine, seit er mit ihr eine gemeinsame Wohnung teilte, in der Regel monogam lebte, war er vereinzelten Seitensprüngen gegenüber nicht abgeneigt. Besonders in Zeiten, in denen er vorübergehend von Mathilde getrennt war, nutzte er die Gelegenheit zu kurzen Affären. Anfang Januar 1838, während Mathilde wegen einer Darmentzündung im Krankenhaus lag, ließ er sich auf ein spontanes Abenteuer mit der jungen Schauspielerin und Sängerin Jenny-Caroline Olivier ein, was ihm merklich gut tat. Seinem Freund Johann Hermann Detmold teilt er jedenfalls vielsagend mit: „Ich habe also diesen Winter meine volle Freyheit, je suis de ma pleine liberté, et j'en abuse même. Ich geh jetzt oft ins Theater, *zu meinem Vergnügen.*" Solch triumphierendes Gebaren war für den weitgehend friedlich gewordenen Liebesgott typisch. Bereits im Dezember 1836 hatte er vor Freunden damit geprahlt, ein geheimes Verhältnis zur Gattin seines Übersetzers Loeve-Veimar zu unterhalten. Ob diese Affären ihm tatsächlich so gut bekamen, wie er nach außen vorgab, ist fraglich. Beiläufig scherzend soll er einmal eingeräumt haben, dass er nach solchen Zerstreuungen stets Kopfweh habe. Die tatsächliche Gefahr war indes, wie er sehr wohl wusste, erheblich größer. Jedes dieser Abenteuer barg nämlich die Gefahr der Entdeckung und damit des Vertrauensbruches. So kam es beinahe zum Zerwürfnis, als der sporadische Fremdgänger bei einem heimlichen Techtelmechtel mit der schönen Näherin Frisette von Mathilde ertappt wurde. Die Folge war ein handfester Krach, der sich mehr als zwei Monate hinzog. Der alte Friede kehrte erst wieder ein, nachdem besorgte Freunde die beiden zur Vernunft gebracht hatten.

Und Mathilde? Im Gegensatz zu ihrem verführbaren Gefährten blieb sie ihm ein Leben lang treu, auch noch, als er in der „Matratzengruft" vor sich hinsiechte. Sie wird ihn zwar ab und an, mit Hilfe ihrer verführerischen Körperlichkeit, bewusst eifersüchtig gemacht haben, um sich seiner anhaltenden Liebe zu versichern. Davon abgesehen aber war sie das Gegenteil von jenen verräterischen und untreuen Frauen, gegen die Heine in seinen Gedichten immer wieder Klage erhob. Er hatte sie buchstäblich aus der Gosse geholt – das vergaß ihm dieses zur Frau eines Dichters aufgestiegene Straßenkind nie. Deshalb dürfte auch in der von Alexandre Weill wiedergegebenen Treue-Erklärung Mathildes nach der ersten gemeinsamen Liebesnacht mit Heine ein wahrer Kern stecken, selbst wenn sie auf der unglaubwürdigen Legende basiert, Heine habe Mathilde für 3000 Franc ihrer Tante abgekauft. Mit rührendem Pathos soll Mathilde ihrem „glücklichen Überwinder" dabei erklärt haben: „Henri, ich habe dir alles gegeben, was ein anständiges Mädchen dem Mann, den sie liebt, geben und was er ihr nie zurückgeben kann. Wenn du glaubst, ich wüsste nicht, daß du mich gekauft hast, so irrst du dich. Wenn ich bereit war, deine Geliebte zu sein, so geschah es, weil von allen Männern, die mir den Hof machten, du der einzige warst, der mir gefiel, und weil man mir sagte, daß ein Deutscher treuer sei als ein Franzose. Aber ob du mich nun gekauft hast oder nicht – *ich habe mich darum noch lange nicht verkauft.* Merke dir also: ich werde dich nie verlassen, du magst mich lieben oder nicht, du magst mich heiraten oder nicht, du magst mich misshandeln oder nicht – ich werde dich nie verlassen. Hörst du? Nie! nie! nie!"

Kaum vorstellbar, dass diese Frau jenes durchtriebene und kalte Luder gewesen sein soll, als das die Mathilde-Hasser à la Karl Marx sie wiederholt hingestellt haben. Mögen ihre unkontrollierbaren Stimmungsschwankungen Heine des Öfteren in Furcht und Schrecken versetzt haben, mag er unter dem geistigen Abstand, der zwischen ihnen bestand, und Mathildes Hang zu oberflächlichen Vergnügungen auch gelitten haben – eine hinterhältige Betrügerin oder heimtückische Intrigantin war sein „Hauskreuz" und „Hausvesuv" nie. Auch wenn auf künstlerischem Gebiet keine Kommunikationsmöglichkeiten zwischen ihnen bestanden und Heine in Mathilde keinen ihm intellektuell gewachsenen Widerpart fand, war das Leben an der Seite dieser Partnerin alles andere als demütigend oder steril für ihn. Denn diese Frau besaß bei all ihren charakterlichen und geistigen Defiziten eine Gefühls- und Seelenkultur, die den Spötter Heine davor bewahrte, an der Falschheit und Verlogenheit seiner Umgebung zugrunde zu gehen. Ihre naive Aufrichtigkeit und ungebrochene Liebesfähigkeit bildeten insofern die emotionale Voraussetzung und zwischenmenschliche Unerlässlichkeit seines Dichtens. Deswegen ist es auch nicht rechtens, in ihr, wie dies unlängst geschehen ist, das Vorbild für jene ägyptische „Zauberin" und „Schlange" zu sehen, die Heine in Gestalt der Cleopatra in *Shakespeares Mädchen und Frauen* porträtiert hat: Anders als Cleopatra, die Antonius „in Verzweiflung und Tod durch Arglist und Lüge" trieb, betrog Mathilde Heine eben gerade nicht. Sie war keine „böse Wurmnatur", die ihre Verrätereien „mehr mechanisch aus angeborener oder angewöhnter Unart" beging. Dazu war sie als Frau viel zu loyal und ehrlich.

Sie war allerdings auch kein leicht zu lenkendes Heimchen am Herd und keine selbstlos ihn umsorgende Hausfrau. Mit den natürlichen Waffen einer in Beziehungsfragen intelligenten Liebhaberin verstand sie es, ihren Galan durch ihren Widerspruchsgeist in Atem zu halten und durch Zurückweisung vorschneller Besitzansprüche seine Eifersucht zu schüren.

Die ersten turbulenten Jahre dieser wilden Ehe waren jedoch keineswegs nur von Zänkereien und Spannungen geprägt. So sehr Venus Mathilde das Sensualismusprogramm der mittleren Lebensjahre verkörperte, sank ihre Beziehung doch nie auf das Niveau einer frivolen Bettgeschichte herab. Das vernichtende Urteil des Papstes im *Tannhäuser*-Gedicht von 1836: „Mit deiner Seele mußt du jetzt / Des Fleisches Lust bezahlen / Du bist verworfen, du bist verdammt / Zu ewigen Höllenqualen", lässt sich also nicht auf Heines reale Situation übertragen, da sein Verhältnis zu Mathilde sich nicht auf die Erfahrung sexueller Abhängigkeit reduzieren lässt. Den „armen Hund" band an seine „Katze" also etwas ganz anderes als ein masochistischer Zwang zur Selbsterniedrigung. Im Mittelpunkt ihrer Beziehung stand vielmehr eine intime Gefühlsunmittelbarkeit, die – der rationalen Begriffe ihrer Außenwelt nicht bedürfend – sich als Sprache der Zärtlichkeit umschreiben lässt und in einen nonverbalen Synergismus mündete. Selbst nachdem das gegenseitige körperliche Begehren nachließ und der Reiz des Neuen verflogen war, besaß Mathilde gleichwohl genug Qualitäten, um Heine an sich zu binden und glücklich zu machen. Die durch Mathildes Ungestüm ausgelösten kleinen häuslichen Dramen und ihr intensives Geschlechtsleben bildeten also keineswegs den Hauptinhalt der Beziehung. Daneben gab es die vielen kleinen Momente des täglichen Miteinanders, in der die beiden friedlich zusammenlebten und die Segnungen ihrer ungewöhnlichen Liebe genossen. Das in Heines Nachlass gefundene Gedicht *Meine gute, liebe Frau* spiegelt eine typische Szene aus diesem durchaus beschaulichen, ein wenig spießbürgerlich anmutenden Idyll:

Meine gute, liebe Frau,
Meine güt'ge Frau Geliebte,
Hielt bereit den Morgenimbiß,
Brauner Caffe, weiße Sahne.

Und sie schenkt ihn selber ein,
Scherzend, kosend, lieblich lächelnd.
In der ganzen Christenheit
Lächelt wohl kein Mund so lieblich!

Auch der Stimme Flötenton
Findet sich nur bey den Engeln,
Oder allenfalls hienieden
Bey den besten Nachtigallen.

Wie die Hände liljenweiß!
Wie das Haar sich träumend ringelt
Um das ros'ge Angesicht!
Ihre Schönheit ist vollkommen.

Heute nur will mich bedünken –
(Weiß nicht warum) – ihre Taille
Sey nicht mehr so schlank wie eh'mals,
Könnt ein bischen schmäler seyn.

In der letzten Strophe klingt zum ersten Mal an, wodurch ihre Liebe wirklich bedroht wurde: durch Mathildes Fresssucht. Mathilde war ein Sinnenmensch, der, anders als dem Gourmet Heine, die Fähigkeit zum kontrollierten Genuss abging und die daher laut Alexandre Weill unbeherrscht Unmengen in sich hineinschlang. Die Folge dieser Gefräßigkeit war, dass sie sich allmählich zum „dicken süßen Kind" verwandelte, das man bestenfalls als ein dem Rubens'schen Schönheitsideal sich annäherndes Vollweib bezeichnen kann. Wie Heine und seine Bekannten diese Korpulenz erlebten, können wir bei Jan Hauschild und Michael Werner nachlesen: „Besucher des Jahres 1839 beschreiben ihre Figur vorsichtig als ‚üppig'. Drei Jahre später verriet Heine August Lewald, Mathilde werde ‚täglich korpulenter'. Weitere acht Jahre später, Mathilde war eben 35 Jahre alt geworden, konstatierte er bereits ein Gewicht von 180 Pfund und ein Ende war noch nicht erreicht: Sie wird ‚entsetzlich dick', hieß es erneut unter dem Datum des 12. Mai 1851. Julius Campe, der Mathilde 1844 in Hamburg kennen gelernt hatte, fand sie 1855 bei einem Besuch in Paris als ‚dicke wabbelige Person' wieder." Wäre der eigentliche Akzent der Beziehung zwischen Heine und Mathilde auf dem Sexuellen gelegen, dann hätte sich, selbst wenn man Heine eine Schwäche für barocke Körperformen unterstellt, unter diesen Voraussetzungen seine Zuneigung langsam verlieren müssen. Aber „so dick, so leidend, so trampelnd" er Mathilde in den dunklen Stunden ihres Zusammenlebens auch empfand, blieb Mathilde doch der große emotionale Halt seines unsteten, von ständigem Unfrieden und Leid überschatteten Lebens. „Es fehlt mir nicht an Glück, und ich bin obendrein verliebt – in meine Frau", heißt es noch 1845, also zu einer Zeit, als Mathilde den Zenit ihres Liebreizes längst überschritten hatte.

Weil sie ihm weit mehr bedeutete als eine zu seinem sexuellen Vergnügen ausgehaltene Mätresse, von der er nicht mehr loskam, entschloss er sich schließlich auch zu einem Schritt, den er, der Propagator der freien Liebe und sexuellen Promiskuität, normalerweise niemals gegangen wäre: Er rang sich durch, sie zu heiraten. Dies allerdings erst, als ihm durch das bevorstehende Duell mit Salomon Strauß buchstäblich die Pistole auf die Brust gesetzt wurde. Bis dahin hatte er eine Eheschließung für nicht notwendig gehalten. Er war der Ansicht, dass eine Beziehung nicht eines „Mietkontrakts", sondern der Freiheit bedürfe, um zu halten. Den Luxus dieser Überzeugung konnte er sich leisten, weil in dem weltoffenen Klima der französischen Metropole ein Bündnis wie das zwischen ihm und Mathilde nichts Ungewöhnliches war, sondern so häufig vorkam, dass es unter der Bezeichnung „ménage parisien" beinahe legitimiert war. Durch die öffentlich ausgetragene Duell-Affäre mit Salomon Strauß wurde er jedoch gezwungen, mit dieser antibürgerlichen Beziehungsform zu brechen. Es galt, seine Lebensgefährtin im Fall seines Todes existentiell abzusichern.

Die Ursache des ganzen Konflikts lag in einigen anstößigen Bemerkungen, die Heine in seiner *Denkschrift* über Ludwig Börne gemacht hatte: In diesem Buch hatte er behauptet, sein Intimfeind Börne unterhalte ein „unappetitliches", auf Immoralität und Lüge beruhendes Dreiecksverhältnis zu Jeanette Wohl und ihrem Ehemann Salomon Strauß. Der düpierte Strauß, der glaubte, seine und die Ehre seiner Frau wiederherstellen zu müssen, hatte daraufhin Heine am 14. Juli 1841 auf offener Straße anzupöbeln versucht, was dieser aber nicht weiter ernst nahm, da der Angreifer durch sein unbeholfenes Stottern und ungeschicktes Verhalten sich lächerlich machte. Unbesorgt reiste Heine deshalb wenige Tage später nach Cauterets, um in dem Pyrenäenbad seine zahlreichen Gebrechen auszukurieren. Doch statt sich dort erholen zu können, wurde er schon kurz nach seiner Ankunft durch von Strauß lancierte Presseberichte aus Deutschland, die ihn offen der Feigheit bezichtigten, aufgeschreckt: Er habe sich am helllichten Tage von ihm ohrfeigen lassen und habe sich dann aus Furcht vor einem möglichen Waffengang fluchtartig nach Cauterets abgesetzt. Um dieser Lüge entgegenzutreten, begnügte sich Heine zunächst damit, Strauß in einer von zahlreichen deutschen Zeitungen abgedruckten „Erklärung" zu widerlegen. Doch als dieser drei angebliche Augenzeugen nannte, die aussagten, die von Strauß aufgestellte Behauptung verbürgen zu können, fühlte sich Heine zum offenen Schlagabtausch gezwungen. Freilich nur mit durchwachsenem Erfolg. Auch wenn es ihm in der nun einsetzenden Presseschlacht teilweise gelang, die Verleumdungen seiner Gegner zu entkräften, war sein guter Ruf beim deutschen Publikum so beschädigt, dass er auf den Rat Julius Campes hin nach Paris zurückreiste und Strauß zum Duell forderte: Durch sein entschlossenes Handeln sollten seine Gegner widerlegt und die durch das Börne-Buch verloren gegangenen Sympathien bei seinen Lesern zurückgewonnen werden. Ohne weiteren Aufschub schickte Heine daher nach seiner Rückkehr seine Sekundanten zu Strauß und forderte ihn auf Pistolen. Aber mit Hilfe fadenscheiniger Ausflüchte wurde das Duell von seinem Gegner immer wieder aufgeschoben. Jetzt zeigte sich, wer der wahre Feigling war: Einmal schlug Strauß vor, das Duell mit Säbeln auszutragen, weil er genau wusste, dass Heine diese Waffe nicht beherrschte und daher ablehnen musste. Ein andermal wurde das terminlich bereits festgesetzte Duell unmittelbar davor wieder abgeblasen, weil einer von Strauß' Sekundanten angeblich verhindert war. Dann wiederum griff sein zaudernder Rivale auf die Ausrede zurück, dass er von der Polizei beobachtet werde. Aber Heine, der in Strauß inzwischen einen „armen Teufel", nämlich den „gehörnten Esel" des „abgefeimten Luders von Wohl", der „Exmätresse von Börne", erkannte, blieb um der Wiederherstellung seiner angeschlagenen Reputation willen unerbittlich: „Er muß mir aufs Terrain, und müßte ich ihn dahin schleppen bis an die chinesische Mauer. Wer sich schlagen will, kann alle Hindernisse überwinden." Nach weiteren Verhandlungen der Sekundanten wurde das Duell dann doch noch am 7. September bei Saint-Germain ausgetragen. Die Duellanten sollten aus einer Entfernung von 20 Schritten je einen Schuss aufeinander abfeuern. Der Waffengang verlief für Heine, obgleich in der öffentlichen Meinung rehabilitiert, weniger glücklich als erwartet: Strauß „zeigte mehr Mut, als ich ihm zutraute, und der Zufall begünstigte ihn über alle Maßen. Seine Kugel streifte meine Hüfte, die in diesem Augenblick noch angeschwollen und kohlenschwarz; ich muß noch zu Bette liegen und werde so bald nicht gut gehen können."

Bereits eine Woche zuvor hatte Heine Mathilde das Jawort gegeben. Die Hochzeit war notwendig geworden, um „Mathildes Posizion in der Welt zu sichern", also die rechtliche Voraussetzung dafür zu schaffen, dass sie im Falle seines Todes als seine Alleinerbin eingesetzt werden würde. Zudem sollte durch den offiziellen Akt der Eheschließung ihre gesellschaftliche Position gestärkt und ihr Ansehen als ehren- und tugendhafte Frau gefördert werden. Auch deshalb, wegen der öffentlichen Denunziation Mathildes durch Strauß und seine Komplicen, waren Heirat und Duell notwendig geworden.

Die Hochzeit selbst scheint, trotz der misslichen äußeren Umstände, in freundlich-heiterer Atmosphäre verlaufen zu sein. Heine erlaubte sich den Scherz, zu seiner Trauung lauter überzeugte Junggesellen einzuladen, um sie mit einer Rede über die Vorzüge des Ehestandes aufzuziehen: „Er lud zur Hochzeit nur solche Freunde ein, die in ähnlichen [freien] Ehebündnissen lebten, um sie durch das Beispiel, das er gab, zu bewegen, auch wie er diesen allerletzten Schritt zu thun, ja nach der Tafel forderte er sie dazu in einer humoristischen Anrede auf. Es war eine Gesellschaft der geistreichsten Schriftsteller und Künstler, aber leider auch unverbesserlicher Junggesellen."

Ob einer seiner Freunde, durch sein Exempel bewegt, sich wirklich bekehren würde, war nicht der Hauptzweck dieser humoristischen Einlage. Weit wichtiger war es, dass er vor seinen liberalen Gesinnungsgenossen das Gesicht wahrte und ihrem voraussehbaren Spott über seine zunehmende Verbürgerlichung durch Selbstironie zuvorkam. Denn unzweifelhaft hatte er sich durch seine Hochzeit in einen eklatanten Selbstwiderspruch begeben. Als allgemein gefürchteter Bürgerschreck hatte er zum Missmut seiner aufgeklärten Freunde nicht nur die Schwäche gezeigt, sich den Bedingungen der Zivilehe zu beugen, sondern er hatte auch – Gipfel des Verrats! – nach katholischem Ritus in der Jesuitenkirche Saint-Sulpice geheiratet, wozu ein besonderer Dispens des Erzbischofs nötig war. Dies war jedoch keineswegs als feiger Ideenverrat gemeint. Vielmehr hatte er sich zu diesem Zugeständnis entschlossen, weil seine „Gattin, von erzkatholischer Familie, ohne solche Ceremonie sich nicht gottgefällig genug verheiratet geglaubt hätte“, verteidigt er sich nachträglich in den *Geständnissen* gegen den Vorwurf der Felonie. Doch um die unangenehme Position des Angeklagten sogleich wieder zu verlassen, lässt er dieser Erklärung einen Hymnus auf die beziehungsfördernde Wirkung des Katholizismus folgen, der durch seinen souveränen Witz den Verdacht der Wortbrüchigkeit entkräftet: „Es ist übrigens sehr gut“, erklärt er dank seiner langjährigen Erfahrung mit Mathilde schmunzelnd, „wenn Frauen einer positiven Religion anhängen. Ob bey Frauen evangelischer Confession mehr Treue zu finden, lasse ich dahingestellt seyn. Jedenfalls ist der Katholizismus der Frauen für den Gemahl sehr heilsam. Wenn sie einen Fehler begangen haben, behalten sie nicht lange den Kummer darüber im Herzen, und sobald sie vom Priester Absoluzion erhielten, sind sie wieder trällernd aufgeheitert und verderben sie ihrem Manne nicht die gute Laune oder Suppe durch kopfhängerisches Nachgrübeln über eine Sünde, die sie sich verpflichtet halten, bis an ihr Lebensende durch grämliche Prüderie und zänkische Uebertugend abzubüßen. Auch noch in anderer Beziehung ist die Beichte hier so nützlich: die Sünderin behält ihr furchtbares Geheimnis nicht lange belastend im Kopfe, und da doch die Weiber am Ende alles ausplaudern müssen, ist es besser, sie gestehen gewisse Dinge nur ihrem Beichtiger, als dass sie in die Gefahr gerathen, plötzlich in überwallender Zärtlichkeit oder Schwatzsucht oder Gewissensbissigkeit dem armen Gatten die fatalen Geständnisse zu machen!“

Überhaupt war eine Mischung aus Humor und Selbstironie jetzt für Heine das passende Mittel, um mit seiner neuen Rolle als Ehemann umzugehen. Nur im Modus augenzwinkernder Selbstdistanzierung konnten so die formelle Verwandlung in einen ehrbaren Bürger vor sich selbst gerechtfertigt und die Schattenseiten des häuslichen Glücks ertragen werden. Da war zum einen der mit seiner Verehelichung sanktionierte, ehrbare Hausstand, über den Heine sich jetzt lustig machte: ihr Zusammenleben in einem spießbürgerlichen Heim, das „ebenso moralisch wie der beste in Krähwinkel“ war, durch kein „frivoles Wort“ gestört wurde und angeblich die Entwicklung Mathildes zur „guten Hausfrau“ vorantrieb. Da waren zum anderen die alltäglichen Konflikte, die durch das Zusammengepferchtsein auf engem Raum, durch fehlende Ausweichmöglichkeiten und die permanente Reibung aneinander fast zwangsläufig ausgelöst wurden: „Dieses eheliche Duell, welches nicht eher aufhören wird, bis einer von uns beiden getötet, ist gewiß gefährlicher als der kurze Holmgang mit Salomon Strauß“, witzelte Heine prophetisch gegenüber August Lewald kurz nach der Hochzeit. Dass die Transformation ihrer „wilden“ Ehe in eine „zahme“ in Wirklichkeit jedoch viel friedlicher verlief, als es das Bild vom tödlichen Eheduell suggeriert, geht aus einer ungefähr zeitgleich gemachten brieflichen Äußerung gegenüber Julius Campe hervor – „Ich lebe hier ruhig und ziemlich heiter. Mache auch mitunter Gedichte, z. B. auf den Ehestand“, berichtet dort fidel der frischgebackene Ehemann.

Bei den erwähnten Gedichten handelt es sich streng genommen nur um einen einzigen kurzen Zyklus, der allerdings aus fünf gesonderten Teilen besteht: den Gedichtkranz *Unterwelt* aus den *Neuen Gedichten*. In diesem mythologisch verbrämten „Ehestandsgedicht“ gewährt Heine in den Gestalten des göttlichen Ehepaares Pluto und Proserpina nicht nur einen sarkastischen Einblick in das Konfliktpotential seiner jungen Ehe, er macht sich auch in Form einer saloppen Mythentravestie, die sich an Schillers *Klage der Ceres* orientiert, gezielt über den erhabenen Balladenstil der deutschen Klassik lustig. Das Ergebnis ist eine gelungene Parodie auf die Proserpina-Mythe, deren hehre Tragik durch die triviale „Eh’standsqual“ des jungen Paares Heine / Mathilde ironisch untergraben wird. Schon in Plutos Klage auf den Verlust seines Junggesellentums wird dieser komödiantische Zug deutlich:

> Blieb ich doch ein Junggeselle! –
> Seufzet Pluto tausendmal –
> Jetzt, in meiner Eh’standsqual,

Merk ich, früher ohne Weib
War die Hölle keine Hölle.

Blieb ich doch ein Junggeselle!
Seit ich Proserpinen hab'
Wünsch ich täglich mich in's Grab!
Wenn sie keift, so hör' ich kaum
Meines Cerberus Gebelle.

Nicht weniger ergötzlich als dieser Notschrei des entnervten Ehemannes ist die Trauerrede der lebenslustigen Proserpina, die, statt sich an den „Sangesergüssen" und „Sonnenküssen" der Oberwelt erfreuen zu können, ihr „junges Leben" unter „bleichen Lemuren und Leichen" zubringen muss und in dieser langweiligen Gesellschaft allmählich „versauert":

Bin fest geschmiedet am Ehejoche,
In diesem verwünschten Rattenloche!
Und des Nachts die Gespenster
Sie schau'n mir in's Fenster,
Und der Styx, er murmelt so schaurig!

Heut hab' ich den Charon zu Tisch geladen –
Glatzköpfig ist er und ohne Waden –
Auch die Todtenrichter,
Langweil'ge Gesichter –
In solcher Gesellschaft versaur' ich.

Welch eine glückliche Fügung ist es da, dass dem frustrierten Paar durch Plutos Schwiegermutter Ceres, die, auf der Suche nach ihrer Tochter, „ohne Haube, ohne Kragen / Schlotterbusig durch das Land" irrt, die Lösung ihres Eheproblems quasi wie auf dem Tablett serviert wird: Die Hälfte des Jahres soll das sehnsüchtig vermisste Töchterlein von nun an mit ihrer Mutter in der Oberwelt verweilen und ihr im Sommer bei der Landarbeit helfen. Den Sätzen, mit welchen Pluto diesen Kompromiss mit seiner Schwiegermutter aushandelt, ist spürbar die Erleichterung anzumerken, die den überforderten Ehemann bei dem Gedanken an die bevorstehende Verschnaufpause überkommt:

Meine Schwiegermutter Ceres!
Laß' die Klagen, laß' die Bitten!
Dein Verlangen, ich gewähr' es –
Habe selbst so viel gelitten!

Tröste dich, wir wollen ehrlich
Den Besitz der Tochter theilen,
Und sechs Monden soll sie jährlich
Auf der Oberwelt verweilen.

Hilft dir dort an Sommertagen
Bey den Ackerbaugeschäften;
Einen Strohhut wird sie tragen,
Wird auch Blumen daran heften.

…
…

Süße Ruh! Ich kann verschnaufen
Hier im Orkus unterdessen!
Punsch und Lethe will ich saufen,
Um die Gattin zu vergessen.

Die biographischen Anspielungen in dieser Ehesatire sind evident: Angefangen bei dem Altersunterschied des ungleichen Paares über Proserpinas Vitalität im Gegensatz zu Plutos Gesetztheit bis zu den verschrobenen Gästen, in deren Gegenwart die lebenslustige Göttin vor Langeweile umkommt, wird hier der eheliche Alltag des jungen Paares ziemlich wahrheitsgetreu wiedergegeben. Selbst die durch den Mythos angebotene Lösung des hier angedeuteten Ehekonflikts hat einen realen Hintergrund: Nach dem Zeugnis von Alfred Meissner pflegte Mathilde, die auf dem Land aufgewachsen war, in den ersten Jahren „der gemeinsamen Ménage“ die Sommermonate bei ihrer Mutter zuzubringen und ihr den Haushalt zu besorgen, während diese draußen bei der Feldarbeit war. Am realistischsten wirkt in diesem frühehelichen Genrebild jedoch der – durch eine dezidierte Licht-Dunkel-Metaphorik artikulierte – Gegensatz von Oberwelt und Unterwelt, in dem das düstere Schattenreich des Geistesmenschen Heine gegen die bunte Sinnenwelt des Naturkindes Mathilde ausgespielt wird. In ihm spiegelt sich die tatsächliche Frustration, der eine lebhafte, nach Tanz und leichter Unterhaltung sich sehnende junge Frau im Zusammenleben mit einem 45-jährigen, ständig unter geistiger Hochspannung stehenden Dichter ausgesetzt war. Insofern ist auch in dem erst im Frühjahr 1842 hinzugefügten fünften Abschnitt, in dem das lyrische Ich in einer fingierten Rollenansprache an seine 27-jährige Frau ihre Ehe analysiert, ein wahrer Kern enthalten:

> Zuweilen dünkt es mich, als trübe
> Geheime Sehnsucht deinen Blick –
> Ich kenn' es wohl dein Missgeschick:
> Verfehltes Leben, verfehlte Liebe!
>
> Du nickst so traurig! Wiedergeben
> Kann ich dir nicht die Jugendzeit –
> Unheilbar ist dein Herzeleid:
> Verfehlte Liebe, verfehltes Leben!

Trotz dieses tragischen Schlussakkords bleibt der Zyklus aufs Ganze gesehen jedoch eine Ehesatire. Es werden von daher die wirklichen Intentionen dieses Textes verfehlt, wenn man ihn als ein authentisches Zeugnis für Heines von Anfang an verkorkste, einem Gefängnis gleichende Ehe interpretiert. Der Gedichtzyklus *Unterwelt* ist kein wörtlich zu nehmendes Gleichnis für eine eheliche „Hölle", in der, wie Alexandre Weill vorschnell urteilte, Heine wie ein „Verdammter" lebte, der seine Liebe „mehr als eine Strafe als eine Belohnung" empfand. – Warum hat er dann, so könnte man Weill entgegenhalten, in *Katharina VII.* das glatte Gegenteil behauptet, nämlich dass das Leben „ohne" Mathilde „eine Hölle" wäre? Nein, die mimetische Gleichsetzung von Gedicht und Wirklichkeit führt in diesem Fall nicht weiter – sie führt vielmehr zu einer sträflichen Aufhebung des Komödiencharakters des Zyklus. Auch berücksichtigt sie nicht die raffinierte Anspielungstechnik, deren sich Heine hier bedient: Gerade die ironische Brechung der eigenen Lebenssituation im Spiegel eines bestimmten Mythos oder einer bekannten Textvorlage war ein Verfahren, auf das Heine immer wieder zurückgriff. So hat er sich zum Beispiel auch in dem zwischen 1849 und 1852 entstandenen Gedicht *Celimene* von einer berühmten Quelle, nämlich von Molières Stück *Der Menschenfeind*, genauer gesagt von dem durch diese Typenkomödie vorgegebenen Beziehungsmodell Alceste / Célimène, inspirieren lassen, um sein Verhältnis zu Mathilde zu reflektieren. Im Unterschied zu Molières Alceste, der in seiner Verliebtheit blind für die Fehler seiner Angebeteten ist, hat der Protagonist von Heines Gedicht die „Tücken" und „Teufeleyen" seiner Partnerin jedoch durchschaut:

Glaube nicht, daß ich aus Dummheit
Dulde deine Teufeleyen;
Glaub auch nicht ich sey ein Herrgott,
Der gewohnt ist zu verzeihen.

Deine Nücken, deine Tücken,
Hab ich freylich still ertragen.
Andre Leut' an meinem Platze
Hätten längst dich todt geschlagen.

Schweres Kreuz! gleichviel, ich schlepp' es!
Wirst mich stets geduldig finden –
Wisse, Weib, daß ich dich liebe,
Um zu büßen meine Sünden.

Ja, du bist mein Fegefeuer,
Doch aus deinen schlimmen Armen
Wird geläutert mich erlösen
Gottes Gnade und Erbarmen.

Natürlich gibt es berechtigte Gründe dafür, dieses Gedicht unmittelbar auf Heines Ehe, zumal auf die schwierige Situation der letzten Jahre, zu beziehen. Nach allem, was wir aus Heines Briefen und den Berichten seiner Zeitgenossen wissen, war die Schlussphase des Zusammenlebens für beide Partner oft eine kaum zu meisternde zwischenmenschliche Belastungsprobe und Tortur; Formulierungen wie der Kosename „mein Hauskreuz" legen nahe, dass Heine die Ehe mit Mathilde mitunter wirklich als ein „schweres Kreuz" empfunden hat, das es geduldig zu tragen galt. Doch deshalb in diesem literarisch motivierten Spiegel- und Vexierbild gleich ein unverblümtes Fazit für eine von Grund auf zerrüttete Ehe zu sehen, ist nicht zulässig. Zu deutlich ist hier die Referenz auf bestimmte literarische und außerliterarische Traditionen und Themenkreise, mit denen das Gedicht bewusst spielt. Außer dem schon im Titel angedeuteten Bezug auf Molière verweist die Figur des leidenden Ehemanns nämlich auch noch auf die Rolle des sein Kreuz tragenden Christus sowie auf den unter der Fuchtel seines zänkischen Weibes Xanthippe stehenden Philosophen Sokrates. Darüber hinaus ist dieser „Klagegesang" aber auch eine eigenwillige Fortsetzung des *Tannhäuser*-Gedichts von 1837, dem es ein sarkastisches Ende verleiht: Der in den Venusberg zurückgekehrte Tannhäuser, dem nicht einmal der Papst die Absolution zu erteilen vermochte, wird durch das „Fegfeuer" der Ehe so geläutert, dass er aus den „schlimmen Armen" der Erzteufelin Venus endlich befreit und durch „Gottes Gnade und Erbarmen" erlöst werden kann.

Ein Text, der weit weniger durch eine derartige Rollenpoetik geprägt wurde, ist dagegen das Gedicht *Lebewohl*. Es entstammt ebenfalls der Spätphase der Ehe zwischen Heine und Mathilde und betont einmal mehr die Qualen des durch sein böswilliges Weib gepeinigten Gatten:

> Hatte wie ein Pelikan
> Dich mit eigenem Blut getränket,
> Und du hast mir jetzt zum Dank
> Gall' und Wermut eingeschenket.

Böse war es nicht gemeint,
Und so heiter blieb die Stirne;
Leider mit Vergeßlichkeit
Angefüllt ist dein Gehirne.

Nun leb wohl – Du merkst es kaum,
Daß ich weinend von dir scheide.
Gott erhalte, Thörin, dir
Flattersinn und Lebensfreude!

Durch die Assoziation mit dem mit „Gall' und Wermut" gefüllten Leidenskelch und dem Blutmotiv stellt sich zwar auch der Sprecher dieses Gedichts unverkennbar in die Nachfolge des leidenden Christus und übernimmt eine überpersönliche Rolle. Doch die einzelnen Charakterzüge seiner zur Passion gewordenen Frau weisen so viele Ähnlichkeiten mit Mathilde auf, dass eine autobiographische Lesart des Textes nicht ausgeschlossen werden kann. Vor allem die grausame Undankbarkeit der in ihrer Einfalt vergesslichen „Thörin" des Gedichts, deren unbekümmertes Dasein ganz von „Flattersinn und Lebensfreude" bestimmt wird, erinnert stark an Mathildes kindlich-heiteres Gemüt, das in Wirklichkeit auch lieber an der Oberfläche des Müßiggangs und der seichten Vergnügungen dahintrieb, als in die lichtlosen Abgründe von Heines Martyrium hinabzusteigen. Dennoch sei auch in diesem Fall vor der – einem hermeneutischen Kurzschluss gleichkommenden – Identifikation von Gedicht und Wirklichkeit gewarnt! Heine war prinzipiell kein Dichter, der sein Eheglück zum Gegenstand seiner Dichtungen machte. Das in Bezug auf Mathilde gemachte Diktum „Sonderbar, die glückliche Liebe schreibt gar keine Verse, kaum erlaubt sie einem, in Prosa zu schreiben" besitzt in Bezug auf seine „Ehestandsgedichte" darum durchaus den Rang eines ästhetischen Axioms und einer Deutungsorientierung. Es indiziert, dass das Leiden an Mathilde nur eine von vielen Facetten war, die die Ehe mit ihr trug. Viel wichtiger in ihrer Beziehung waren jedoch die belebende Vitalität, die von Mathildes Wesen ausging, und das Glück, das ihre tägliche

Präsenz ihm bescherte. Nur hat Heine diese glücklichen Momente viel seltener literarisch verarbeitet. Dass es diese in seiner Ehe aber gleichwohl – und viel öfter, als wir es heute annehmen wollen – gab, davon zeugt ein Brief an seinen Bruder Maximilian vom April 1843, in dem die ganze Bandbreite seiner Gefühle für Mathilde enthalten ist: „Meine Frau ist ein gutes, natürliches, heiteres Kind“, prahlt er da stolz über den guten Fang, den er gemacht hat, „fast zu sehr Kind, launisch, wie nur irgend eine Französin sein kann, und sie erlaubt mir nicht in melancholisches Träumen, wozu ich soviel Anlage, zu versinken. Seit sieben bis acht Jahren liebe ich sie mit einer Leidenschaftlichkeit und Zärtlichkeit, die ans Fabelhafte grenzt. Ich habe seitdem schrecklich viel Glück genossen, Qual und Seligkeit in entsetzlichster Mischung, mehr als meine sensible Natur ertragen konnte. Werde ich jetzt die nüchterne Bitternis des Bodensatzes schlucken müssen? […] mich graut vor der Zukunft. Aber wer weiß, es geht vielleicht besser, als mein getrübter Sinn es ahnet.“

In diesen Worten ist mehr Wahrheit enthalten, als es Heine um 1843 wissen konnte. Mit prophetischem Weitblick nehmen sie die Grundrichtung von Heines Ehe vorweg. Die Zukunft mit Mathilde gestaltete sich tatsächlich besser, als sein skeptisches Gemüt es damals einräumen wollte, und die „nüchterne Bitternis des Bodensatzes“ blieb ihm insofern erspart, als er bis zu seinem Tod Mathilde aufrichtig geliebt hat. Nach dem Auskosten der „Fleischeslust“ hatte sich ihre Liebe nämlich keineswegs erschöpft, sondern verwandelte sich nach und nach in eine freundschaftliche Form der Zuneigung füreinander. Diesen Prozess der Transformation ihrer Leidenschaft in Freundschaft hat Heine in zwei nachgelassenen, ironisch aufgehellten Ehegedichten nachgezeichnet. Im ersten von ihnen heißt es:

Geleert hab ich nach Herzenswunsch
Der Liebe Kelch, ganz ausgeleert
Das ist ein Trank der uns verzehrt
Wie flammendheißer Cognakpunsch.

Da lob ich mir die laue Wärme
Der Freundschaft, jedes Seelenweh
Stillt sie, erquickend die Gedärme
Wie eine fromme Tasse Thee.

Es wäre selbstredend auch hier ein Fehler, die fiktive Wirklichkeit des angedeuteten Eheglücks als authentisches Zeugnis von der Beziehung zwischen Heine und Mathilde zu werten. Wie aus Heines Briefen hervorgeht, hat die unberechenbare Launenhaftigkeit Mathildes dafür gesorgt, dass ihr Verhältnis bis zum Ende durch einen Schuss „flammendheißen Cognakpunsch" gewürzt wurde und das Erotische, auch wenn an einen Vollzug der Ehe bei Heines gebrechlicher Konstitution spätestens seit 1848 nicht mehr zu denken war, nie ganz einschlief. Das Bild von der „frommen Tasse Thee", die erquickend die Gedärme wärmt, ist insofern irreführend. Trotzdem dürfte die Grundtendenz des Gedichts, das die Vorzüge einer auf Freundschaft basierenden Partnerschaft hervorhebt, seinen Sitz in Heines Leben haben. Die Liebe, die Heine und Mathilde aneinander fesselte, besaß genug seelische Substanz, um nach dem Schwinden der körperlichen Lust durch andere, nicht physisch gesteuerte Gefühle aufgefangen und kompensiert zu werden. Das bezeugt auch das zweite nachgelassene Gedicht, in dem Heine satirisch das heimelige „Glück der kühlen Häuslichkeit" besingt:

Es geht am End, es ist kein Zweifel,
Der Liebe Glut sie geht zum Teufel.
Sind wir einmal von ihr befreyt
Beginnt für uns die bessre Zeit
Das Glück der kühlen Häuslichkeit.
Der Mensch genießet dann die Welt,
Die immer lacht fürs liebe Geld,
Er speist vergnügt sein Leibgericht
Und in den Nächten wälzt er nicht
Schlaflos sein Haupt, er ruhet warm
In seiner treuen Gattinn Arm.

Ist dies nicht die passende – in ein köstlich spießbürgerliches Idyll gefasste – Antwort auf *Celimene, Lebewohl* und die Schluss-Sequenz von *Unterwelt*? Nicht von einem „verfehlten Leben“ ist hier die Rede, nicht von einer in ihrer Oberflächlichkeit grausamen „Thörin“ als Frau, nicht von dem „Fegfeuer“ einer teuflischen Ehe – die von der Leidenschaft diktierten Bilder der Rastlosigkeit und Verzweiflung finden in diesem Text ihr Pendant in der Gegenvision eines beschaulichen Lebensbundes, in dem der vergnügte Gatte seinen Frieden in den Armen seiner ruhig neben ihm schlummernden Frau findet. Alle mythologischen Rollenspiele haben nun ein Ende: Der Venuszauber ist sprichwörtlich zum Teufel gegangen und aus dem rastlosen Tannhäuser ist ein braver Ehemann geworden. Genauso hat sich die Angst vor dem unentrinnbaren „Ehegrab“ als trügerischer Spuk erwiesen, denn Pluto und Proserpina haben sich in zwei vergnügte Menschenkinder verwandelt, die miteinander das lukullische Dasein zweier Spießbürger führen. Und auch von der gefürchteten Heimtücke Celimenes ist jetzt keine Spur mehr vorhanden: Statt vor den „Nücken“ und „Tücken“ seiner keifenden Ehefrau bei Gott Schutz suchen zu müssen, findet der umhegte Gatte diesen gerade in ihren Armen. Die Umkehrung des negativ besetzten mythologischen Bildmaterials ist vollkommen, die Inversion der Ehe ins Positive perfekt.

Der angebliche Realismus des geschönten Eheglücks wiederum ist freilich nur ein fingierter. Er ist genauso stilisiert und unwirklich wie der seiner literarisch-mythischen Gegenbilder. Nicht zufällig hat Heine ihn in ein kleinbürgerlich-spießiges Licht getaucht. Denn die Ehe zwischen Heine und Mathilde war ebenso wenig ein Paradies, wie sie eine Hölle war. Aber sie besaß genügend Momente, in denen sie sich entweder zu der einen oder der anderen Seite neigte: zu Verzweiflung oder Entzücken, blinder Wut auf den anderen oder offener Begeisterung für ihn. Nur wer sieht, dass Heines Ehe zwischen diesen beiden extremen Polen aufgespannt war und dabei mancherlei Zwischentöne und Facetten besaß, wird der ganzen Spannbreite dieser ebenso abenteuerlichen wie ungewöhnlichen Liebe gerecht.

Wie stark Mathilde die innere Ordnung von Heines Gefühlswelt bestimmte und für sein seelisches Gleichgewicht verantwortlich war, zeigte sich während seiner beiden Hamburgreisen in den Jahren 1843 und 1844, als er längere Zeit von ihr getrennt war. Die neunzehn Briefe, die er in dieser Zeit an seine Frau schrieb, wurden von Wolfgang Hädecke treffend als „einzigartige Dokumente jenes Zwiespalts zwischen Überlegenheit und flehentlicher Demut, Kontrolle über [Mathilde] und Betteln um ihre Gunst" bezeichnet. Sie veranschaulichen beispielhaft jene zwischen „Qual und Seligkeit" schwankende Ambivalenz, die den dissonanten Grundton ihrer Liebe bildete. In unterschiedlichen Worten und Bildern geben sie aus Heines Sicht preis, welch tiefe seelische Symbiose ihr Verhältnis bildete und welche an Entzugserscheinungen grenzenden Entbehrungen und Phobien in ihm durch temporäre Trennungen ausgelöst wurden.

Bereits während seines ersten Hamburgaufenthalts vom 29. Oktober bis zum 7. Dezember 1843 offenbarte sich, wie sehr Heine auf die physische Gegenwart Mathildes angewiesen war, um innerlich stabil zu bleiben. Dennoch trat er die Reise am 21. Oktober 1843 alleine an: Nach zwölf Jahren des Exils wollte er zuerst einmal das Terrain in Hamburg sondieren, bevor er das Wagnis einging, die gesellschaftlich unerfahrene und zu Taktlosigkeiten neigende Mathilde seiner neureichen, mit dem Dünkel des Elitären behafteten Hamburger Familie vorzustellen. Zudem standen wichtige Vertragsverhandlungen mit Julius Campe auf dem Terminplan der ursprünglich nur für zwei Wochen angesetzten Reise, so dass Mathilde einer raschen Abwicklung der ganzen Transaktion nur im Wege gestanden hätte.

Doch je länger sich die Verhandlungen mit seinem Verleger hinzogen und die Rückreise Woche um Woche verschoben werden musste, desto größer wurde die Sehnsucht nach seiner allein in dem Sündenpfuhl Paris zurückgelassenen Frau. Da vermochte nicht einmal die Freude über das Wiedersehen mit Mutter und Schwester ihm die wachsende Sorge um Mathilde zu nehmen. „Es ist ein großer Entschluß, daß ich Dich allein in Paris gelassen, in diesem schrecklichen Abgrunde! Vergiß nicht, daß mein Auge immer auf Dir ruht; ich weiß alles, was Du tust, und was ich jetzt nicht weiß, werde ich später erfahren", schreibt ihr der von Eifersucht und Verlustängsten geplagte Gatte bereits wenige Tage nach seiner Ankunft, um sie durch die Vorstellung seines omnipräsenten, ihr Handeln akribisch überwachenden Geistes vor möglichen Fehltritten zu bewahren. Dabei hatte er sie vorsorglich vor seiner Abreise in der abgeschiedenen Mädchenpension der Madame Darte untergebracht, wo es nun wirklich keine Gelegenheiten zum Fremdgehen gab. Trotzdem blieb er, der um die Zerbrechlichkeit der Liebe und die verheerenden Folgen jedes Vertrauensbruchs wusste, misstrauisch. „Ich denke ständig an Dich und vermag nicht ruhig zu sein. Unbestimmte und trübe Sorgen quälen mich Tag und Nacht. Du bist die einzige Freude meines Lebens – mache mich nicht unglücklich!"

Wie ein kostbares und durch nichts zu ersetzendes Kleinod versuchte er, Mathilde aus der Ferne zu überwachen und zu kontrollieren. „Was macht meine Frau, die Tollste der Tollen? Es war Tollheit von mir, Dich nicht mit hierherzubringen. – Um Gottes willen tue nichts, worüber ich bei meiner Rückkehr böse werden könnte. Verhalte Dich so still wie möglich in Deinem Nestchen, arbeite, studire, langweile Dich rechtschaffen, spinne Wolle", beschwört er sie in einem weiteren Brief vom 19. November 1843. Mit solchen und ähnlichen Bitten und Anweisungen bemüht er sich jetzt hartnäckig, die Abenteuerlust seiner „Wildkatze" zu bändigen. Denn wenn er etwas in diesen Wochen der Trennung über seine Ehe gelernt hatte, dann war es allem voran die Einsicht, wie sehr er Mathilde brauchte, um glücklich zu sein. Sie war in der Tat „seine Frau", wie er der zu ihr passende, durch keinen Nebenbuhler zu ersetzende Mann war. Da er aber glaubte und fürchtete, dass nur er – als der intellektuell Überlegene – über diese Erkenntnis verfügte, derweil Mathilde in ihrer Naivität dieses Geschenk leichtfertig verspielen könnte, setzte er alles daran, die Integrität dieser Liebe vor möglichen Übergriffen von außen zu bewahren.

Was Heine zusätzlich beunruhigen musste, war der Umstand, dass Mathilde – als ehemalige Analphabetin – nur ausgesprochen ungern schrieb. Dadurch wurde der Briefverkehr zwischen ihnen zu einer einseitigen Angelegenheit, nämlich zu einem alleine von ihm geführten Monolog. Die Folge davon war, dass er sich über das Treiben Mathildes in Paris ständig im Unklaren war, was seine inneren Ängste und Phantasien ins Maßlose steigerte. Fast gebetsmühlenartig wiederholte er deshalb in jedem Brief an sie die dringende Bitte, ihm doch endlich zu schreiben. Wenn die solcherart bekniete „Nonotte" dann doch einmal ihren Widerwillen gegen das Schreiben überwand und ihm die seltene Gnade eines Antwortbriefes erwies, war er bei dessen Empfang so frappiert, dass er wie ein frisch Verliebter geradezu aus dem Häuschen geriet. Ob ihn Mathilde, durch das wiederholte Hinauszögern des Rückreisetermins alarmiert, bewusst zappeln ließ? Auszuschließen ist das nicht. Auch sie hatte, wie sie in ihrem ersten Brief nach Hamburg durchblicken ließ, Angst, dass sich Henri in seinem Heimatland Deutschland neu verlieben und sie in Paris sitzen lassen könnte. Heines beschwichtigende Antwort: „Du hast unrecht, wenn Du Dir einbildest, ich könnte mich hier ohne Dich amüsieren. Du weißt nicht, wie mich diese Trennung bedrückt. Aber je länger ich hierbleibe, um so besser ordne ich meine Angelegenheiten."

Das war keine faule Ausrede, sondern entsprach der Wahrheit. In zähen Verhandlungen mit seinem Verleger Julius Campe kämpfte Heine diese Wochen in Hamburg darum, die Rechte an seinem Gesamtwerk in klingende Münze umzuwandeln – ein Unternehmen, bei dem er sich als ebenso ausdauernder wie taktisch geschickter Verhandlungspartner erwies. Mit gutem Recht konnte er darum noch im selben Brief vom 13. November 1843 seiner eifersüchtigen Frau stolz die ersten Anzeichen des sich allmählich abzeichnenden finanziellen Erfolges ankündigen: „Es ist mir schon gelungen, die Abrechnungen mit meinem Verleger zu klären [...]. Jetzt handelt es sich darum, möglichst viel Geld für die Bücher, deren Rechte noch mir gehören, aus ihm herauszuziehen. Sei also ruhig und trage Deinen Verdruß geduldig und tapfer.

Diese Trennung wird Dir in der Zukunft reichlich Gewinn bringen […]. Du wirst mit Deinem Hund, der Tag und Nacht für Dich denkt, zufrieden sein." Der am 5. Dezember mit Campe ausgehandelte Vertrag fand in der Tat einen solch befriedigenden Abschluss, dass die französische „Katze" allen Grund hatte, ihrem deutschen „Hund" sein langes Fernbleiben nachzusehen: Für die Übertragung der Rechte an Heines Gesamtwerk hatte sich Campe nicht nur verpflichtet, dem Autor ab 1848 eine monatliche Rente von 2400 Francs auszusetzen, sondern auch im Falle seines Todes die gleiche Summe seiner Witwe weiterzuzahlen. Damit war eines der Hauptziele dieser für Heine nicht ungefährlichen Reise nach Deutschland erreicht, nämlich die materielle Absicherung von Mathildes Zukunft. Der Anfang, ihre Einnahmen über seinen Tod hinaus zu „fixieren", war gemacht. Es war ein erster Schritt zur Einlösung jener Selbstverpflichtung, die da in Heines Diktion lautete: „Es ist die Pflicht jedes Mannes, für das Schicksal seiner Frau in seinem Todesfalle zu sorgen und seine Witwe nicht Streitigkeiten ausgesetzt zu lassen. Das ist kein Verdienst, sondern eine Pflicht."

Die gut ein halbes Jahr später, am 19. Juli 1844 in Begleitung von Mathilde angetretene zweite Hamburgreise nahm dagegen geschäftlich wie menschlich einen weit weniger erfolgreichen Verlauf. Von allem Anfang an stand sie unter dem ungünstigen Vorzeichen, dass Heine wegen seiner Kontakte zu Karl Marx und wegen der Veröffentlichung einiger zeitkritischer Gedichte im linksradikalen Pariser *Vorwärts* mit seiner Verhaftung rechnen musste, sobald er deutschen Boden betrat. Das gab den Ausschlag dafür, dass er sowohl bei seiner An- als auch bei seiner Abreise besondere Vorsichtsmaßnahmen traf, die ihn vor möglichen Repressalien der deutschen Behörden schützen sollten: Heine nahm mit Mathilde – statt den gefährlichen Landweg durch Deutschland zu wählen – von Le Havre aus das Dampfschiff nach Hamburg und er brach, „beängstigt durch einen Wink von oben", seinen Aufenthalt in Hamburg vorzeitig wieder ab, nachdem Friedrich Wilhelm IV. von Preußen die Verhaftung der *Vorwärts*-Mitarbeiter

Börnstein, Heine, Marx und Ruge angeordnet hatte. Auch der geschäftliche Hauptzweck der Reise, der Druck der *Neuen Gedichte*, gegen deren inhaltliche Entschärfung er mit Campe hartnäckig gerungen hatte, geriet zum Misserfolg: Trotz des großen Absatzes, dessen sich das Buch bei seinem Erscheinen am 25. September 1844 erfreute, setzte sogleich die Verfolgung dagegen ein, so dass bis zum 4. Juni 1845 über fünfzig Verbote und Beschlagnahmungsaktionen im deutschsprachigen Raum erfolgten.

Vor allem in menschlicher Hinsicht entwickelte sich die Reise zu einem großen Reinfall. Heines Bestreben, Mathilde in den Hamburger Familienclan einzuführen, scheiterte kläglich. Es waren weniger die durch Mathildes unzureichende Deutschkenntnisse bedingten mangelnden Verständigungsmöglichkeiten, die eine Integration in den Familienverband verhinderten – mit gutem Willen hätte man eine ungebildete und sprachlich untalentierte Frau wie Mathilde auch ohne viele Worte in den Schoß der Familie aufnehmen können. Doch woran sich die Hamburger Verwandtschaft tatsächlich stieß, war das große soziale Gefälle, das sie von Heines Ehefrau trennte: In der Welt des Geldadels und Bildungsbürgertums, wie sie die Familie um Onkel Salomon repräsentierte, war kein Platz für eine einfache Pariser Proletarierin, die alle Kriterien einer salonfähigen Dame vermissen ließ. Ihr zweifelhafter Ruf als Grisette und ihre mangelnde Bildung sowie ihre tollpatschigen Umgangsformen verwehrten ihr den Zutritt zum Kreis der Gebildeten und Arrivierten. Der soziale Vorbehalt gegen das schlichte Arbeiterkind ging so weit, dass Gustav Heine noch Jahre später die „Neigungsheirat“ seines Bruders als großes Unglück, ja laut Charlotte Embden als „Quelle seines Ungemachs und seiner Leiden“ ansah.

Die soziale Zurückweisung durch Heines Familie verletzte Mathilde so tief, dass sie bereits nach zweieinhalb Wochen wieder die Heimreise antrat. Ihr mit der Erstausgabe seiner *Neuen Gedichte* beschäftigter Mann musste hingegen noch gut zwei Monate ohne seinen „geliebten Engel“ in Hamburg ausharren. Wiederum zeigten sich bereits nach wenigen Tagen dieselben Symptome wie während der ersten Hamburgreise: Heine verlor mit Mathilde seinen inneren Antrieb, er fühlte sich „trübselig wie eine Nachtmütze“ und er wurde depressiv. Eifersucht und Verlustangst stellten sich ein. In seiner Not verfiel er in seinen Briefen wieder in jenen seltsam widersprüchlichen Ton, in dem Unterwürfigkeit und Drohung, Bitte und Ermahnung gleich nebeneinander stehen. Als hätte er mit Mathildes Abreise seine Glücksfee verloren, verschlechterte sich nun auch zusehends sein gesundheitlicher Zustand und verfinsterte sich seine geschäftliche Perspektive. Die Tage erschienen ihm schemenhaft und leer „wie Schatten“.

Vor allem aber machte er sich Sorgen: Sorgen, ob Mathilde die Rückreise per Schiff gut überstanden hatte und wohlbehalten in Paris eingetroffen war. Sorgen, ob sie die sensationsgeile deutsche Presse, die von ihrer verfrühten Rückreise möglicherweise Wind bekommen hatte, abwimmeln konnte. Sorgen, ob sein „armes Lamm“ den zahlreichen Verführungen, die die französische Metropole zu bieten hatte, widerstand. Erst nachdem ein Brief von Mathilde ihn spärlich mit Informationen versorgt hatte, war er die erste seiner Ängste los: Seine Frau hatte, wenngleich von stürmischem Seegang gebeutelt und von „schändlichen Douaniers“ schikaniert, Paris sicher erreicht und befand sich in der Obhut der Madame Darte. Sein Versuch, die gescheiterte Familienzusammenführung aus den Schlagzeilen der „klatschsüchtigen Presse, zu deren würdigen Repräsentanten Herr Weill gehört“, herauszuhalten, war dagegen misslungen: Inzwischen hatten die deutschen Blätter in ihrer „Perfidie“ das „Geheimnis“ von Mathildes überstürzter Abreise aus Hamburg längst hinausposaunt. Das war zwar infam, aber damit ließ sich leben. Anders verhielt es sich dagegen mit der letzten der drei genannten Sorgen: den Gefahren, denen sein argloses, „armes Kind“ ohne seine schützende Hand in Paris ausgesetzt war. Die Vorstellung, dass seine „einzige Freude auf Erden“ in seiner Abwesenheit den Verführungskünsten eines gemeinen Schürzenjägers erliegen könnte, machte ihn schier verrückt: „Mein Gott, der bloße Gedanke, daß Du ohne mich in Paris bist, macht mich zittern. Mein armes Lamm, Du bist in Paris, der Hauptstadt der Werwölfe. – Nimm Dich wohl in acht, einige von ihnen haben ein sehr sanftes Aussehen; die schlimmste Sorte ist die, welche Glacéhandschuh' trägt. Du weißt wohl, daß Du nur sicher bist unter der Hut Deines Schäfers, welcher zugleich Dein Hund ist. Ich schreibe Späße nieder, und das Herz blutet mir."

Dass diese Besorgtheit für Heine nicht nur eine durch Eifersucht verursachte Pose, sondern ein selbstloses, ihn über seinen Tod hinaus beschäftigendes Anliegen war, beweist das Gedicht *Babylonische Sorgen*. In ihm artikuliert der sterbende Dichter erneut seinen Kummer darüber, dass er sein naives „Weib" allein in dem Sündenbabel Paris zurücklassen muss:

Mich ruft der Tod – Ich wollt', o Süße,
Daß ich dich in einem Wald verließe,
In einem jener Tannenforsten,
Wo Wölfe heulen, Geyer horsten
Und schrecklich grunzt die wilde Sau,
Des blonden Ebers Ehefrau.

Mich ruft der Tod – Es wär' noch besser,
Müßt' ich auf hohem Seegewässer
Verlassen dich, mein Weib, mein Kind,
Wenngleich der tolle Nordpol-Wind
Dort peitscht die Wellen, und aus den Tiefen
Die Ungethüme, die dort schliefen,
Haifisch' und Crokodile, kommen
Mit offnem Rachen emporgeschwommen –
Glaub mir, mein Kind, mein Weib, Mathilde,
Nicht so gefährlich ist das wilde,
Erzürnte Meer und der trotzige Wald
Als unser jetziger Aufenthalt!
Wie schrecklich auch der Wolf und der Geyer,
Haifische und sonstige Meerungeheuer:
Viel grimmere, schlimmere Bestien enthält
Paris, die leuchtende Hauptstadt der Welt,
Das singende, springende, schöne Paris,
Die Hölle der Engel, der Teufel Paradies –

Daß ich dich hier verlassen soll,
Das macht mich verrückt, das macht mich toll!

Heine liebte Mathilde nicht nur wie ein alternder, eifersüchtiger Gemahl, der seine junge, begehrenswerte Frau vor seinen Nebenbuhlern wegsperrt und – in der Mädchenpension der Madame Darte – versteckt; er liebte sie auch wie ein Vater, der sein Kind vor dem Bösen in der Welt bewahren und für seine unbeschwerte Zukunft sorgen möchte. Die beiden Hamburgreisen hatte er ja, wie bereits erwähnt, mitunter deshalb unternommen, um durch entsprechende Absprachen und Verträge Mathildes Auskommen über seinen Tod hinaus zu sichern. Die Unbedarftheit und Weltfremdheit Mathildes ließen es in seinen Augen notwendig erscheinen, ihr wenigstens in materieller Hinsicht den künftigen Lebensweg zu ebnen. Seiner verwöhnten Frau sollte das Los erspart bleiben, wieder in jener Gosse zu landen, aus der sie gekommen war. Vor dem Abstieg in das graue Elend der namenlosen und am Hungertuch nagenden Arbeitermassen wollte Heine sie unter allen Umständen schützen. Diese Beschützerfunktion war eines der tragenden Motive in seinem Verhältnis zu Mathilde. In dem nachgelassenen Fürsorge-Gedicht *Ich war, O Lamm, als Hirt bestellt* hat er ihr ein einzigartiges Denkmal gesetzt:

Ich war, O Lamm, als Hirt bestellt
Zu hüten dich auf dieser Welt.
Hab dich mit meinem Brod geäzt,
Mit Wasser aus dem Born geletzt.
Wenn kalt der Wintersturm gelärmt
Hab ich dich an der Brust gewärmt.
Hier hielt ich fest dich angeschlossen
Wenn Regengüsse sich ergossen
Und Wolf und Waldbach um die Wette
Geheult im dunklen Felsenbette.
Du bangtest nicht, hast nicht gezittert
Selbst wenn den höchsten Tann zersplittert

Der Wetterstral – in meinem Schooß
Du schliefest still und sorgenlos.

Mein Arm wird schwach, es schleicht herbey
Der blasse Tod! Die Schäferey,
Das Hirtenspiel, es hat ein Ende.
O Gott, ich leg in deine Hände
Zurück den Stab – behüte du
Mein armes Lamm, wenn ich zur Ruh
Bestattet bin – und dulde nicht
Daß irgendwo ein Dorn sie sticht –
O schütz' ihr Vließ vor Dornenhecken
Und auch vor Sümpfen, die beflecken,
Laß überall zu ihren Füßen
Das allerbeste Futter sprießen;
Und laß sie schlafen sorgenlos,
Wie einst sie schlief in meinem Schooß!

Ein Schuss Ironie ist diesem Gedicht, das optisch durch Alexandre-Gabriel Decamps' Gemälde *Retour du berger; effet de pluie* angeregt wurde, zweifelsohne beigemengt: Im Bild des Lammes wird nicht nur die Arglosigkeit und Schutzbedürftigkeit Mathildes, sondern bis zu einem gewissen Grad auch ihre Lebensuntauglichkeit und Begrenztheit zum Ausdruck gebracht. Das entspricht durchaus Heines persönlicher Einschätzung seiner Frau, über deren Torheit und „schwachen Kopf" er sich mehrfach bei Mutter und Schwester beklagt hat. Eine Spur ironischer Kritik ist darüber hinaus auch in den Worten enthalten, mit denen der sterbende Poet Gott anruft: Seine Bitte, nach seinem Tod über Mathilde ebenso zu wachen wie er selbst es zu Lebzeiten getan hat, birgt den geheimen Vorwurf, dass sich Gott dieses Anliegens verweigern könnte. Doch solche ironischen Untertöne vermögen nicht, die liebevolle, von väterlicher Fürsorge bestimmte Grundtendenz des Gedichts zu verdecken. Dabei ist es von besonderer Bedeutung, dass der vom Leben scheidende Sprecher sich erneut einen jesuanischen Gestus aneignet, um sein Verhältnis zu Mathilde zu beleuchten. In freier

Übertragung des zehnten Kapitels des Johannesevangeliums (Joh 10,1–18) begibt er sich nämlich auf der säkularen Ebene seiner Ehe in die Nachfolge des „guten Hirten" Jesu Christi, um das Schaf Mathilde vor den Nachstellungen der Pariser „Diebe" und „Räuber" zu schützen. Anders als der „bezahlte Knecht", der die Schafe im Stich lässt „und flieht, wenn er den Wolf kommen sieht" (Joh 10,12), gibt „der gute Hirt" Heinrich Heine sein Leben hin für sein „Lamm" und schützt es vor Hunger, Unwetter und Raubtieren. Das ist die durch das Neue Testament vorgegebene Assoziationskette, die Heines Gedicht aufgreift. Das „Hirtenspiel" mit seiner Frau ist also eine eheliche Verwirklichung des Liebesdienstes, den Jesus im spirituellen Sinne unablässig an den Seinen leistet. Insofern ist seine „Schäferey" Ausdruck der selbstlosen Aufopferungsbereitschaft, mit der er über Mathildes Wohl wacht.

Selbstverständlich ist auch dies wiederum nur eine poetische Figuration, ein scheinbar locker improvisiertes Rollenspiel. Doch wo, wenn nicht hier, hat sich Heines lebenslängliche Fürsorge und Liebe für Mathilde glaubhafter niedergeschlagen als in dieser – dem Gleichnis vom guten Hirten nachempfundenen – unorthodoxen „Schäferdichtung": Nirgendwo hat sich die selbst auferlegte Beschützerrolle in einem zärtlicheren Bild kristallisiert als in dem des Hirten, der alle äußeren Gefahren abwehrt, nirgendwo seine Hingabe für Mathilde wärmere Töne angeschlagen als in der Metapher des bergenden Schoßes, in dem die Geliebte sorgenlos schlafen kann! Deshalb muss dieser Dichtung unter den Mathilde-Gedichten auch die Sonderstellung eines authentischen Liebesbekenntnisses eingeräumt werden.

Freilich, das Brisante an Heines Verhältnis zu Mathilde bestand darin, dass hinter der fürsorglich-väterlichen Grundhaltung gleichzeitig auch solche Gefühle wie Eifersucht und Verlustangst lauerten. Darum konnte er sich nicht damit begnügen, dass es ihr unter seiner Obhut gut ging, sondern musste er auch hoffen, dass sie ihm in seiner Abwesenheit die Treue hielt. Welche Erleichterung musste es da für ihn sein, als sich bei seiner Rückkehr nach Paris am 10. Oktober 1844 herausstellte, dass sich Mathilde in seiner Abwesenheit nichts hatte zu Schulden kommen lassen. So konnte das Wiedersehen mit ihr, wie er seiner Mutter am 17. Oktober 1844 berichtete, zu einem wahren Freudenfest geraten: „[…] ich bin gestern abend im besten Wohlsein bei meiner lieben Frau in Paris angekommen. Ich fand sie frisch und gesund, und sie hat sich mit musterhaftem Gehorsam, ganz wie ich es ihr vorgeschrieben, aufgeführt. Wir sind beide noch wie betäubt von der Freude des Wiedersehens! Wir sehen uns mit großen Augen an, lachen, umarmen uns, sprechen von Euch, lachen wieder, und der Papagei schreit dazwischen wie toll. Wie froh bin ich, meine beiden Vögel wiederzuhaben. Du siehst, liebe Mutter, ich bin glücklich, wie es nur ein Mensch sein kann, da nichts auf der Welt vollkommen ist […].“

Dieses Glück sollte allerdings nicht lange währen. Unheil von außen kündigte sich an. Bereits zweieinhalb Monate nach Heines Abreise aus Hamburg war Onkel Salomon gestorben und hatte durch seinen Tod eine dramatische Verschlechterung von Heines Lebenssituation heraufbeschworen. Zu seiner großen Enttäuschung hatte ihn der reiche Onkel, der immerhin ein Vermögen von 30 Millionen Mark hinterließ, nämlich nicht mit einem satten Erbe, sondern nur mit der unbedeutenden Summe von 8000 Mark Banco bedacht, was entgegen den früheren Versprechungen des Verstorbenen bei weitem nicht ausreichte, um fortan ein von seinen schriftstellerischen Einnahmen unabhängiges Leben zu führen. Doch es kam noch schlimmer. Sein Vetter Carl Heine, jetzt Haupterbe des gewaltigen Vermögens, wandelte sich mit dem Tod des Vaters vom ehemaligen Freund plötzlich zum knauserigen Beutelschneider und Erpresser, der durch Sperrung des väterlichen Geldhahns Heines schriftstellerische Freiheit einzuschränken suchte. In einem unverschämt dreisten Brief vom 30. Dezember 1844 kündigte er Heine nicht nur die Herabsetzung der von seinem Vater ausgesetzten Jahresrente von 4800 Franc auf 2000 Franc an. Er besaß zudem die Frechheit, an die Weiterzahlung dieses Betrages die Bedingung zu knüpfen, Heine dürfe in seiner geplanten Biographie kein herabsetzendes Wort gegen seinen Vaters fallen lassen und müsse überhaupt auf jede despektierliche Darstellung seiner Familie verzichten. Heine war über diesen Erpressungsversuch so empört, dass er mit seinem Vetter sogleich einen „Todeskampf“ begann, in dem er unter Androhung eines Prozesses und einer publizistischen Auseinandersetzung Carl Heine in die Knie zu zwingen hoffte. Es ging dabei nicht nur darum, die Basis seiner Finanzen, jene Pension von 4800 Franc, zu sichern, die ihm sein Oheim „so feierlich und so bindend gelobt“ hatte. Es ging um mehr: seine Würde und Freiheit als Autor. Und deshalb musste er unter allen Umständen obsiegen. Seine verbitterte Kampfansage „Ich will mein Recht, und müßte ich es mit meinem Tode besiegeln“ hat hier ihren Grund.

Der damit einsetzende Erbschaftsstreit, der sich über eineinhalb Jahre hinzog und Heines ohnehin schon angeschlagene Gesundheit endgültig ruinierte, wirkte sich auch auf Heines Eheleben aus. Denn Mathilde war weit weniger ein dummes „Schaf“, als Heine es wahrhaben wollte. Sie besaß genug Realitätssinn, um den mit dem Tod Salomons eingetretenen Ernst der Lage in seiner gravierenden, für ihre materielle Zukunft verheerenden Konsequenz zu begreifen. Sie selbst, eine verweichlichte, jeder beruflichen Tätigkeit entwöhnte Genießerin, und ihr Mann, ein kranker, mit seinem wichtigsten Geldgeber im Zwist liegender Schriftsteller – das war keine Perspektive, auf die sich längerfristig bauen ließ. Entsprechend niedergeschlagen reagierte Mathilde auf die Hamburger Hiobsbotschaft: „Seit zwei Tagen sitzt meine Frau wie ein Marmorbild am Kamin und spricht kein Wort; das Unerhörte hat sie wie versteinert“, berichtet er Julius Campe am 8. Januar 1845. Und fünf Tage später muss er gegenüber Johann Hermann Detmold, der ihm wie Campe in dieser Sache beisteht, einräumen, dass diese temporäre Apathie nur die berühmte Ruhe vor dem Sturm war: „Sie haben keinen Begriff davon, was für gemeine Ränke ich hier gegen mich schmieden sehe, wie ich keine Ruhe habe. Dazu kommt, daß mein Hausvesuv, der seit drei Jahren ruhig war, jetzt wieder Feuer speit; Mathilde ist in dem aufgeregtesten Zustand, eine Folge der Hamburger Begebenheit.“

Aber sein „Hausvulkan“ beruhigte sich schon bald wieder. Auch wenn Mathilde infolge dieser Ereignisse vorübergehend krank wurde, fand sie schon bald zu ihrer alten Heiterkeit zurück und versuchte, ihren Henri durch allerlei Flausen davon abzuhalten, sich immer tiefer in diesen Konflikt zu verbeißen.

Die unschöne und für Heines Gesundheit so schädliche Auseinandersetzung konnte dadurch allerdings nicht aus der Welt geschafft werden. Ein Ende des Konflikts war erst abzusehen, als sich der Komponist Giacomo Meyerbeer in die Sache einschaltete und für Heine ein gutes Wort einlegte. Am 14. Juni 1846 schrieb er einen Brief an Carl Heine, in dem er bezeugte, dass dessen Vater seinem Neffen Heinrich die Pension in Höhe von 4800 Franc lebenslänglich zugesichert habe. Da er außerdem darauf hinwies, dass Heines Gesundheitszustand sich infolge der durch den Streit entstandenen pekuniären Notlage merklich verschlechtert habe, und der Dichter selbst in einem versöhnlichen Brief erklärte, er werde in seinen Schriften nichts Negatives über Salomon und seine Familie veröffentlichen, lenkte Carl schließlich ein. Ende Februar besuchte er Heine in Paris, söhnte sich unter Tränen mit ihm aus und sicherte ihm die Weiterzahlung der Pension in der von seinem Vater festgesetzten Höhe zu. Voller Freude kann Heine darum seiner Mutter am 28. Februar 1847 die frohe Kunde übermitteln: „Mit Carl Heine bin ich ganz aufs reine, ja, ich bin sogar sehr mit ihm zufrieden! Nicht bloß, daß er mir die Pension, ganz so wie ich sie früher von seinem Vater bezogen, bis an mein Lebensende auszahlt, sondern er hat mir noch außerdem das feierliche Versprechen erteilt, daß nach meinem Tode […] die Hälfte der Summe, nämlich 2400 Francs, als lebenslängliche Pension auf meine mich überlebende Frau übergehen solle. Das ist mir lieber, als wenn er mir eine große Summe geschenkt hätte. Zwar ist es noch eine große Frage, ob die Katze mich überlebt, aber sie ist so verwöhnt und unerfahren, daß ich nicht genug für sie sorgen kann. Wär sie klüger, würde ich mich minder mit ihrer Zukunft beschäftigt haben, und auch hier siehst Du, wie die Dummheit eine glückliche Gottesgabe ist, denn andere müssen für sie sorgen.“

Aber wie gesagt, die verwöhnte „Katze" Mathilde war in materieller Hinsicht nicht so dumm, wie Heine sie darstellte. Ihre Unerfahrenheit in Sachen Geld war kein Hindernis dafür, dass sie nach Heines Tod zu einem selbstgenügsamen Leben fand. Dank der Zahlungen Carl Heines und Julius Campes, aber auch dank des Verkaufs von Heines Nachlass war sie in der Lage, den aus ihrer Ehe gewohnten Lebensstandard zu halten und an der Seite ihrer Gesellschafterin Pauline ihren alten Vergnügungen nachzugehen. Ihre große Leidenschaft aber blieben die Tiere. Neben „Cocotte", dem geliebten Papagei, soll Mathilde noch ein Vogelhecke mit 60 Kanarienvögeln sowie drei Bologneserhunde besessen haben. Doch dieser Luxus war bezahlbar. So kam es, dass die große „Verbrengerin" entgegen Heines Befürchtungen keineswegs in Armut starb, sondern nach ihrem Tod im Februar 1883 sogar ein Vermögen von rund 17 000 Franc hinterließ.

Heines Mathilde-Bild war indes nicht nur in finanzieller Hinsicht schief. Ebenso wie Mathilde nach Heines Tod mehr praktischen Sachverstand an den Tag legte, als dieser ihr zugetraut hatte, war sie weit weniger schutzbedürftig und unbedarft, als er es in seiner späten Lyrik und einer Reihe von Briefäußerungen suggerierte. Das Verhältnis von Hirte und Lamm, das er in seinem Gedicht *Ich war, O Lamm als Hirt bestellt / Zu hüten dich in dieser Welt* als Paradigma für ihre Beziehung hingestellt hatte, drehte sich nämlich mit dem Ausbruch seines unheilbaren Rückenmarksleidens geradezu um: Jetzt verwandelte sie sich zur Hirtin, die ihren zum Pflegefall gewordenen Mann wie ein schutzbedürftiges Lamm behütete und versorgte. Sie saß an seinem Bett, versah ihn mit den nötigen Medikamenten, tröstete und ermutigte ihn, erzählte ihm allerlei Geschichten von den Abenteuern, die sie auf ihren Ausfahrten mit der Kutsche erlebt hatte, und las ihm gelegentlich sogar vor.

Diese Pflege und Fürsorge seiner Frau hatte Heine spätestens ab 1848 dringend nötig. Denn der Ursprung von Heines Erkrankung war wahrscheinlich syphilitischer Natur, und diese setzte seinen Körper einem wahren Ansturm der unterschiedlichsten

Leiden aus: Zerstörung des Sehvermögens und des Gehörs, Erschwerung im Gebrauch der Zunge, Verfall der mimischen Muskulatur, verbunden mit dem Unvermögen, die Augenlider zu heben; vor allem aber – entsprechend dem Krankheitsbild der „Tabes dorsalis", der so genannten Rückenmarksschwindsucht, einer Unterform im Quartärstadium (Neurolues) der Syphilis – Befall der Nervenstränge im Rückenmarksbereich, aus welchem dauernd einschießende, „lanzierende" (d. h. wie von Lanzenstichen verursachte) Schmerzen resultierten sowie heftigste Beschwerden in Bauch, Glied, Blase und Enddarm; zudem eine völlige Unterbindung der Stell- und Gehreflexe, so dass Heine von Mai 1848 an zu völliger Immobilität verurteilt war und die folgenden Jahre bis zu seinem Tod am 17. Februar 1856 an sein Folterbett, seine so genannte Matratzengruft, gekettet war.

Heine selbst war von Beginn an davon überzeugt, von einer das Nervensystem zerstörenden Form der Syphilis befallen zu sein. Aus diesem Grund hat er nicht nur die einschlägige medizinische Fachliteratur wie zum Beispiel die Werke des großen Neurologen Romberg studiert, sondern auch entsprechende Andeutungen gegenüber Freunden gemacht. Nach einem Besuch bei Heine schreibt etwa Ferdinand Lassalle im Juli 1855 an Karl Marx: „Heine, bei dem ich auch erst einmal war, ist *äußerst* herunter. Sein Geist ist aber so hell und scharf wie je, nur etwas gegen die Welt verbittert, wie es mir schien. Er freute sich sehr mich zu sehen und rief nach der ersten Begrüßung gleich aus (auf seinen Schwanz weisend): ‚Sehen Sie, welcher Undank! Diese Partie, für die ich soviel getan habe, hat mich soweit gebracht.'"

Überhaupt war es jetzt der Humor, mit dem Heine seinen allmählichen körperlichen Verfall, der ihn immer mehr abmagern und auf die Größe eines in sich verkrümmten Kindes zusammenschrumpfen ließ, zu kaschieren suchte. Wie zur Vorwarnung hatte er am 13. April 1847, also zu einem Zeitpunkt, als er noch mit Mühe auszugehen vermochte, an Caroline Jaubert die sarkastischen Zeilen gerichtet: „Letzten Endes verbirgt das Fleisch die Schönheit, die sich erst nach einer Krankheit [...] in ihrer ganzen idealen Herrlichkeit enthüllt; ich meinerseits habe mich gegenwärtig zum Skelett verschönert. Die hübschen Frauen drehen sich um, wenn ich durch die Straßen gehe. Meine geschlossenen Augen (das rechte Auge ist nicht mehr als ein Achtel geöffnet), meine hohlen Wangen, mein fiebriger Bart, mein wankender Gang, all das verleiht mir das Aussehen eines Sterbenden, das mich hinreißend macht! Ich versichere Ihnen, ich habe jetzt großen Erfolg als Todkranker. Ich esse Herzen; ich kann sie nur nicht verdauen." Diese Form des Galgenhumors war typisch für ihn. In ihr brach etwas Heroisches durch, das sich gegen das Unausweichliche seines tragischen physischen Niedergangs mit einem trotzigen Lachen auflehnte.

Mathilde aber war das Lachen schon längst vergangen. Sie musste den unaufhaltsamen physischen Verfall ihres armen Henri, von den ersten Lähmungserscheinungen bis zum Ausfall ganzer Organe, hautnah miterleben. Das schlug ihr zu Heines Kummer zwischendurch aufs Gemüt. Denn die fortschreitende Verschlimmerung seines Gesundheitszustands hatte auch für ihr Zusammenleben gravierende Folgen. „Meine Lippen sind manchmal so lahm", schreibt er bereits im Februar 1846 an Ferdinand Lasalle, „daß ich ganze Abende schweigend neben meiner Frau am Kamin sitze. ‚Quelle conversation allemande!' ruft sie dann manchmal seufzend aus." Vielleicht mag Mathilde zu Beginn der Krankheit noch Hoffnung auf Besserung gehabt haben. Je weiter sich aber die Tabes dorsalis in Heines Körper ausbreitete und immer neue Körperpartien befiel, desto verzweifelter musste sie werden.

Auch den Besuchern Heines fiel auf, in welch misslicher Lage sich Mathilde befand. Immerhin war sie nach Auffassung Ferdinand Meyers dazu verdammt, „ihr junges blühendes Leben" einem „Kadaver" zu opfern. Dennoch ist sie – nach dem übereinstimmenden Urteil solch unterschiedlicher Zeugen wie Martin Cohn, Friederike von Hohenhausen und Heinrich Laube – ihrem kranken Mann mit aufopfernder Liebe zur Seite gestanden und hat ihn im Rahmen ihrer Möglichkeiten acht Jahre lang gepflegt, auch wenn die Hauptlast dieser schweren Aufgabe seit 1848 von einer ausgebildeten Krankenschwester getragen wurde. Manch andere Frau im Alter Mathildes hätte in dieser Situation ihren Gatten im Stich gelassen und einen Neuanfang gewagt. Mathilde aber hat das Kreuz dieser Ehe getragen und Heine – ihrem früheren Versprechen gemäß – weiter die Treue gehalten. Trotz der Niedergeschlagenheit, in die sie die Unheilbarkeit von Heines Krankheit versetzen musste, hat sie sich immer wieder gefasst, um ihrem Mann sein Martyrium so erträglich wie möglich zu machen. Durch ihre tapfer zur Schau gestellte Heiterkeit und Vitalität hat sie sich unverdrossen darum bemüht, ein wenig Abwechslung in den tristen Alltag des bettlägerigen Dauerpatienten zu bringen.

Heine selbst war sich der heilenden Wirkung von Mathildes Gegenwart durchaus bewusst. Je hilfloser er wurde, desto mehr begann er, an seiner Frau zu hängen. In seinen Briefen finden sich einzelne Spuren dieser rührend anmutenden Anhänglichkeit. Mathildes Stimme erscheint ihm jetzt wie „ein tönender Balsam" für seine „wunde Seele", die ein wenig Sonnenschein und „Blumenduft" in die morbide Tristesse seines abgedunkelten Zimmers bringt. Voller Dankbarkeit nimmt er zur Kenntnis, wie sie durch ihr „exemplarisches" Verhalten seine traurige Existenz zu „verschönen" und „soviel als möglich zu erheitern" sucht. In diesen Jahren des Leidens wird Mathilde „zur einzigen Ursache, warum [er] dieses hundsföttische Leben noch mit Geduld" erträgt. Denn außer der „deutschen Muße", seiner „Hausfrau" und Gott hat nun Heine nichts mehr, wofür es sich zu leben lohnte. Selbstmordgedanken kommen in ihm auf. Doch da ist es wiederum die Präsenz Mathildes, die ihn vor einer solchen Kurzschlusshandlung bewahrt. „Hätte ich nicht Frau und Papagei", erklärt er zynisch gegenüber Heinrich Laube, „ich würde (Gott verzeih mir die Sünde) wie ein Römer der Misere ein Ende machen!"

Es gab allerdings auch Momente, in denen die anhaltende Lebenslust Mathildes zu einer schweren Belastungsprobe für den schon mit einem Bein im Grab stehenden Dichter wurde. Denn wie das Gedicht *Den Strauß, den mir Mathilde band*, von dem hier nur die ersten beiden Strophen zitiert seien, eindringlich vergegenwärtigt, wurde Heine durch Mathildes Vitalität immer wieder an ein ‚Vorleben' erinnert, das er längst abgeschlossen und gegen das „Totenreich" eingetauscht hatte:

Den Strauß, den mir Mathilde band,
Und lächelnd brachte, mit bittender Hand
Weis' ich ihn ab – Nicht ohne Grauen
Kann ich die blühenden Blumen schauen.

Sie sagen mir, daß ich nicht mehr
Dem schönen Leben angehör,
Daß ich verfallen dem Totenreiche,
Ich arme unbegrabne Leiche.

Die Blütenträume aus besseren Tagen waren ausgeträumt, seine Hoffnung auf eine Rückkehr in die Welt der Lebenden geschwunden. Da war es am besten, sich in die Gedankenwelt eines lebenden Toten zurückzuziehen. Irdische Schönheit und weltliche Reize mussten da wie eitler Wahn und Hohn wirken. In seinem Bett lag schon lange kein schönes Weib mehr. An seinem Bett wachte eine alte Krankenwärterin, die *Frau Sorge*:

In meines Glückes Sonnenglanz,
Da gaukelte fröhlich der Mückentanz.
Die lieben Freunde liebten mich
Und theilten mit mir brüderlich
Wohl meinen besten Braten
Und meinen letzten Dukaten.

Das Glück ist fort, der Beutel leer,
Und hab' auch keine Freunde mehr;
Erloschen ist der Sonnenglanz,
Zerstoben ist der Mückentanz,
Die Freunde, so wie die Mücke,
Verschwinden mit dem Glücke.

An meinem Bett in der Winternacht
Als Wärterin die Sorge wacht.

Sie trägt eine weiße Unterjack',
Ein schwarzes Mützchen, und schnupft Tabak.

Die Dose knarrt so gräßlich,
Die Alte nickt so häßlich.

Mir träumt manchmal, gekommen sey
Zurück das Glück und der junge May
Und die Freundschaft und der Mückenschwarm –
Da knarrt die Dose – daß Gott erbarm,
Es platzt die Seifenblase –
Die Alte schnäuzt die Nase.

In einer der zeitgenössischen Besprechungen wurde die Gestalt der *Frau Sorge* despektierlich nicht als konkrete Person, sondern als ein Sinnbild für Heines „angekränkelte" Muse gesehen, die sich von einer „schalkhaften, munteren, frechen Dirne" zu einer ungraziösen „alten, häßlichen Krankenwärterin" transformiert habe. Das ist nicht nur eine ignorante Herabsetzung des genialen, eine neue Form von Todesdichtung kreierenden Spätwerks Heines. Das ist auch eine plakative, am inhaltlichen Kern des Gedichts vorbeigehende und auf den Effekt von Schlagwörtern setzende Schmalspurinterpretation. Vollkommen unberücksichtigt blieb dabei die Tatsache, dass mit der zur Frauengestalt personifizierten Sorge Heine ein existentielles Leitmotiv seiner letzten Jahre in der Matratzengruft aufgreift. Sorgen gab es für ihn nämlich auch in dieser letzten Lebensphase zuhauf: Sorgen um den weiteren Verlauf seiner Krankheit, Sorgen um die mit seiner medizinischen Behandlung verbundenen Kosten, Sorgen um die richtige Betreuung seines Nachlasses, Sorgen um seine greise, in Deutschland lebende Mutter – vor allem aber Sorgen um Mathildes Zukunft. Insofern ist die Gestalt der *Frau Sorge* auch eine Allegorie für Heines permanent um Mathildes künftiges Wohl kreisende Gedanken.

Dabei hatte er schon längst das Menschenmögliche getan, um ihre Zukunft zu sichern. Er hatte sie geheiratet und damit in den Rang einer ehrbaren Frau erhoben. Er hatte in zähen Verhandlungen durchgesetzt, dass die Hälfte der Bezüge, die er zu Lebzeiten von Campe und Carl Heine erhielt, ihr nach seinem Tode zukamen. Und er hatte sie schließlich in seinem Testament zu seiner Universalerbin eingesetzt, die auch über die verbleibenden Rechte an seinem Nachlass frei verfügen konnte. Trotzdem liebte er sie so manisch und wider „alle Vernunft", dass er sie in Gedanken nicht freigeben wollte. Da er sich nicht vorstellen konnte, jemals von ihr getrennt zu sein, drohte er ihr sogar an, nach seinem Tod als Erscheinung wiederzukehren, „um ihre Angelegenheiten in Ordnung zu halten". Gleichwohl war er natürlich Realist genug, um zu wissen, dass sein Tod über kurz oder lang eintreten musste. Für den Fall dieser Trennung von Mathilde hat er noch einmal seine ganze poetische Überredungskunst aufgeboten, um den Himmel für seine Frau in die Pflicht zu nehmen. In dem Gedicht *An die Engel* fleht der scheidende Dichter darum, dass die himmlischen Heerscharen sein Wächteramt übernehmen und Mathilde fortan beschützen sollen:

Das ist der böse Thanatos,
Er kommt auf einem fahlen Roß;
Ich hör' den Hufschlag, hör' den Trab,
Der dunkle Reiter holt mich ab –
Er reißt mich fort, Mathilden soll ich lassen,
O, den Gedanken kann mein Herz nicht fassen!

Sie war mir Weib und Kind zugleich,
Und geh' ich in das Schattenreich,
Wird Witwe sie und Waise seyn!
Ich lass' in dieser Welt allein
Das Weib, das Kind, das, trauend meinem Muthe,
Sorglos und treu an meinem Herzen ruhte.

Ihr Engel in den Himmelshöhn,
Vernehmt mein Schluchzen und mein Flehn:
Beschützt, wenn ich im öden Grab,
Das Weib, das ich geliebet hab';

Seyd Schild und Vögte eurem Ebenbilde,
Beschützt, beschirmt mein armes Kind, Mathilde.

Bey allen Thränen, die ihr je
Geweint um unser Menschenweh,
Beim Wort, das nur der Priester kennt
Und niemals ohne Schauder nennt,
Bey eurer eignen Schönheit, Huld und Milde,
Beschwör' ich euch, ihr Engel, schützt Mathilde.

Angesichts dieser rührenden Petition eines Sterbenden, der selbst noch auf dem Totenbett bessere Lebensbedingungen für seine Frau auszuhandeln sucht, vor allem aber angesichts von Mathildes Beistand für ihren kranken Mann und dessen unermüdlichem Einsatz für ihr künftiges Wohl relativiert sich das Gewicht der Stimmen, die dieser Ehe einen Mangel an Liebe und Glück nachsagten. Heine und Mathilde, der Dichter und die Schuhverkäuferin, sie bildeten bei all ihrer sozialen und intellektuellen Ungleichheit ein Paar, das sich gegenseitig stützte, befruchtete und aneinander wuchs. Keiner von beiden hätte ohne den anderen auf Dauer überleben können. Nur gemeinsam vermochten sie sich ein Reich zu schaffen, in das sie sich zeitweise vor ihrer lieblosen Umgebung zurückziehen konnten. Wir schließen uns daher dem Urteil des Heine-Biographen Helmut Hädecke an, wenn er diese Beziehung mit den Worten auf den Punkt bringt: „Vor der elementaren Stärke und Reinheit seiner Gefühle, der Tiefe und Komplexität seiner Leidenschaft für dieses unbändige, ungebrochene Menschenkind, das er, der vielfach Gebrochene, um seine Ungebrochenheit beneidete, dessen wilde Natürlichkeit ihn entzückte, das für ihn, ungeachtet aller Grausamkeiten, ungeachtet ihrer beider Kindlichkeit, immer auch das *ganz andere*, das aufregend Fremde, das nie vorher Erlebte darstellte – angesichts dessen ist die Überlegung müßig, wenn nicht lächerlich, was Heine in dieser Ehe vermisste und ob ihm nicht eine geistig ebenbürtige Frau besser getan hätte: was ja keineswegs erwiesen ist. Heine wäre ohne Mathilde einfach zugrunde gegangen."

„Dich fesselt mein Gedankenbann"
Elise Krinitz

Sie war wie ein Wesen aus einer anderen Welt. Einer Welt, der er selbst einmal in glücklicheren Tagen angehört hatte. Als Elise Krinitz (1825–1896), glühende Verehrerin Heines und aufstrebende Künstlerin mit heimlichen literarischen Ambitionen, am 19. Juni 1855 zum ersten Mal über die Schwelle von Heinrich Heines Pariser Wohnung in der Avenue de Matignon schritt, da schien es, als fiele ein Lichtstrahl in jenes verdunkelte, vom Tode umwehte Krankenlager, das der Dichter selbst spöttisch seine „Matratzengruft" nannte. Seit sieben Jahren lag er nun mit seinem auf Kindergröße geschrumpften Körper auf diesem Prokrustesbett und musste tatenlos mit ansehen, wie er – ein lebendig Begrabener in seinem Mausoleum – von der Wirklichkeit um sich herum Tag für Tag mehr abgeschnitten wurde. Die starken Dosen an Morphium, die ihm die Ärzte gegen seine Rückenmarksschwindsucht verabreichten, zeigten allmählich Wirkung: Heine versank immer tiefer in einen Dämmerzustand, der sich an der Grenze des Todes bewegte. Leben und Tod begannen, sich in seinem Inneren zu einem diffusen Schattenreich zu vermengen, aus dem zurückzukehren jedes Mal schwieriger wurde. Während so der Straßenlärm des Großstadtlebens unter seinem Fenster weiterhin an sein Ohr brandete, begann sein Lebenswille langsam zu erlöschen. Schon schien sich die Tür zu schließen, die ihn noch mit dem Diesseits verband. Da trat in Gestalt von Elise Krinitz eine Gestalt in sein Leben, die diese Tür noch einmal aufstieß.

Dabei war sie nicht einmal ausnehmend schön. Heines Schwester Charlotte Embden beschrieb sie als Erscheinung, die ihre Umgebung nicht durch ihre äußere Attraktivität, sondern durch ihren jugendlichen Liebreiz für sich einnahm: „Von Gestalt mittelgroß, mehr anmutig als schön, umrahmten braune Locken ihr feines Gesicht, aus dem schelmische Augen über dem Stumpfnäschen hervorblickten, und ein kleiner Mund, welcher beim Sprechen und Lächeln eine Reihe perlenweißer Zähne zeigte. Hände und Füße waren klein und zierlich, und alle ihre Bewegungen hatten etwas ungemein Graziles." Von dieser Zierlichkeit, die mit der Munterkeit einer in Paris aufgewachsenen Sächsin gepaart war, zeigte sich Heine vom ersten Moment an wie vom Blitz getroffen. Es war der berühmte *coup de foudre*, die Liebe auf den ersten Blick, die den auf sein Marterbett Gefesselten noch einmal mit dem Feuer jugendlicher Liebe erfüllte. Schon am Tag nach ihrer ersten Begegnung zeigte Heine alle Symptome eines verliebten Narren, der sich über die Grenzen der Konvention bedenkenlos hinwegsetzt. In einem ersten Brief schreibt er der anmutigen Besucherin: „Sie haben einen äußerst vortheilhaften Eindruck hinterlassen und ich sehne mich nach dem Vergnügen, Sie recht bald wiederzusehen. – Wenn es Ihnen möglich ist, kommen Sie morgen [...]. Den ganzen Tag bin ich zu jeder Stunde bereit, Sie zu empfangen."

Ist es nicht seltsam? Zu einer Zeit, als Heine sich damit abgefunden hatte, allmählich ins Reich der Toten hinüberzugleiten, rief der Zauber einer ihm bis dahin unbekannten Besucherin noch einmal ins Irdische zurück und ließ die Glut der Leidenschaft unter der Asche seiner verlöschenden Existenz von neuem aufflammen. Doch diese Frau, die Heine nach ihrem Petschaft, in das eine Fliege eingraviert war, seine „Mouche" nannte, war welterfahrener und älter, als es der Dichter wahrhaben wollte. Auch wenn er sie schon bald verniedlichend mit „mein süßes Kind", „mein allerliebstes Moschuskätzchen" oder „schwäbisches Vögelein" anredete, war sie eine 30-jährige Frau, die – trotz ihrer offensichtlich zarten Konstitution – schon manchen harten Lebenskampf bestanden hatte.

Das belegt ihre an Turbulenzen reiche Lebensgeschichte. Schon deren Beginn stand unter keinem besonders günstigen Stern: Denn als die Mouche am 22. März 1825 in dem sächsischen Elbestädtchen Belgern im Landkreis Torgau, Regierungsbezirk Leipzig, das Licht der Welt erblickte, da war ihre Mutter Johanna Christiana Müller (geb. Schumann) durch die Entbindung so geschwächt worden, dass sie einen Tag später an deren Folgen starb. Ursprünglich hatte ihr Vater, der Tuchmachermeister Christian Friedrich Müller, wohl vorgehabt, die auf den Namen Johanna getaufte Neugeborene selbst großzuziehen. Doch da er außer dem Mädchen noch für einen kleinen Sohn zu sorgen hatte und weiterhin seinem Beruf nachgehen musste, entschloss er sich, seine Tochter zur Adoption freizugeben. Seriöse Adoptiveltern waren Gottlob schnell gefunden: das in Paris lebende Ehepaar Adolph und Emilie Krinitz. Sie schienen dem leiblichen Vater eine gute Wahl, weil sie im Gegensatz zu ihm über die nötigen Finanzen verfügten, um seine Tochter gutbürgerlich zu erziehen. Immerhin handelte es sich bei dem Adoptivvater um einen wohlhabenden „Kunst- und Handelsherrn" aus Leipzig. Deshalb zeigte sich Müller auch bereit, dem Wunsch der Adoptiveltern zu entsprechen und Johanna auf die Namen Emilie Adolphine Elise umtaufen zu lassen. Damit waren die Voraussetzungen für die am 7. August 1826 erfolgte Adaption geschaffen.

Die achtzehn Monate alte Waise wurde von ihren neuen Eltern daraufhin nach Paris gebracht. Obwohl sie dort eine unbeschwerte Kindheit verleben durfte, holten sie die Schattenseiten des Daseins doch wieder ein: Nachdem ihr Ziehvater sich 1834 bei Bankgeschäften in den Vereinigten Staaten verspekuliert hatte und in Konkurs ging, waren ihre Adoptiveltern über Nacht mittellos geworden. Trotzdem erhielt Elise eine gute Schul- und Musikausbildung und entwickelte sich zu einer ansehnlichen Pianistin. Andererseits war sie aber ständig auf fremde finanzielle Hilfe angewiesen. Das mag der Grund gewesen sein, warum sie sich schließlich mit einem jungen Mann liierte, dessen Familie sie jahrelang unterstützt hatte. Nach dem finanziellen Debakel ihres Adoptivvaters folgte nun das menschliche dieser Beziehung: Der Verlobte erwies sich als engstirniger Sittenrichter, der ihre Freiheit soweit einschränkte, dass er ihre Lektüre kontrollierte. Schon nach kurzer Zeit musste die Verlobung deshalb wieder aufgelöst werden. Doch kam es noch schlimmer, als sie sich kurze Zeit später zur Heirat mit einem jungen Franzosen verleiten ließ. Dieser flatterhafte Dandy, der auf frivole Weise sein Vermögen verprasste, war nicht nur dafür verantwortlich, dass ihre angehende Pianistenlaufbahn abrupt endete. Er trug auch Schuld daran, dass Elise Krinitz noch in späteren Jahren an den Spätfolgen eines schweren seelischen Traumas litt. Denn um sich seiner Frau, der er bald überdrüssig war, zu entledigen, hatte er sich folgenden diabolischen Plan ausgedacht: „Er forderte sie auf, ihn auf einer Geschäftsreise nach England zu begleiten, und als sie sich in London befanden, ersuchte er sie, mit ihm eine befreundete Familie zu besuchen. Der Wagen hielt vor einer hübschen Villa, wo ein alter Herr sie aufs Freundlichste empfing, und kaum waren sie in einen eleganten Salon geführt, so war ihr Gatte verschwunden. Bald gewahrte sie, daß sie sich in einer Irrenanstalt befinde, und auf ihr Schreien und Weinen, sie wieder fortzulassen, wurden Zwangsmittel angedroht, falls sie sich nicht beruhigte. Der Schrecken alterirte die unglückliche Frau dermaßen, daß eine Zungenlähmung sie längere Zeit am Sprechen hinderte. Erst nach einigen Wochen ward sie Herr ihrer körperlichen Kräfte und konnte den Arzt überzeugen, daß sie nicht geisteskrank sei, worauf ihr die Rückkehr nach Paris gestattet wurde."

Ob diese Geschichte tatsächlich wahr ist, lässt sich nachträglich nicht mehr genau eruieren. Erwiesen ist allerdings, dass sich die Mouche in dieser Zeit de facto in London aufgehalten hat. Umgekehrt steht aber auch fest, dass diese Frau sich bewusst mit dem Schleier des Geheimnisvollen umgab, um ihre Identität vor dem Zugriff neugieriger Zeitgenossen zu schützen. Über fünf Jahrzehnte hinweg versteckte sie sich hinter verschiedenen Pseudonymen wie van Belgern, Margot Bellgier, Margot von Gérat, Margareth B., Sarah Denningson, Camille Selden, Monka Monck und Mouche, und sie hat auch Heine gegenüber von dieser Verschleierungstaktik zunächst Gebrauch gemacht. Es ist von daher sicher kein Zufall, dass es erst 1999 gelungen ist, das Geheimnis um ihre Person zu lüften. Menso Folkerts hat nachgewiesen, dass die Mouche nicht, wie sie es selbst gegenüber Fritz Mauthner angedeutet hatte, eine uneheliche Tochter des Grafen Nostiz und einer Gouvernante aus Prag war, sondern eben jene besagte Tochter von Christian und Johanna Müller aus Belgern.

Der Grund für dieses Versteckspiel, das übrigens ganz der romantischen Modeerscheinung der Mystifikation des eigenen Selbst entsprach, war weniger das Bestreben, ein ominöses Kapitel aus ihrer Vergangenheit zu verbergen. Es diente vielmehr dem Ziel, in einer von Männern dominierten Gesellschaft ihr jene Freiheit zu sichern, die sie einerseits zum Ausleben ihrer libertinären erotischen Neigungen, andererseits zur Verwirklichung ihrer ehrgeizigen literarischen Ambitionen bedurfte. Denn in beiden Bereichen war die Mouche kein unbeschriebenes Blatt. Weder, was ihre Beziehung zu Männern, noch, was ihre künstlerischen Versuche betraf, war sie ein unerfahrener Backfisch. Das Gegenteil war eher der Fall. Statt jenes unschuldige „Gänschen“ zu sein, als das sie Heine so gerne sah, hatte sie es immer wieder verstanden, bedeutende Männer in ihren Bann zu ziehen. So war sie als 18-Jährige zwei Jahre lang mit einem engen Freund Heines, dem Schriftsteller Alfred Meissner, liiert gewesen, obwohl dieser sie zunächst für eine Lorette, eine Dumassche Kameliendame, gehalten hatte. Später dann, nach Heines Tod, wurde die Geliebte des Historikers Hippolyte Taine, mit dem sie zum Ärger von dessen Familie elf Jahre lang in einer freien Beziehung zusammenlebte.

Aber auch als Autorin verstand sie es, sich durchzusetzen. Statt sich mit der Rolle einer Adorantin ihrer großen Freunde Heine und Taine zu begnügen, entwickelte sie sich bald zu einer selbstbewussten Autorin, die es mit der Genialität ihrer beiden Meister zwar nicht aufnehmen konnte, aber durch die eigenwillige Handschrift ihrer Werke zumindest aus deren Schatten trat. Taine leistete dabei wichtige publizistische Schützenhilfe: Durch das positive Rezensieren von drei ihrer Bücher sorgte er dafür, dass seine Lebensgefährtin in Frankreich einen gewissen Bekanntheitsgrad errang. Das literarische Talent seiner Freundin war übrigens auch schon Heine aufgefallen. Als sie ihm eines Tages eine Kostprobe ihres Könnens zur Durchsicht überließ, musste er verwundert einräumen: „Die Novelle hat mich keineswegs gelangweilt und verspricht viel für die Zukunft [...]. Du bist nicht so dumm wie du aussiehst; nur sylphenhaft bist Du über alle Beschreibung, und daran habe ich meine Freude."

Wie sehr Heine damit Recht behalten sollte, geht aus dem weiteren Leben von Elise Krinitz hervor. Unter dem Pseudonym Camille Selden hat sie nach Heines Tod acht Romane und Biographien sowie verschiedene Bände mit Novellen und Essays verfasst, auch wenn sie wegen zunehmender Geldsorgen ab 1882 gezwungen war, eine Stelle als Lehrerin für neuere Sprachen am Lycée de Jeunes Filles „Jeanne d'Arc" in Rouen anzunehmen. Zu ihren Werken gehören u. a. die fiktive Musikerbiographie *Daniel Vlady*, der Aufsatzband *L'esprit moderne en Allemagne* (mit Beiträgen über Heine, Hebbel und Keller), eine Übersetzung von Goethes *Wahlverwandtschaften* sowie die romanhafte Gestaltung ihrer Lebensgeschichte in ihren so genannten *Memoiren*, die allerdings, statt einen biographischen Bericht zu liefern, dem bereits erwähnten Zweck der Selbstverhüllung dienten. Das erfolgreichste ihrer Werke war zweifellos ihr Buch *Heinrich Heines letzte Tage*, das mit fast dreißigjähriger Verspätung ihre Begegnung mit dem sterbenden Dichter schilderte und in Deutschland, Frankreich und England verkauft wurde.

Aus diesen *Erinnerungen* geht übrigens hervor, dass ihre erste Begegnung mit Heine wesentlich ernüchternder verlief, als sie es sich ausgemalt hatte. Mit einem Brief, in dem sie sich als eine glühende Verehrerin und Landsmännin Heines zu erkennen gab, hatte sie sich selbst bei dem Dichter eingeführt. Voller Erwartung erklomm sie die Treppen zu dessen Pariser Domizil. Als sie nun aber die Wohnung betrat, da war nichts von dem Glanz und der Glorie zu spüren, die man von den heiligen Hallen eines Dichterfürsten erwarten darf. Das Mobiliar der aus drei oder vier Zimmern bestehenden Wohnung gehörte einer längst entschwundenen Epoche an und die Räume zeigten keine Spur von Komfort oder Eleganz. Eine Atmosphäre eiserner Sparsamkeit schien auf dem ganzen Haushalt zu lasten. Auch das Bild der Hausherrin, Heines Ehefrau Mathilde, die sie bei dieser Gelegenheit zum ersten und zum letzten Mal zu Gesicht bekam, entsprach so gar nicht dem Bild, das der Heine-Mythos von ihr gewoben hatte: „Eine schöne, elegante, zierliche Gestalt, mit bleichen, interessanten Zügen und großen rätselhaften Augen – so hatte ich sie mir ausgemalt. Nun aber stand eine brünette, ziemlich starke Dame vor mir, welche harmlos vergnügt aussah und sich, nach ihrer frischen, gesunden Gesichtsfarbe zu schließen, viel im Freien bewegte." Dass diese Frau in ihr vom ersten Moment an eine Rivalin erkannte, war offensichtlich: Ihren Gruß erwiderte sie nicht und bei ihren weiteren Besuchen verweigerte sie sich kategorisch Heines Bitte, den Gast zum Essen einzuladen. Aber zumindest duldete sie die Gegenwart des Eindringlings, was bei Mathildes notorischer Eifersucht ungewöhnlich war.

Kein Wunder also, dass nach diesen enttäuschten Erwartungen sich die Aufmerksamkeit der Besucherin ganz auf die Person des bewunderten Dichters richtete, der in einem dunklen Zimmer hinter einem mit Papier verkleideten Wandschirm aufgebahrt war. Doch auch dessen Anblick war viel prosaischer, als sie es sich vorgestellt hatte: „Auf einem ziemlich niedrigen Lager [...] ruhte ein kranker, halbblinder Mann, der bedeutend jünger aussah, als er es in Wirklichkeit war, und dessen Züge von einem eigentümlich fesselnden Interesse waren: Ich glaubte einen Christuskopf vor mir zu sehen, über dessen Gesicht Mephistos Lächeln glitt. Der Kranke richtete sich empor, und, mir die Hand reichend, drückte er seine Freude darüber aus, eine Persönlichkeit bei sich zu sehen, die ‚da unten' gewesen war. Bei diesem ‚da unten' entschlüpfte ihm ein Seufzer, der wie der Widerhall einer wohlbekannten, aber schon lange nicht mehr gehörten Melodie erstarb."

Dass trotz Heines befremdlicher Erscheinung diese erste Begegnung sich schon bald zum Liebesverhältnis auswuchs, führte die Mouche auf die Seelenverwandtschaft zurück, die sich zwischen ihr und Heine spontan ergab. Von Anfang an muss eine solch eigentümliche Vertrautheit zwischen ihnen geherrscht haben, dass der Meister sie sogleich geduzt hat: „Heine beugte sich vor der Anziehungskraft gleichgearteter Geister. [...] Weil wir uns vom ersten Augenblicke an kannten, war jede Möglichkeit eines Mißverständnisses von vorneherein ausgeschlossen, und ohne Furcht vor falschen Deutungen konnten wir uns zeigen, wie wir wirklich waren." In der Tat erreicht ihre Beziehung innerhalb kürzester Zeit einen so hohen Grad an Zärtlichkeit, dass der emotionale Abstand, der einen 58-jähriger Todeskandidaten von einer 30-jährigen Lebenskünstlerin trennt, sogleich aufgehoben war. Einen willkommenen äußeren Anlass, um die Mouche vor böser Nachrede zu schützen, bot die Entlassung von Heines Sekretär. Dieser hatte verlangt, zum Übersetzer und Herausgeber von Heines Nachlass ernannt zu werden, was Heine ablehnte. Die Mouche, die zweisprachig aufgewachsen war und über eine gute Bildung verfügte, konnte so in die Rolle des abtrünnigen Demissionärs schlüpfen. Sie übernahm zunächst so einfache Aufgaben wie das Spitzen seiner Stifte oder das Adressieren seiner Briefe, wurde aber nach einer kurzen Probezeit von Heine schon bald als Schreibkraft, Vorleserin und Übersetzerin eingesetzt.

Doch waren diese Sekretärsdienste für Heine nicht das Wesentliche. Sie waren nur ein Vorwand, um der Geliebten das Entree in sein Krankenzimmer zu ermöglichen. In den vielen Stunden, die Elise Krinitz mit Heine verbringt, neben ihm sitzt und ihm die Hand hält, lernt sie ihn als einen widersprüchliche Charakter kennen, der die heterogensten Eigenschaften in sich vereint. So erlebt sie seine Traumnatur, die ihn immer wieder in die Gefilde seiner in Deutschland verbrachten Jugend entführt; seinen Scharfsinn, mit dem er über die Vorzüge oder Mängel seiner Kollegen richtet; seine Niedergeschlagenheit, wenn nach einer schlaflosen Nacht ihm die Unausweichlichkeit seiner Misere vor Augen steht; seine Disziplin, mit der er trotz unmenschlicher Schmerzen sein Werk vorantreibt; vor allem aber seine Zerrissenheit zwischen Spott und Herzlichkeit, die ihn zur gleichen Zeit ein höhnischer Mephisto und ein liebevoller Humanist sein lässt. Gerade in religiösen Fragen trat dieser Widerspruch auffällig zu Tage. Als die Mouche ihn eines Tages nach seiner Meinung über die „Bekenntnisse" des heiligen Augustinus fragte, erhielt sie nichts als die sarkastische Antwort: „Gewiß, reizend, bis zu dem Augenblicke, wo er sich bekehrt.“ Zu anderen Zeiten wiederum, besonders wenn seine Leiden sich verschärften, konnte sie miterleben, wie Heine eine Art von religiöser Begeisterung ergriff, wie er seine Arme zum Himmel hob und er Gott um Erbarmen bat.

Natürlich war dem Spötter Heine auch nicht die himmelschreiende Absurdität ihrer Beziehung entgangen. Denn dies war eine Liebe, die aller erotischen Erfüllung entbehren musste und ihren körperlichen Höhepunkt im gemeinsamen Händedrücken oder bestenfalls einem sanften Kuss auf die Stirn erreichte. War dies nicht absurd? Denn kam es nicht einer erbärmlichen Groteske gleich, dass er – der einstige Hohepriester der erotischen Liebe, der sich die Emanzipation des Fleisches zur Maxime gemacht hatte – sich jetzt in die Rolle eines impotenten Liebhabers versetzt sah, der seine sexuellen Bedürfnisse rein platonisch befriedigen musste? Die „Lauge der Verhöhnung“, die der göttliche „Weltironiker“ über ihm ausgoss, konnte in der Tat kaum beißender sein! Gleich Tantalus hatte er sein Lebensglück vor Augen und war doch zum ewigen Verzicht verurteilt: „Nie war ein Dichter elender in der Fülle des Glücks, das seiner zu spotten scheint. – Ich küsse – Dein ganzes niedliches Figürchen, aber nur in Gedanken. Gedanken, das ist alles was ich Dir bieten kann, armes Mädchen“, klagte er in einem der zahlreichen Briefe an die Mouche. Je näher er und sie sich kamen und je weiter das Feuer der Leidenschaft ihr Inneres verzehrte, desto mehr wurde sich Heine bewusst, dass er fast schon „ein Todter“ war, „der nach den glühendsten Genüssen des Lebens dürstet“. Hatte er sich nicht mehrfach über den morbiden Liebesbund lustig gemacht, den Novalis mit seiner toten Braut Sophie von Kühn eingegangen war? Jetzt rächte sich dieser Zynismus, indem er sich selbst in einen bleichen Todesengel verwandelte, der mit Hilfe der Mouche das Leben festzuhalten suchte. Doch da Heine an der vernichtenden Erkenntnis dieses Selbstwiderspruchs nicht zerbrechen wollte, hat er immer wieder Zuflucht zu seinem Humor genommen, um im Zerrspiegel seines Witzes seine Niederlage zu relativieren.

Die ehedem verachtete Vorstellung einer rein platonischen Beziehung wandelte sich so zum Ideal einer „Gesundheitsliebe". Diese, so scherzt Heine, ist dem körperlichen Wohlbefinden der beiden Liebenden wesentlich zuträglicher als der sexuelle „Exzess":

Worte! Worte! Keine Taten!
Niemals Fleisch, geliebte Puppe,
Immer Geist und keinen Braten,
Keine Knödel in der Suppe!

Doch vielleicht ist Dir zuträglich
Nicht die wilde Lendenkraft,
Welche gallopieret täglich
Auf dem Roß der Leidenschaft.

Ja, ich fürchte fast, es riebe,
Zartes Kind, Dich endlich auf
Jene wilde Jagd der Liebe,
Amor's Steeple-chase-Wettlauf.

Viel gesünder, glaub' ich schier,
Ist für Dich ein kranker Mann
Als Liebhaber, der gleich mir
Kaum ein Glied bewegen kann.

Deshalb unsrem Herzensbund,
Liebste, widme Deine Triebe;
Solches ist Dir sehr gesund,
Eine Art Gesundheitsliebe.

Ganz so platonisch gesund, wie es das Gedicht hier vorgibt, war diese Liebe freilich nicht. Zwar stimulierte sie Heine noch einmal zu reger dichterischer Tätigkeit, was sich etwa in seinem großen Abschiedsgedicht *Es träumte mir in einer Sommernacht* niederschlug. Gleichwohl entfachte die Mouche in Heine eine Leidenschaft, die alle Symptome einer sexuellen Beziehung an sich trug. Heine erkannte bald, in welch gefährliches Fahrwasser er geraten war. Nicht nur, dass er sich so „sentimental wie ein Mops" fühlte und für die „letzte Blume [s]eines traurigen Herbstes" vermehrt „Tollhäusler-Poesie" fabrizierte, gab ihm zu denken. Noch mehr setzte ihm zu, dass, kaum hatte die Mouche sich ihm entzogen, er eine schier unstillbare Sehnsucht nach ihr verspürte.

Eine Begleiterscheinung dieser Sucht nach ihr war die Ungeduld, die ihre chronischen Verspätungen in ihm auslösten. „Du weißt nicht, was das Wort ‚warten' für den an seinen Felsen geschmiedeten Prometheus bedeutet", schleuderte er ihr eines Tages in einer Art Aufschrei entgegen, als sie sich wieder einmal verspätet hatte. Durch ihre Verspätungen schien sie ihm zu signalisieren, dass er ihr im Grunde gleichgültig war. Das reizte ihn bis aufs Blut und brachte seine Galle zum Überlaufen. Einmal mehr war nur er dazu verdammt, leidenschaftlich zu lieben, während die Erwählte teilnahmslos ihr altes Leben weiterführte. Wer war sie wirklich? Ein Engel oder eine „Hexe", eine unschuldige „Lotosblume" oder ein durchtriebener Vamp? Eine abgrundtiefe Angst vor der Janusköpfigkeit der Geliebten, die ihm plötzlich ihr zweites, diabolisches Gesicht zuwenden könnte, stieg in ihm auf. Deshalb bedeutete das Warten auf sie weit mehr als eine entschuldbare Nachlässigkeit. Es war eine Vorform der Hölle, in dem die Möglichkeit irdischer Liebe selbst auf dem Spiel stand:

Laß mich mit glühenden Zangen kneipen,
Laß grausam schinden mein Gesicht;
Laß mich mit Ruthen peitschen, stäuben,
Doch warten, warten laß mich nicht!

Laß mit Torturen aller Arten
Verränken, brechen mein Gebein –
Doch laß mich nicht vergebens warten,
Denn warten ist die schlimmste Pein.

Den ganzen Nachmittag bis sechse
Hab gestern ich umsonst geharrt –
Umsonst – du kamest nicht, O Hexe,
So daß ich schier wahnsinnig ward!

Die Ungeduld hielt mich umringelt
Wie Schlangen, jeden Augenblick
Fuhr ich empor, wenn man geklingelt –
Doch kamst du nicht, ich fiel zurück!

Du kamest nicht, ich rase, schnaube,
Und Satanas raunt mir ins Ohr:
Die holde Lotosblum ich glaube
Moquirt sich deiner, alter Thor!

In solchen Momenten des qualvollen Wartens überkamen Heine Zweifel, ob seine Mouche wirklich das unschuldige Wesen war, als das sie sich ausgab. Um ihren Launen nicht wehrlos ausgesetzt zu sein, hat er deshalb versucht, ihr einzureden, dass er geistig auf sie Macht ausüben könne. Hinter seinem Gedicht *Dich fesselt mein Gedankenbann* steht nichts anderes als die kühne Behauptung, sie telepathisch beherrschen zu können:

Dich fesselt mein Gedankenbann,
Und was ich dachte, was ich sann,
Das mußt Du denken, mußt Du sinnen,
Du kannst nicht meinem Geist entrinnen.

Ein gar subtiler Spiritus
Ist dieser Geist, ein Dominus
Im Geisterheer vom höchsten Range;
Ihn ehrt sogar die Muhme Schlange.

Stets weht Dich an sein wilder Hauch,
Und wo Du bist, da ist er auch;
Du bist sogar im Bett nicht sicher
Vor seinem Kusse und Gekicher!

Mein Leib liegt todt im Grab, jedoch
Mein Geist, der ist lebendig noch,
Er wohnt gleich einem Hauskobolde
In deinem Herzchen, meine Holde!

Vergönn das traute Nestchen ihm,
Du wirst nicht los das Ungethüm,
Du wirst nicht los den kleinen Schnapphahn,
Und flöhest du bis China, Japan!

Denn überall wohin du reist
Sitzt ja im Herzchen dir mein Geist
Hier träumt er seine tollsten Träume
Hier schlägt er seine Burzelbäume.

Hörst du? Er musiziret jetzt –
Die Flöh in deinem Hemd ergetzt
So sehr sein Saitenspiel und Singen,
Daß sie vor Wonne hochaufspringen.

Es ist eine eigenartige Tatsache, dass gerade die Frau, welche für Heine noch einmal die Türe zum Diesseits aufstieß, es war, die diese Türe auch wieder zustieß. Dahinter stand keine böse Absicht. Wieder einmal hatte sie ihn durch ihre Unpünktlichkeit auf die Folter gespannt und wieder einmal war er vor Ungeduld förmlich zerplatzt. Die ganze Woche über hatten sie sich nicht gesehen und nun ließ sie ihn auch noch warten! Als sie dann schließlich doch noch kam, strafte er sie mit ungewöhnlicher Lieblosigkeit und Kälte. Doch er tat ihr Unrecht: Die letzten Tage war sie mit Katarrh im Bett gelegen und nur um seinetwillen hatte sie sich aufgerafft. Deshalb schnitt ihr sein Verhalten tief ins Herz und sie brach in Tränen aus. Zwar sah Heine sein Unrecht sogleich ein und er versuchte, es wieder gutzumachen, indem er sie zu sich ans Bett rief und ihr wie zum Segen die Hand auf die Stirn legte. Doch der Gefühlssturm, der in ihrem Inneren ausgebrochen war, wollte sich nicht legen. Darum zögerte sie auch am nächsten Tag, jenem zweimaligen „Säume nicht!" nachzukommen, mit dem er sich von ihr verabschiedet hatte. Als sie am Morgen des übernächsten Tages dann bei Heine vorsprach, war es bereits zu spät. Jetzt rächte sich Mathilde für das Ungemach, das ihr Mouches Konkurrenz bereitet hatte: Durch eine

Hausangestellte ließ sie der Nebenbuhlerin mitteilen, dass der Dichter durch einen heftigen Migräneanfall geschwächt sei und deshalb keinen Besuch empfangen könne; eine akute Gefahr bestünde allerdings nicht.

Doch Heine lag im Sterben. Durch ihr Säumen hatte die Mouche ihn von jenem Quell abgeschnitten, der ihn die letzten sieben Monate noch am Leben hielt. Der Tod hatte ihre Abwesenheit genutzt, um sich des Kranken zu bemächtigen. Das Spiel war aus. Keine Frauenliebe konnte ihn nun mehr retten. Schon am nächsten Tag, am Morgen des 17. Februar 1856, schloss er für immer die Augen. Und seltsam! Just an diesem Morgen widerfuhr Elise Krinitz die erste und einzige Vision ihres Lebens: „Gegen acht Uhr morgens vernahm ich in meinem Zimmer ein eigentümliches Geräusch, eine Art von Hüpfen und Flattern, wie man es wohl an Sommerabenden zu hören bekommt, wenn Schmetterlinge zum offenen Fenster hineinfliegen und gewaltsam einen Ausweg suchen. Ich öffnete die Augen, schloß sie aber bald wieder; in den Strahlen der Morgensonne hatte ich eine schwarze Gestalt erblickt, die einem riesengroßen Insekte glich und sich bemühte, ins Freie zu gelangen." Es war Heines Geist, der von ihr Abschied nahm. Der Gedankenbann war gebrochen und der ans Diesseits gefesselte Sänger der irdischen Liebe endlich erlöst.